新潮文庫

冬の鷹

吉村昭著

新潮社版

2369

冬の鷹《たか》

一

江戸の町々に、春の強い風が吹きつけていた。

日本橋に通じる広い道を、中津《なかつ》藩医《はんい》前野良沢《まえのりょうたく》は総髪を風になびかせながら歩いていた。

風がおこると、乾いた土埃《つちぼこり》が馬糞《ばふん》をまじえてまきあがる。そのたびに両側につづく商家ののれんが音をたててはためいた。

路上には、人の往来が絶え間ない。武家の駕籠《かご》がすぎ、町駕籠がゆきかう。商家の娘らしい数人の女が華やかな衣服の裾《すそ》の風にひるがえるのをおさえながら歩いてゆくかたわらを、商人が足早やに追いこしてゆく。

桜の花がひらかぬ前の風でさいわいだった、と良沢は土埃に眼《め》をしばたたきながら思った。桜の蕾《つぼみ》はかなりふくらんでいるが、まだ開花した話はきかない。昨年の桜の季節は強風が連日つづいて、花はあっけなく散ってしまった。桜の花のない江戸の町には、活気がうしなわれる。かれに花見の趣味はないが、花見に酔いしれる庶民のにぎわいが春らしさを感じさせ、それがかれには好ましく思えた。

その季節は、かれにとって特殊な意味があった。それは、長崎《ながさき》から海路、陸路をへてはるばるオランダ商館長一行が江戸にやってくる時期であったからだ。

商館長一行は、年に一度桜の蕾がふくらみはじめるころ江戸に到着し、一カ月ちかく滞在してふたたび長崎へもどってゆく。オランダ人商館書記、医師以外に奉行所の与力《よりき》、同心、町使、通詞《つうじ》、人足等をしたがえた集団であった。

日本に西洋文明がながれこんでくる地は、長崎以外にない。

鎖国政策をとる幕府は、西洋諸国との交流をかたく拒否していたが、わずかにオランダ一国のみに貿易をゆるし、その出先機関としてのオランダ商館の設置もみとめていた。しかし、幕府は、オランダ人と日本人との交流をふせぐため扇状の人工島である出島《でじま》に商館とそれに付属する建物をもうけ、原則として出島からオランダ人の外出を厳禁していた。そして、島への日本人の出入りも奉行所の役人、町年寄、乙名《おとな》、通詞と貿易に関係した商人やオランダ人専門の阿蘭陀行《オランダゆき》と称される丸山《まるやま》遊女のみにかぎっていた。

さらに密貿易を防止するため島の長崎湾に面した個所《かしょ》には番所が七カ所おかれ、陸に接した正門の橋のたもとにも番所があって、探番《さぐりばん》という役人が出入りの者の厳重な身体検査をおこなっていた。つまり商館長以下オランダ人は、出島で幽囚同様の生活を強《し》いられていたのだ。

そうした束縛をうけてはいたが、オランダ商館員を通じて西洋文明は、ほそぼそと長崎につたえられていた。その内容は医学をはじめ本草学《ほんぞうがく》、天文、地理、数学、物理、化学、兵学など多岐にわたっていた。

洋学に関心をいだく者たちは、自然に長崎へあつまり学習につとめるようになった。そして、オランダ人を通じてキリスト教関係以外の洋書を買いもとめ、新知識を吸収することに努力していた。

出島に閉じこめられたオランダ人商館員にとって最大の慰めは、年一度おこなわれる江戸への旅であった。それは商館長が幕府の将軍の謁見《えっけん》をうけ献上品を贈るためで、例年正月に長崎を発し、陸路で三百三十二里へだたった江戸に一カ月間ちかくを要してたどりつく長旅であった。

かれら一行は多くの役人の監視をうけ行動も拘束されていたが、幽閉生活をおくっていたかれらは、珍しい風物を眼にしながら異国の地をゆく旅に喜びを感じていた。

また同時に、かれらの旅は、多くの洋学に関心をもつ日本人にとって西欧文明を吸収する絶好の機会でもあった。商館長一行は、旅の途中で待つ日本人学徒の来訪をうけた。それは公《おおや》けにみとめられた者に限定されていたが、商館長一行は、かれらにわずかながらでも洋学の知識をあたえることにつとめていた。

殊《こと》に江戸では一カ月間ちかくも滞在するだけに、洋学研究者はかれらに接触しようとする者が多かった。商館長一行は、幕府によってさだめられた日本橋本石町《ほんごくちょう》の長崎屋源右衛門の経営する宿に逗留《とうりゅう》する。そして、将軍拝謁時以外は宿から外出することができなかったので、学徒は長崎屋へとおもむくのだ。

良沢は、オランダ商館長ヤン・クランス一行が十日ほど前に江戸へ入り、長崎屋に投宿したことを耳にした。そして、その一行中にオランダ大通詞《おおつうじ》西善三郎がくわわっていることも知った。

西は、吉雄《よしお》幸左衛門らとともに最もすぐれた通詞という声が高かった。かれは、父にならって七歳の時に通詞見習になり十八歳で口稽古《くちげいこ》に任ぜられた。その後稽古通詞、小通詞《こつうじ》末席、小通詞並、小通詞助、小通詞と順調に栄進し、大通詞助をへて三十九歳の年に通詞として最高の位置にある大通詞にのぼった。現在五十一歳のかれは、四十四年間オランダ人と接し通訳の仕事をしていることになる。

しかし、一般的に長い歳月通詞の仕事をしていた者も、すぐれた語学力の持ち主とはかぎらなかった。その原因は、かれらがオランダ語を学問として基本的に学習することをせず、もっぱら口まねでオランダ語を会得《えとく》することのみに終始していたからであった。かれらは通詞見習になってからも、単なるオランダ人の雑役をしているにひとしく、系統的な教授をうけることもない。そのうちに、オランダ人の発する言葉を一語ずつ知るようになって、その蓄積の上に大通詞への道をすすんでゆくのだ。

しかもかれらは、職業人としての自分の立場をまもるために同僚や後進の者に知識をつたえることをこばむ傾きが濃かった。いわばかれらは、頑迷《がんめい》な職人に似た偏狭さをもっていたのだ。それに幕府の施策としてかれらには文法書、辞書等を所持することがゆるされず、ただ身ぶりや表情でそれと察したオランダ語の意味を耳から頭の中にたくわえていたにすぎなかった。

そうした中で、西善三郎や吉雄幸左衛門らは異色の大通詞であった。西は、オランダ語を学問として系統的にとらえねばならぬと考え、吉雄や本木栄之進らとともに洋書の購読を切望した。そして、蘭学《らんがく》の研究を通じて知己の間柄《あいだがら》にあった幕吏の青木文蔵（昆陽《こんよう》）を介して幕府に申出て、その許可を得ることができた。

喜んだ西らは、オランダの原書の研究に没頭し、蘭日辞書の編纂《へんさん》までくわだてるようになっていた。

そうした西善三郎の業績をきき知っていた前野良沢は、西が商館長一行に随行して江戸にきているということをきき落着きをうしなった。

良沢は、オランダ語に強い関心をいだいていた。

かれが初めてオランダ書を眼にしたのは、中津藩の坂江鷗《こうおう》に会った時であった。オランダ書といっても、それは背綴《せと》じもほどけた断片的なものであった。坂は、横文字の印刷された紙片の束を良沢に見せながら、

「なにが書いてあるのか、いっこうにわかりませぬ。紅毛人とわれらはすべてが異っております故《ゆえ》、このような書物が理解できぬのも当然のことなのでしょう。縦に書くべき文字を横に書く。呆《あき》れたものです」

と、言った。

良沢は、坂の言葉が不快だった。坂は、蘭書の断片を入手したことを自慢気にみせながら割りきったような言葉で片づけている。気性のはげしい良沢は、坂に反撥《はんぱつ》したくなった。

「理解できぬと申されるが、そのようなことはないと存ずる。オランダ人も人であり、われらも人である。同じ人間として、オランダ人の書きしるしたものをわれらが理解できぬはずはない」

良沢のうわずった声に、坂は冷笑しだまっていた。

その時から、良沢の頭にオランダの横文字が焼きついてはなれなくなった。かれは、一つのことに憑《つ》かれるとそのことのみに熱中する性格だった。そして、かれはオランダ語を理解できる手がかりを得たいと思い、周囲を見まわした。オランダ語の研究者は、長崎の大通詞がいるが、江戸には教授を乞《こ》うような研究者は皆無にちかい。かれは、オランダ語の修得がきわめて困難であることを知ると同時に、世人の手をつけぬこの分野に足をふみ入れてみたいという野心をいだいた。

そうしたかれの耳に、商館長一行に大通詞西善三郎が随行してきているという話がつたわってきた。良沢は、まず西に会って蘭語修得の手がかりを得たいと思った。

かれは、早目に昼食をとると築地《つきじ》鉄砲洲《てっぽうず》の中津藩主奥平昌鹿《おくだいらまさか》侯《こう》の中屋敷を出た。大名屋敷の塀《へい》がつらなる静かな路《みち》を縫ってすすむと、商家が次第にふえ、町のにぎわいも増してきた。そして、日本橋に通じる広い道に出ると、そこには江戸の活気が凝集していた。

かれは、はげしい向い風にさからいながら宙をふむような足どりで歩きつづけた。

日本橋が遠くに見えはじめた頃《ころ》、良沢は足をとめた。急に気分が重くなった。面識のない西善三郎を訪れることに気おくれがしてきたのだ。

かれは、幼少の頃から人と会うのが嫌《きら》いであった。人と会話をする時には、自然に相手の心証を害すまいという意識がはたらく。かれは、人間同士完全にうちとけ合うことはあり得ないと考えていた。人間はそれぞれ異った星のもとに生れている。その個人が他の個人と本質的に考え方が一致するはずはないと信じこんでいた。

そうしたかれに、親しい友人と呼べる者はいなかった。と言うよりは、すすんでかれに近づいてくる者がいなかったのだ。

かれは、長身で体も骨ばっていた。わずかに白毛《しらが》のまじりはじめた総髪の下には、鋭い光をたたえた眼と秀《ひい》でた鼻がある。唇《くちびる》はうすく頰骨《ほおぼね》は突き出ていて、その風貌《ふうぼう》は、人との妥協をゆるさぬ近づきがたい頑《かたく》なさを秘めているようにみえた。

かれは西を訪れることがわずらわしくなったが、得がたい機会をのがしたくもなかった。

ふとかれは、だれかを誘ってみようかと思った。西と二人で相対するよりも、第三者を入れて対談した方が気づまりな空気もやわらぐにちがいなかった。かれは一人の人物を思いおこした。それは、以前に顔を合わせたことのある小浜《おばま》藩医の杉田《すぎた》玄白《げんぱく》であった。

かれの印象にある玄白は、十歳ほど年も若く明るい性格の男であった。良沢とちがって友人づき合いはきわめて広いらしく、座持ちがうまい。かれを伴えば、西との対談も白けることなく円滑にすすむことはたしかだった。

幸い玄白は、長崎屋にちかい日本橋堀留町《ほりどめちょう》に住んでいて医家を開業している。きくところによると、玄白は紅毛流外科医の西玄哲《げんてつ》の門人であったこともある由《よし》で、長崎屋にゆかぬかとさそえば気さくに応ずるように思えた。

良沢は足をはやめて歩き出し、日本橋をわたると辻《つじ》をまがった。

四丁ほど歩いた良沢は、路面に水を打っている商家の女に玄白の家の所在をたずねた。女は、柄杓《ひしゃく》を手にしたまま数軒先の家を指さした。

玄白の家は、想像していたよりもわびしかった。

良沢は、小さな門をくぐると格子戸《こうしど》をあけた。家の中に人の気配は感じられず、敷台も薄よごれている。患家からの招きもめったにないようだ、と良沢は思った。

「玄白殿はおられるか」

良沢は、声高に言った。

「少々お待ち下され」

家の奥で、声がした。そして、正面の襖《ふすま》がひらくと、剃髪《ていはつ》の玄白が顔を出した。

玄白は思いがけぬ良沢の訪れに一瞬驚いたような表情をしたが、すぐに人なつこそうに微笑をうかべると、奥の間へ招じ入れた。

小女《こおんな》が薄い茶を持ってきた。

「独り身ですので、なにもおかまいができませぬ」

玄白は、家具らしいものもない部屋の中を恥しそうに見まわした。

良沢は、茶をひと口飲むと、

「実は、これから長崎屋にまいろうと存じております。すでに御承知のことと存じますが、十日ほど前ヤン・クランスと申すカピタン一行が江戸につき長崎屋に滞在しております。その一行に、大通詞西善三郎殿がくわわっておられる由です。私は、オランダ書を読みたい念願をいだいておりますが、どのように修得すべきか、いっこうにわかりませぬ。そこで、西殿を訪れて御教示を得たいと思い出掛けてまいりましたが、一人でゆくのも気おくれがし、ふと思いついて貴殿をおさそいにまいった。同道するお気持はありませんか」

と、言った。

「長崎屋」と、玄白はつぶやいた。かれの眼がかがやいた。

「それは、願ってもないことです。実は、昨年春、私も初めて長崎屋へまいりました」

と、玄白は言った。

前年の明和《めいわ》二年には、二月二十五日に商館長ウレデリック・ウイレム・ウインケが将軍拝謁のため江戸にきている。随行者は外科医アントニー・ファン・ニウエンハイス、商館員ペーテル・アントニ・ファン・ベイステルフェルトで、通詞として大通詞の吉雄幸左衛門、小通詞今村金蔵が同行していた。

玄白を長崎屋にさそったのは、本草学をはじめ幅ひろく洋学をまなんでいた平賀源《ひらがげん》内《ない》であった。

源内は、和、漢、洋の多くの物産を一堂にあつめた物産会の会主として活躍していたが、その会に出席した玄白と親交をむすぶようになった。源内は、西洋の知識を得ることに熱心で、長崎屋へ訪問することも多く、吉雄幸左衛門とも知己の間柄であった。

源内は、連日のように長崎屋の吉雄幸左衛門をたずねていたが、二月下旬玄白とさらに物産会で知り合った若い医家である中川淳庵《じゅんあん》も連れていった。その折、吉雄は、オランダ製の寒暖計タルモメートルを訪問者一同にしめしたりした。

その長崎屋訪問は、玄白に強い感銘をあたえた。かれは、未知の世界をのぞきこんだような興奮をおぼえ、源内らと時代の最先端のものにふれることができたことに満足していた。

そうした玄白にとって、良沢《りょうたく》のさそいは願ってもないことであった。

「御好意、心から御礼申上げる。ぜひ御同道させていただきたい」

玄白は立ち上ると、次の部屋に入って身仕度をはじめた。

やがて玄白が、羽織の紐《ひも》をむすびながら姿をあらわした。そして、良沢と連れ立って家を出た。

良沢は、予想したとおり玄白が気軽に応じてくれたことに安堵《あんど》した。が、玄白が平賀源内と長崎屋におもむくほど親しい間柄であることに顔をしかめた。

良沢は、源内と言葉をかわしたこともないが、かれのことは自然に耳にはいってきていた。源内は高松藩の下級武士の家に生れ、長崎に遊学後薬坊主《くすりぼうず》に取り立てられたが、その後家をすてて江戸に出たという。かれは、多才な人物であるらしく、湯島でおこなわれる物産会に関係するかたわら本草学、物産学の分野でもたちまち頭角をあらわした。しかし、良沢には源内の活動範囲があまりにも広すぎるように思えた。それは、言葉を変えていえば、洋学の各部門を手あたり次第に生かじりするだけのことで、学者としての誠実さには欠けている。

良沢は、源内が知識をひけらかせて世間を驚かせることのみに専念しているように思えた。かれは、世の名声を得るため多くの人々と交り、各所に出入して自分の名をたかめることにつとめている。かれの存在は華やかだったが、良沢にはそれが洋学を道具にした巧みな世渡りの術としか感じられなかった。

「ひどい風ですな。桜の蕾《つぼみ》がほころぶ前で幸いでした」

玄白が、土埃《つちぼこり》に眼をしばたたきながら言った。

良沢は、頰をゆるめた。玄白が、自分と同じように桜を案じていることが可笑《おか》しかった。

かれの不快感は、やわらいだ。二人は、羽織の裾《すそ》を風にはためかせながら商家のつらなる道を歩いていった。

日本橋本石町にはいると、玄白が先に立って歩いた。

「この道は鐘撞新道《かねつきしんみち》又はつりがね横丁と申しまして、あそこに時の鐘があります」

玄白は、道の前方を指さした。たしかに右側の家並の上に火の見櫓《やぐら》のようなものが突き出ている。

良沢は、道の前方にかなりの人だかりがあるのに眼《め》をとめた。風呂敷《ふろしき》づつみを背にくくりつけた男や近所の者らしい女たちが身を寄せ合い、子供たちの姿もかなりまじっている。

「異人をひと目見ようと、いつも長崎屋の前にはあのように人があつまっております」

玄白は、笑いながら言った。

良沢と玄白は、門の外に立った。商館長一行の定宿《じょうやど》にしては変哲もない構えで、路に面した建物も貧弱であった。

良沢は、門のかたわらで警護している小役人に、中津藩医前野良沢、小浜藩医杉田玄白と告げ、大通詞《おおつうじ》西善三郎に面会したい旨《むね》をつたえた。蘭人との面会は公けの許可が必要だが、通詞と会うことは束縛をうけない。

小役人は、洋学研究者の来訪になれているらしく、承知すると門内に消えた。

その時、突然路上に歓声がおこった。声をあげたのは、路の右側につらなる塀にまたがった子供たちであった。その声に、路上に立ったりしゃがんだりしていた者たちが一斉に路に面した建物の一部に駈《か》けあつまった。

玄白がその方向に歩き出したので、良沢もそれについていった。

建物に小さな窓がついていて、その内部からオランダ商館員らしい男の顔がみえる。かれら路上にむらがった者たちは、窓を遠巻きにして一様に妙な笑い顔を向けている。かれらの眼には、珍奇なものを見るような好奇の光がうかび、おびえの色もまじっていた。

窓の中のオランダ人は、退屈しきった表情をして人々をながめていたが、やがて不《ふ》機嫌《きげん》そうに窓から消えた。良沢は、苦笑しながら玄白と門の前にもどった。

小役人は、姿を現わさない。良沢は、門の中の樹葉《じゅよう》が風にあおられているのを見つめていた。

小半刻《こはんとき》ほどしてもどってきた小役人が、良沢と玄白を門内にみちびき入れた。細い道がつづいていて、敷地はかなり広い。左手の馬小屋には十頭以上もの馬がつながれ、その近くに駕籠《かご》も置かれている。建物は近くに一棟《ひとむね》、奥に一棟あって、いずれも二階建てであった。

小役人は、近くの建物に案内するとそのまま門の方へ引き返していった。

良沢たちは、そこで再びしばらくの間待たされた。やがて家の奥から奉行所の役人らしい下級武士が出てくると良沢たちをうながし、廊下をすすんで奥まった一室の襖をひらいた。

良沢は、部屋の中に一人の老人が坐《すわ》っているのに眼をとめた。かれは玄白と部屋に入り、名を告げて挨拶《あいさつ》し老人と向い合って坐った。

老人は小柄であったが、よく肥えていた。顔も体も丸く、上質の衣服の中にやわらかい肉塊が埋れているように感じられた。年齢は五十歳を少し越えた程度で、その容姿は老《ふ》けていた。が、顔の肌《はだ》はつややかで眼にはあどけない光がたたえられ、大きな嬰児《えいじ》のようにもみえた。

良沢は、これが高名な大通詞西善三郎かと思った。吉雄幸左衛門とともに学究肌の通詞である西を、良沢は鋭い風貌をした人物ではないかと想像していたのだ。

玄白が、長旅でお疲れになりましたでしょうと口を開いた。そして、旅の途中の印象を西にたずねた。初対面の堅苦しさが、たちまちやわらいだ。西は、つぶらな眼に柔和な光をたたえて玄白の質問に応じ、玄白もしきりに相槌《あいづち》を打っている。

良沢は、玄白の人と対する術の巧みさにあらためて感嘆した。玄白は謙虚に、しかも、西と長年の知り合いでもあるかのように親しげに話をしている。自分には、到底そのような態度はとれぬ、とかれは思った。

西の声は幼児のように細く澄んでいて、体をゆらせながら言葉を発する。その姿には、日本人にはみられぬなにか異質のものが匂《にお》い出ていた。それは、おそらく異国人と絶えず接触しているうちに自然に身にしみついた体臭のようなものかも知れなかった。

話題は、自然に長崎のことに移っていった。年に一度来航するオランダ船で、どのような文物が輸入されたか、またどのような新しい知識がつたえられたかは重大な関心事だった。西は、玄白の質問に細い声で要領よく答えている。その淀《よど》みない説明は、西が今まで多くの人に同じ質問をうけてきたことをしめしていた。

良沢は、口をつぐんで玄白と西のやりとりをきいていたが、二人の会話がとぎれたのを見はからって口をひらいた。

かれは、蘭書《らんしょ》を自由に読む力をつけたいと西に言った。それは至難なわざであるにちがいないが、たとえ眼、髪、皮膚の色がちがっていても同じ人間であるオランダ人の書きしるしたものが読めぬはずがない。かれは蘭語の研究に身を入れたいのだが、その方法を教えて欲しいと言った。

西は、良沢に眼を向けた。その顔には依然として柔和な表情がうかんでいたが、口からもれた言葉は、

「それは御無理だからおやめなさるがよい」

という素気《そっけ》ないものであった。

良沢は、短刀を胸に突き刺されたような驚きを感じた。教授をうける方法をたずねただけなのに、初めからそれは徒労であるという西の言葉は、暴言であると思った。

「無理と申されるが、西殿をはじめ大通詞の方々は蘭語を解しておられるではありませんか」

良沢は、顔色を変えて反問した。

西の眼の光が、さらにやわらいだ。

「それでは、御無理である理由をお話し申そう。たとえば、湯、水、酒などを飲むという言葉はオランダ語でなんというかをたしかめるといたそう。その折にはオランダ人の前で茶碗《ちゃわん》に水等を入れて飲むまねをしてみて、この動作をなんというかと手真似《てまね》で問う。オランダ人もその仕種《しぐさ》を察して飲むという言葉を答えてくれる。そうしたことによって、飲むというオランダ語はデリンキということを知り申すことができた。しかし、この程度のことなら容易だが、上戸《じょうご》、下戸《げこ》という言葉をつかむにはどのようにいたしたらよいか」

西は、良沢の眼をさぐるように見つめた。

「上戸、下戸などという言葉は、到底手まねなどの動作で問うことはできませぬ。一応上戸は酒を多く飲む者、下戸は酒をほとんど飲めぬ者ということで、多く飲む、少く飲むということは区別してオランダ人にただすことはできる。けれども、上戸、下戸は酒を飲む量の多い少いということ以外に、酒好き、酒ぎらいということもふくまれている。しかし、好むということは心の情に関すること故《ゆえ》、動作でオランダ人につたえることはでき申さぬ。そうでござろう？」

西は、笑みをふくんだ表情で言った。

良沢は、うなずいた。

「好き嗜《たしな》むという言葉は、オランダ語でアーンテレッケンと申すが、私は通詞の家に生れ幼い頃《ころ》からよく耳にしておりながらその言葉がどのような意味をもつものか、恥しいことではあるが五十歳になっても理解することができなかったのでござる。ところが、この度カピタン一行と江戸へのぼる長旅の途中で、初めてその意味を知ることができ申した。アーンテレッケンのアーンというのは、向うの方ということで、テレッケンとは引くという意味です。つまりアーンテレッケンという言葉は、向うにあるものを手前に引っぱるということになる。上戸つまり酒を好むという時にアーンテレッケンという言葉を使うのは、向うのものを手前に引く、いいわば好むということをあらわす。また故郷を思うという時にもアーンテレッケンというオランダ語が使われる。これも故郷を手元に引きよせたいという願望からなのです」

西は、通詞としての長い思い出がよみがえるらしく初めて細い眉《まゆ》をしかめた。そして、良沢に顔を向けると、

「このようにオランダの言語を習いおぼえることは、誠に至難なことなのです。私などども常にオランダ人に朝夕接していながら、容易にかれらの言葉を理解できませぬ。

長崎で通詞をしているわれらさえ果せぬのに、江戸にいて学ぼうとするなど思いも及ばぬことです。すでに亡《な》くなられた野呂元丈《げんじょう》先生もそうでしたが、青木文蔵先生も幕命を受けて、毎年カピタン一行が江戸に参る度にこの長崎屋へお越しになって一心にオランダ語の修得につとめられておられるが、その成果には見るべきものがありませぬ。貴殿に御無理と申した意味が、これでおわかりいただけたと思いますが……」

西は、そこまで言うと再び眼もとをゆるめた。

良沢は、西の口から青木と野呂の名が出たことに愕然《がくぜん》とした。

青木文蔵は幕府の書物写物御用係、野呂元丈は薬草御用係、御目見《おめみえ》医師で、洋学に深い理解をしめす徳川吉宗《よしむね》の命によってオランダ語修得に専念した。殊《こと》に文蔵は、毎年春必ず長崎屋に連日のように足を向け、それはすでに二十年以上にもおよんでいる。江戸では青木と野呂の二人が蘭語に最も通じた傑出した存在と言われていたが、大通詞の西善三郎からみればとるに足りない未熟者らしい。

良沢は、呆然《ぼうぜん》として口をつぐんでいた。

やがてかれは、玄白とともに西のもとを辞した。門を出ると二人は、無言で歩き出した。

「驚きましたな。蘭語があのように労多いものとは知りませんでした。西殿は、蘭語を理解しようと志すことなど時間の無駄《むだ》と申されたが、まことにその通りでございますな」

玄白は、感慨深げに言った。

日が西にかたむいた。風は、いつの間にかおとろえはじめていた。

「それではここで。長崎屋におさそい下された御好意かさねて御礼申し上げます」

玄白は、町角で足をとめると丁重に頭をさげた。そして、夕色のひろがりはじめた路《みち》を遠ざかっていった。

良沢は、日本橋の方へ歩き出した。

二

前野良沢は、幼名を熹之助《きのすけ》、長じて熹《よみす》と言った。

父は、福岡藩《はん》の江戸詰藩士であった谷口新介《しんすけ》で、母は淀《よど》藩藩医の宮田氏の息女であった。生れたのは享保《きょうほう》八年である。かれは、めぐまれた幼年期を送ったが、七歳の折に不幸がかれをおそった。父新介が病死し、母もかれを捨てて他家に嫁いで去ったのである。

天涯孤独《てんがいこどく》の身になったかれを引きとってくれたのは、母方の伯父である宮田全沢《ぜんたく》であった。全沢は、山城国《やましろのくに》淀藩主稲葉《いなば》丹後守正益《たんごのかみまさよし》の医官であった。

父を失い母に去られた悲哀は、かれの胸に深くきざみつけられた。かれは、伯父の家に引きとられて間もない頃《ころ》、よく物陰ですすり泣いていた。ひとり取り残された孤独感に耐えられなかったのだ。

しかし、日がたつにつれてかれは涙を流すこともなくなった。かれは、幼いながらも自分に負わされた宿命を見つめ、その中で生きねばならぬことをさとった。かれは、口数も少く外に出て遊ぶこともなかった。そして、夜しばしば庭に面した縁側から長い間星を見上げていた。夜空の空間から、かれは一つの星をえらび出すと、その冴《さ》えた光を見つめる。世を去った父が、その星に化したような思いをいだくのだ。

父は、無愛想《ぶあいそ》な武士であった。外から帰ってきても笑顔はみせず、母が言葉をかけても返事をしない。良沢に向ける眼《め》にも、他人を見るような素気ない光しかうかんでいなかった。江戸詰の藩士がだれでもそうであるように、福岡で生れ育った新介は江戸の空気になじむことができなかった。言葉づかい、衣服などすべてが無骨で、人々から蔑《さげす》みにみちた眼でみられる。新介も、そうした視線に卑屈感をいだき、鬱々《うつうつ》とした日を送っていたのだ。

そうしたかれも酒を飲むと気分が晴れるのか、幼い良沢を手まねきして膝《ひざ》にのせたりする。そして、杯をかたむけながら良沢の頭を撫《な》で、郷里の唄《うた》を口ずさんだりした。

良沢は、大きい父の膝にいだかれながら父の箸《はし》の動きを見つめている。父は、膳《ぜん》の上の鉢《はち》から食物を箸につまんで良沢に食べさせることが多いが、良沢は、父の箸が不潔に思えていやだった。

しかし、父は、そうした良沢の気持も知らず小鉢の中の煮芋《にいも》などを箸の先で突きさし、

「ほれ」

と言って、口に押しこんでくる。

父の太い箸からは煙草《たばこ》のやにのような匂《にお》いがただよい出ていて、良沢は顔をしかめながら芋をのみこむのだ。

良沢は父に親しみを感じていなかったが、星の光を見つめていると食物をつまんでくれた父のことがなつかしく思い出された。

伯父の宮田全沢は、父と対照的に常に明るい言動の持主だった。伯父が家にもどってくると、家の中にはたちまち騒々しい空気がみちる。良沢は、伯父の奇怪な行為に呆然《ぼうぜん》としていた。頭脳に変調をきたしているのではないかとさえ思うこともあった。

伯父は、門の外から、

「帰ってきたぞ」

と大声をあげながら入ってくると、履物もぬがずに家に上ってくることさえある。そして、廊下を荒々しくふみながら居間に入るとそのまま着換えをはじめる。

しかし、妻である伯母は驚いた風もみせない。伯母は伯父の着換えを手つだい、無言で履物をぬがせ、下女に畳や廊下をぬぐわせるのだ。

患家に招かれても、伯父の行為は人を驚かせるらしい。病人の脈をとって診察しどこにも異常がないと判断すると、

「さ、起きろ、起きろ。どこも悪くはない、起きて働け」

などと言って、腕をつかんで強引にひきおこしたりする。また病人を診察もせず、一瞥《いちべつ》しただけで、治療の必要もない手遅れの患者だと断定したりすることもあった。

そうした言動から、伯父は奇人あつかいされていたが、その博学はひろく知られ人々の畏敬《いけい》もかち得ていた。

伯父は、熱心な読書家であった。その漁書範囲はひろく、関心をもった書物は家の中の金銭をかき集めて買いもとめる。伯母は、時に質屋へ衣類をもちこんで書籍代を捻出《ねんしゅつ》することも稀《まれ》ではなかった。書見がはじまると、伯父は寝食も忘れる。夜がふけ

朝をむかえても、伯父は書見台の前からはなれない。伯母は、そうした伯父に茶をはこぶだけで、声をかけることもしなかった。

伯父は、良沢に全く無関心であるようにみえた。それは家に一つの小さな家財が加わった程度にしか感じられぬようでもあった。

しかし、良沢は、年が長ずるにしたがって伯父全沢の生き方に共感するものを感じるようになった。全沢には、殺気に似たものがただよい出ている。かれは気性がはげしく、安易な妥協は決してしない。そのため人と諍《いさか》いをすることも多かったが、それは自己に忠実に生きている証左でもあった。

全沢は、一事に熱中すると他のことは念頭にない。それが奇行ともなってあらわれるわけだが、その奇異な言動すらも良沢には尊重すべきものとして感じられた。

良沢は、全沢のもとで学問の修得につとめはじめた。かれは、将来伯父のような医家になりたいと思うようになっていた。襲《つ》ぐべき家もないかれは、医家として立つことが最も安定した道だと思えたのだ。

かれは、全沢に乞《こ》うてその蔵書を読みあさるようになった。孤児であるかれは、その淋《さび》しさを読書でいやそうとしているかのようにみえた。そうしたかれの勉学ぶりを、全沢は黙って見つめていた。そして、全沢は甥《おい》の良沢が一事に熱中するという生来の性格をもっていることを見ぬき、その将来に力をそえてやりたいと思いはじめた。

良沢に無関心だった全沢は、急に態度を一変した。かれは、すすんで良沢に書物をあたえ、該博な知識を駆使して書物を解説する。良沢は、真剣に伯父の言葉に耳をかたむけ読書に専念した。

或《あ》る日、全沢は良沢に、

「世の中にはすたれかけている芸能が数多くある。が、人というものはそれを見捨ててはならぬ。大切にとりあつかって、後の世につたえるようにしなければならぬものだ。それと同じように、人がかえりみぬものに眼を向け、それを深くきわめることにつとめよ。よいな、人としてこの世に生をうけたかぎり、そうしたことに身をささげねばならぬ」

と、言った。

良沢は、この伯父の言葉に強い刺戟《しげき》をうけた。かれは、医学の世界で多くの医家が学業に精励し、それらの人々によって各分野がすべてきわめつくされているように漠《ばく》然《ぜん》と感じていた。そして、自分もそれらの医家の業績を踏襲し、一個の医家として生計を立てたいと考えていた。

しかし、伯父全沢は、医学の世界に未開拓の分野があることを、芸能をたとえにして示唆《しさ》してくれた。たしかに芸能の中には、人にかえりみられず消滅寸前のものがかなりある。

「人が捨ててかえりみぬもの」とはなにか、かれは医家を志すかぎりそうした医学の分野に奥深く分け入ってきわめつくしたいと思った。

一般的な学問の修得も終えた良沢は、医学の勉学につとめるようになった。その間、良沢は、伯父の言葉に影響されて、すたれかけている芸能に関心をいだき、一節截《ひとよぎり》の稽古《けいこ》をはじめた。一節截とは室町《むろまち》中期に中国からつたわった縦笛で、尺八に似ているが竹管はまっすぐで短い。素朴《そぼく》な管楽器で、それを吹奏する者は稀《まれ》になっていた。

良沢は、一節截の稽古につとめ、その秘曲をかなでるまでに習熟した。

全沢は、そんな良沢を可笑《おか》しそうにながめていた。一節截の稽古についやす時間を医学の修得にあてるべきではあったが、そのような素朴な笛にしがみついて奥義をきわめようとする甥の態度は、医学研鑽《けんさん》の上にも貴重な力になるとも思ったのだ。

良沢は、当時劃期《かっき》的な病理学説「万病一毒説」を展開していた吉益東洞《よしますとうどう》の医術を信じ、吉益流医学の修得に熱中した。

そうした良沢の学習ぶりは周囲の者の知るところとなって、宮田全沢の妻梅枝の義兄にあたる医家前野東元の養子としてむかえ入れられた。前野家は豊前国中津《ぶぜんのくになかつ》藩《はん》につかえる藩医で、食禄《しょくろく》は三百石であった。

良沢は前野家に入り、医学の研鑽に専念できる身になったが、寛延《かんえん》元年養父東元が死去し、良沢は前野家の当主となった。そして、中津藩医として奥平侯につかえる身になったのである。

良沢は、江戸の築地《つきじ》鉄砲洲《てっぽうず》にある中津藩主奥平昌鹿《まさか》の中屋敷に住んでいた。

鉄砲洲は埋立地で船宿がならび、軽快な屋根船に芸者をはべらせた客が船遊びに興じる。船宿には化粧をほどこした女たちが働き、海に面した場所はかなりにぎわっていた。

しかし、中津藩邸をふくむ大名屋敷のならぶ一廓《いっかく》は静まりかえっていて、日が没すると夜廻《よまわ》りの拍子木がきこえるだけになる。

長崎屋からもどってきた良沢は、夕食をとると自室にこもった。書見の折にはいつも行燈《あんどん》の燈心《とうしん》を三本ともすが、書見台の前に坐《すわ》ったかれは、一本の燈心をともしただけで書籍をひらくこともしなかった。

かれは、オランダ大通詞《おおつうじ》西善三郎の顔を思い起していた。西は、幼児のような細い声でオランダ語修得を志すなどということは、時間の浪費にすぎぬ無駄《むだ》なことだと言い、その修得がいかに至難なものであるかを実例をあげて説明した。

良沢は、西が決して悪意からそのような忠告をしたのではないことを知っていた。長崎屋に同行した杉田玄白が別れる時に、オランダ語を理解することは困難であるらしい。オランダ語の修得を断念するということを口にしたのも無理はないと思った。オランダは遠い異国の地であり、そこから日本にやってきているオランダ人は、皮膚も眼も毛髪の色も異っている。かれらがつかう言葉も異様だし文字も縦書きではなく横書きで、妙な符号のようなものがならんでいるだけである。それらを理解しようとすることは、犬や猫《ねこ》の啼《な》き声の意味をさぐるのと大差ないようにすら思える。

しかし、良沢は、西の忠告に素直にしたがう気になれなかった。むしろかれの言葉にいらだちを感じていた。

西はオランダ語に通じるまでに言語に絶する苦労をし、しかもその業はまだ半ばにも達していないといった。だが西は、覚束《おぼつか》ないながらもオランダ書を読みその大要を知ることができ、オランダ人とも簡単な会話をかわしている。西に可能なことが自分にはたせぬ道理はない。伯父の宮田全沢が口にした「人の顧《かえり》みぬこと」とは、現在の自分にとってオランダ語の研究だ、とかれは信じた。

かれは、西の忠告を排してオランダ語の勉学に手がかりを得たいと思った。

すぐに頭に浮かんできたのは、江戸のオランダ語研究者青木昆陽《こんよう》（通称文蔵）であった。

昆陽は、元禄《げんろく》十一年に江戸日本橋の魚商の子として生れた。かれは、少年時代から学問を志し、京都におもむいて伊藤東涯《いとうとうがい》の門に入り、古学をまなんだ。が、商人の子であるかれは登用されることもなく江戸にもどり、寺子屋をひらいて細々と生活をつづけていた。

その後、かれの学識が町奉行大岡越前守《えちぜんのかみ》の知るところとなって、薩摩芋《さつまいも》の栽培を全国的なものとすべきだと説いた「蕃薯考《ばんしょこう》」が幕府に採用された。その功によって、かれは元文《げんぶん》四年に幕府に召され書物写物御用係に任ぜられた。その後かれは一層学業に精励するとともに、西洋文明にも深い関心をもつようになっていた。

将軍徳川吉宗《よしむね》は、西洋の事物に異常なほどの興味をいだいていた。かれは、毎年春オランダ商館長一行が長崎から将軍に拝礼のため江戸にくるのを楽しみの一つにしていた。

それまでは、将軍の謁見《えっけん》も御簾《みす》をへだてておこなわれていたが、好奇心の強い吉宗は簾《すだれ》をとりはらって商館長一行に対した。そして、かれら一行の在京中に再び登城させては、オランダ人にさまざまな仕種《しぐさ》を強《し》いたりしていた。

かれの西洋文明に対する関心はさらにつのり、長崎に家臣を派して天文、地理、医学関係の事物や武器、船舶、時計等を輸入させ、また犬、馬をはじめ象にいたるまで入手しようとはかった。

かれは、日本の将来にとって洋学の導入につとめるべきだと考え、キリスト教関係の書籍をのぞく洋書の輸入を許可した。それは、江戸幕府創設以来の鎖国政策の重要な禁令となっていた禁書の令を大胆にも破った行為であった。また侍医桂川甫筑《かつらがわほちく》に命じてオランダ医学の知識を得るようにうながしたりしていた。

さらに吉宗は、洋書を解読できぬことをうれえてオランダ語を専門に修得する人材をそだてたいと願うようになった。そして、元文五年書物写物御用係青木昆陽と御目《おめ》見医師《みえ》であり薬草御用係の野呂元丈《げんじょう》の両名に、オランダ語研究に専念するよう命じた。

青木と野呂は、その命にしたがって江戸に参府の商館長一行の定宿《じょうやど》である長崎屋にしばしばおもむいて、随行の大通詞らについてその修得につとめた。そして、オランダ書の紹介にとりくみ、いつの間にか江戸最高のオランダ語研究の権威と評されるようになった。

その後、野呂元丈は宝暦《ほうれき》十一年に死去し、青木昆陽が代表的なオランダ語研究者として名声を一身にあつめていた。

しかし、その日長崎屋で大通詞西善三郎は、青木、野呂の両名も努力はしてきたがその成果に見るべきものはないと言った。それは、良沢を愕然《がくぜん》とさせたが、西は決していつわりを口にしたとも思えなかった。

良沢は、途方にくれた。かれは、ひそかに青木昆陽に学んでオランダ語を身につけたいと思っていたが、昆陽の語学力も西からみれば初歩の域を出ぬものらしい。

しかし、良沢は、たとえ昆陽のオランダ語に関する知識がとぼしいものではあっても、師事すべきであると思いなおした。

数日後、かれは青木昆陽のもとを訪れその門に入った。

かれの眼《め》に、昆陽は、偉大な存在に思えた。昆陽は、多くの長崎通詞と接する間に「和蘭《おらんだ》貨幣考」をはじめ多くの著書を出している。たとえ西善三郎がどのような評価をしようとも、昆陽は未開拓のオランダ学の分野に分け入り着実な業績をのこしていることは事実だった。

良沢は、熱心に昆陽のもとに通った。かれの眼には、昆陽の知識をのこらず吸収しようとする殺気に似た光がはらんでいた。

そうした良沢の学究的な態度に昆陽もうごかされたらしく、自分の著書を読ませ、その質問にも詳細に答えた。

殊《こと》に良沢が一心に勉強したのは、昆陽の著書である「和蘭文字略考」であった。その著書は三巻から成っていて、第一巻はＡＢＣの二十六文字の字体と発音からはじまっている。ＬとＲについては「ｌハ舌ヲアゲテ呼ブナリ。ｒハ舌ヲ巻テ呼ブナリ」などとその発音の相異などもしるされている。また字と字の組合わせについても書かれているが、その記述には昆陽のオランダ語に対する好奇心があふれていた。

第二巻と第三巻は、オランダ語の単語七二一語が紹介され、それに日本語訳と発音が書きとめられていた。

良沢は、その記述を眼にして驚嘆した。西善三郎は、昆陽の知識は取るに足らないものと評したが、七百語以上の単語が整然と分類されたその著書は、昆陽がオランダ語研究の分野にかなり深く食いこんでいることをしめしていた。

「驚き入りました。先生はどのようにしてこれほど多くのオランダ語をきわめられたのでございますか。人のなせるわざではございませぬ」

良沢は、思わず昆陽の顔を見つめてたずねた。

老齢の昆陽は、顔色もすぐれず健康にも自信がないようでいつも大儀そうに脇息《きょうそく》にもたれていたが、かれは良沢の質問に表情をゆるめると、

「今の私には、その当時の根気はもう失《う》せている。物の怪《け》に憑《つ》かれていたようなものだ。毎年春出府するオランダ商館長一行のくるのを待ちかねて、何度長崎屋へ足をはこんだか知れぬ。たとえば夏をオランダ語では soomer ソオメルというが s はエッサ、o はオ、m はエンマ、e はエ、この m と e を合わせてメ、r はエラ、それらをすべてつなぎ合わせるとソオメル、夏となる。これを一つ一つ通詞にきき、書きとめる。私が執拗《しつよう》に長崎屋へ通い質問するので、さすがに通詞もいやな顔をしてな。しかし、私は幕命を受けている身だ。通詞がどのような態度をとろうと、私はいっこうに意に介さぬ。時には腹痛をおこしているなどと仮病をつかわれたり、外出されたりしたこともあったが、私は長崎屋がよいをやめようとはしなかった。しかし、今考えてみると、通詞たちもよく相手になってくれた。この和蘭文字略考も私自身の力ではなく、通詞たちが力を貸してくれたからこそできたものだ。幕命だからといって通詞に無理に頼んで書いてもらった単語も数多い」

と、言った。

良沢は、昆陽の率直な言葉にその著書の完成した経過を知ることができた。西善三郎が評したように昆陽の語学力はとぼしいが、通詞の協力を得てこのような著書を得た昆陽の業績は高く評価しなければならぬと思った。

良沢は、「和蘭文字略考」の筆写につとめ、さらに「和蘭語訳」も精読した。それは、四つの短文を例に日本語訳をふしたものであった。

しかし、かれは間もなく師の昆陽から直接教えを受けることはできなくなった。健康を損じていた昆陽が病臥《びょうが》したからである。

昆陽と良沢の師弟関係は一年にも満たない短期間のものであったが、良沢にとってオランダ語の初歩を修得する貴重な機会であった。


その年の春、良沢はたまたま大通詞吉雄《よしお》幸左衛門と相識《あいし》るようになっていた。

幸左衛門は、オランダ大通詞吉雄藤三郎の長男として生れ、元文二年、十四歳のおりに稽古通詞を命じられた。

通詞が大通詞に昇進するのは普通五十歳前後であるが、幸左衛門は二十五歳の若さで早くも大通詞に推された。このことだけでもあきらかなように、かれが語学的な才質にめぐまれ、しかも研究熱心であることがわかる。

例年大通詞の中からすぐれた者がオランダ商館長一行の江戸参府に随行するが、それを年番大通詞と称し、幸左衛門は大通詞に昇進した年に年番大通詞ともなる異例の抜擢《ばってき》をうけている。そして、その後かれは計十二回年番大通詞として江戸におもむいている。かれは、すぐれた語学力を駆使してオランダ書を通じ西洋の天文、地理、医術、本草学等の研究につとめ、殊に医術の修得には熱心だった。

かれは、多くの医書に眼を通すとともにオランダ商館に勤務するオランダ人医師から医学の知識を吸収した。そして、実際の治療にもしたがい、名医としての声価もたかまり遂には吉雄流の一派も興した。長崎に遊学する医家たちは、幸左衛門の教えをうけようとかれのもとにむらがり、門人六百名にもおよぶ大流派になった。

幸左衛門は、その年も年番大通詞として商館長ヤン・クランス一行に随行して出府し、長崎屋に投宿した。むろんかれの名声をしたって多くの洋学に関心ある者が長崎屋におもむき、かれの教えを乞うた。

その江戸滞在中に、前野良沢の身辺で一つの事故がおこった。藩主奥平昌鹿の御母君が江戸藩邸で顚倒《てんとう》し、脛《すね》を骨折してしまったのである。御手医師である良沢は、ただちに藩邸に参上し、かなりの重傷であることを知ったので江戸の専門医をつぎつぎに招いて治療にあたらせたが経過はかんばしくない。藩侯《はんこう》奥平昌鹿は、深く心を痛め、その病床をしばしば見舞った。

困惑した良沢は、ふと長崎屋に逗留《とうりゅう》している幸左衛門の診療を乞うことを思いついた。かれは、幸左衛門の創始した吉雄流外科に整骨法という医術がくわえられていることを知っていた。整骨法は、長崎の医家吉原元棟《もとむね》が拳法《けんぽう》を参考に編み出した医術で、幸左衛門もそれに着目して元棟の教えを乞い、それを吉雄流の外科にくわえていたのである。

良沢は、西洋医学にくわしくしかも整骨法を会得《えとく》している幸左衛門こそ藩侯の母君の治療者として最も適している医家だと思った。ただ異国から渡来した西洋医術を妖術《ようじゅつ》として忌避する傾向が一般的に強かったので、藩侯がその来診を許可するか否《いな》かあやぶまれた。

しかし、他に良策もないので良沢は、藩主昌鹿にその旨《むね》を申出た。昌鹿は、ただちに賛成した。かれは進取の気象に富んだ藩侯で、洋学に深い理解をもっていたのだ。

良沢は、早速使いを長崎屋に派し、やがて幸左衛門が迎えの駕籠《かご》に乗って治療具をたずさえ邸にやってきた。

幸左衛門は、ただちに治療にとりかかった。その方法は、良沢の眼に斬新《ざんしん》な方法として映り、あらためて幸左衛門の医術が並々ならぬものであることを知らされた。

その後、幸左衛門は熱心に治療をつづけ、昌鹿の母君の骨折は快癒《かいゆ》した。

治療のたびに立ち会っていた良沢は、幸左衛門と親しく言葉をかわすようになっていた。そして、幸左衛門も良沢が青木昆陽のもとにかよってオランダ語修得につとめていることを知っていた。

最後の治療が終った日、良沢は、幸左衛門を門のかたわらまで送り出しながら、思いきったように言葉をかけた。

「幸左衛門殿、おたずねいたしたいことがございます」

その声に、幸左衛門は、足をとめた。

「幸左衛門殿は、高名な大通詞であられるが、私のいだいている疑問をどのように御判断なさるかおうかがい申し上げたい。御承知のように、私は青木昆陽先生に師事してオランダ語の修得につとめてまいりました。オランダ語についてなにも知らぬ身ではありますが、昆陽先生のオランダ語に対する知識はきわめて深いものと尊敬しております。ところが先年、出府なされたオランダ大通詞西善三郎殿にお眼にかかりました折、西殿は、昆陽先生のオランダ語の知識はとるにたらぬものと申されました。西殿がいつわりを申すとは思えませぬが、どのように解してよいものか、おきかせねがえませぬか」

良沢は、幸左衛門の顔を見つめた。

幸左衛門の顔に、かすかな笑みがうかんだ。そして、庭の一隅《いちぐう》をいろどる桜の花に眼を向けてしばらく黙っていたが、

「貴殿の申されるとおり、西殿はいつわりを申すような方ではござらぬ。自らの経験でそのように申されたのでござろう」

と、良沢におだやかな顔を向けた。

良沢は、絶句した。師の昆陽がそのように評価されているとは到底信じがたかった。

かれは、口をひらいた。

「しかし、昆陽先生には和蘭文字略考というすぐれた著書がございます。七百余におよぶオランダ語に日本語訳と発音も詳細にしるされており、一応必要な単語がおさめられてあります。あのような書物を著した昆陽先生でも、まだ取るに足らぬ浅学の徒と申されるのでございますか」

良沢の顔に、血の色がのぼった。

幸左衛門の顔からおだやかな表情が消え、その眼に鋭い光がうかんだ。

「仰《おお》せのとおり、青木昆陽先生の御知識ではオランダ語を話すことも、日本語に訳すこともかなわぬと存じます」

幸左衛門は、断定するように強い語調で言った。

良沢は、口をつぐんだ。自分の顔から血の気のひいてゆくのが意識された。

「良沢殿。よくおきき下され。オランダ語は、異国の言葉でござる。たしかに昆陽先生の御書物の中には、オランダ語をどのように声をあげて読むべきかしるされておる。しかし、その通りに読んでみても、オランダ人にはなんのことやらわからず、通じませぬ。実地にオランダ人がどのように発音するのか、口うつしに何度も飽くことなく反復し、たしかめて、ようやく通じ申すのでござる。それにオランダ人も、わが国で江戸と長崎では言葉が相異るように、その出生地によって同じオランダ語でも人によって呼び方がちがいます。それらも会得せねばならず、昆陽先生の御書物にしるされた呼び方だけでは、到底用に足り申さぬ」

幸左衛門は、そこで言葉をきると、ふたたび庭の桜樹《おうじゅ》に眼を向けた。

「さらに、オランダ書を読みわけることについてでござるが……」

幸左衛門の眼が、ふたたび良沢の顔に注がれた。

「たしかに和蘭文字略考には七百以上の単語の日本語訳が書きしるされておりますが、あれのみでオランダ書を解することはとてもできませぬ。オランダ書を御一読なさらばすぐにお気づきになるはずですが、言葉と言葉をつなぐ多くの言葉がござる。鎖のようにつながっている文章を、ところどころ単語がわかってもそれを読みくだし理解することはかないませぬ。それに、オランダ文は、日本文と異り後のものが前にゆき、前のものが後にと訳さねばならぬ約束がござる。その点は、漢文と似ておるところもありますが……」

幸左衛門は、吐息をつき口を閉じた。かれの顔には、オランダ語修得の苦痛がよみがえったのか暗い表情がかげっていた。

良沢は、顔をこわばらせて立ちつくしていた。かれは、厚い壁に道をとざされたように暗澹《あんたん》とした思いにひたっていた。

「桜の花も散りはじめましたな。これで長崎へもどると、もう夏になっております。いずれ長崎へもおいで下され。それでは……」

幸左衛門は顔におだやかな表情をうかべると、良沢にかるく頭をさげて門の外へ出た。

良沢は、幸左衛門の大きな体が待たせてあった駕籠の中に消えるのを見つめていた。

三

桜の花が散って間もなく、前野良沢《まえのりようたく》は、オランダ商館長ヤン・クランス一行が江戸を出立《しゅったつ》して長崎へもどっていったことを耳にした。

かれは、オランダ大通詞《おおつうじ》吉雄《よしお》幸左衛門の顔を思いうかべていた。三年前に会った大通詞西善三郎についで吉雄幸左衛門も、オランダ語修得がきわめて至難なわざであると言った。そして、江戸随一のオランダ語研究者青木昆陽の語学力を、未熟なものであると断言した。昆陽を師と仰ぐ良沢は、その言葉に大きな衝撃をうけた。

良沢は、放心したように日をすごした。自分の胸の中にたぎっていたオランダ語に対する情熱が急に冷えてゆくのを意識していた。

かれは、自分の年齢を思った。人生五十年というが、かれはすでに四十七歳に達し、総髪の髪にも白毛《しらが》がかなりふえている。視力も若いころからの書見で数年前から衰えがいちじるしくなって、書物もかなりはなさなければ文字を追うことができなくなっている。

杉田《すぎた》玄白《げんぱく》は、西善三郎のもとに同道した折、西から時間の無駄《むだ》と言われたことを素直にうけ入れて、オランダ語の修得を断念するともらしていた。自分より十歳も年下の玄白すらそのように考えたのに、老いのしのび寄っている自分があらたに異国の言語を理解しようとつとめることは滑稽《こっけい》なのかも知れぬ、とかれは思った。

かれは、書見からも遠ざかって縁に坐《すわ》り、ぼんやりと庭をながめていることが多くなった。

なに不自由のない身なのだ……と、かれは、しばしば口の中でつぶやいた。

妻の珉子《びんこ》は、柏木《かしわぎ》家から嫁いできたが、藩内でも評判の美しい顔立をしていた。家計のやりくりも巧みであったが、その巧みさが決して表面には露出しない。台所をこせこせ動きまわっているようなことはなく、自然に家の中が整然とまとまっていると いう感じであった。それは、珉子が女に珍しく人間としての幅をもっているからで、良沢にはそうした妻の存在が貴重なものに思えた。

妻は、三人の子を生んだ。二人の娘は、妻に似て目鼻立ちがととのい肌《はだ》も白く、息子の達《たつ》は、良沢に似て背丈の高い若者に成長している。達は、少年時代から書物になじみ、行く末は良沢の跡をついで藩医として医学の道にすすみたいと志している。

幼くして父をうしない、母に去られ、孤児となった良沢にとって、妻と三人の子にかこまれた生活は得がたいものに思われた。かれは気むずかしく、子供にもきびしい躾《しつけ》を課してきたが、妻と三人の子の間には笑い声が絶えない。そうした家庭内の明るい空気も、妻のおおらかな性格に起因するものにちがいなかった。

不運な幼年時代をおくりながら、前野家にむかえ入れられて中津《なかつ》藩の藩医になったかれは、予想もしなかっためぐまれた境遇に身をおいていることを感謝していた。

冷静に考えてみれば、それ以上なにも望むものはないはずであった。藩医として主君につかえ、子の達に勉学の道をすすませて家を継承させるだけで満足すべきであった。そうした身でありながら、五十歳にちかい年齢になって新たにオランダ語修得などという難行を自らに課する必要もないように思えた。

緑の色が、日増しに濃くなった。かれの住む中津藩侯の中屋敷にちかい鉄砲洲《てつぽうず》の海岸には、魚釣《つ》りのたよりもきかれるようになって、船宿のにぎわいも増しているようだった。

或《あ》る夜、子の達が食事を終ると、

「父上は、平賀源内《ひらがげんない》殿とお会いになったことがありますか」

と、不意にたずねた。

会ったことはない、と良沢は即座に答えた。

「頭の働くお方のようでございますね。異国の文物を熱心に御研究なされておられる由で、その日その日の寒暖をはかる寒熱昇降器というものを作られて大した評判になっております。異国の機械と同じものを工夫して作られたそうです」

達は、眼《め》をかがやかせて言った。

良沢は、不快になった。寒熱昇降器のことはかれも知っていた。四年前の明和二年、オランダ商館長一行が江戸に出府してきた時、源内は杉田玄白らをともなって長崎屋におもむきオランダ大通詞吉雄幸左衛門に会った。この時のことを良沢は幸左衛門か

ら直接きいたことがある。幸左衛門は、

「オランダにタルモメートル（寒暖計）というものがありまして、たまたまずさえておりましたので、源内殿にお見せしました。源内殿は非常に興がりまして、手にとって仔細《しさい》に見ておられましたが、その装置の製造法を突然口にされました。呆《あき》れ申した。その通りなのでござる。驚いたお方です」

と、笑っていた。その後、源内は天性の器用さでタルモメートルを自力で作り出し、日本創製寒熱昇降器と名づけていた。

源内は、西洋の文物に異常なほどの関心をしめして走りまわっている。薬品の採取につとめているかと思えば、銅山の開発に関係したりしている。そして、かれは急に権勢をのばしてきている側用人《そばようにん》田沼意次《たぬまおきつぐ》の知遇も得て、幕命によって行動するようにもなっていた。

「それほどの評判か」

良沢は、にがにがしい表情で言った。

「はい、巷間《こうかん》にも源内殿の名はひろく知れわたっておりますが、父上は源内殿の御業績をどのように考えられておられますか」

と、達は問うた。

良沢は、返事をするのも億劫《おっくう》だったが、源内の生き方に憧憬《どうけい》を感じている達の考え方をたしなめておかねばならぬと思った。

「せわしない男だ。人の口の端《は》にのぼることを意識してうごきまわる源内のような男を、私は好きになれぬ。俗物だと思っている」

良沢は、きつい語調で言った。

達は口をつぐんだが、妻の珉子は微笑している。その顔には、いかにも夫の言葉らしいという表情がうかんでいた。

「しかし、熱心な男であることはみとめる」

良沢は、つぶやくように言って暗い庭に顔を向けた。

源内は、花から花に蜜《みつ》をもとめて舞う胡蝶《こちょう》のように西洋の文物を生かじりするだけだが、その旺盛《おうせい》な好奇心は軽視できない。その行為は人気とりの軽薄な心情から発したものではあるが、それも時代の反映にちがいなかった。

時代は、はげしく動いている。従来は大陸からつたわった文物が外来知識のすべてであったが、長崎の出島《でじま》をへて西洋の文物があらたに入りこんできている。しかもその知識は、大陸からのものよりもはるかに実証的で、かなりの正確さをもっているように思える。

そうした風潮を源内は機敏に察知して、西欧の文物を日本に移入しようと東奔西走している。そして、将軍吉宗《よしむね》以来西洋文明の導入に寛大さをしめす幕府の政策にたすけられて、源内のうごきも活溌《かっぱつ》なものになっているのだ。

良沢は、複雑な感情を持てあますように庭に眼を向けつづけていた。

梅雨がすぎると、暑い夏がやってきた。

かれは、師の昆陽《こんよう》のもとを訪れることもなく家に閉じこもっていた。

八月に入ると、中津藩邸は急に騒がしくなった。藩侯奥平昌鹿《おくだいらまさか》が参勤交代のため帰国するので、その旅仕度がはじまったのだ。

八代将軍吉宗退隠後、各藩の財政状態は窮乏の一途をたどっていた。それは、経済機構の根本的な変化がもたらした時代の趨勢《すうせい》によるものであった。

徳川幕府開府後、次第に頭角をあらわしはじめた商人の力がいつの間にか強大なものになって、年を追うにしたがって従来の米穀中心の経済から商品経済へと移行していた。そして、それは必然的に農村の性格を変貌《へんぼう》させ、疲弊させる結果をまねいていた。

各藩の財政は、農地から取りあげる年貢《ねんぐ》によってささえられていたが、農業の貧困化によって、各藩は一様に財政困難におちいっていた。そうした中で、幕府の強制する参勤交代は各藩の財政に重圧となってのしかかった。

中津藩は十万石であったが、江戸と九州豊前《ぶぜん》の中津までの長旅に要する費用は大きな負担になっていた。藩主昌鹿は、財政問題にとりくんで率先して倹約に専念していた。そして、旅の費用も出来るだけきりつめるように命じていたが、大名としての格式も保持しなければならず、その苦悩は大きかった。藩士たちは旅の準備にあわただしくうごきまわっていたが、かれらの顔には一様に沈鬱《ちんうつ》な表情がうかんでいた。

八月下旬、江戸の気象は荒れに荒れた。

酷暑がつづいた後に、落雷をともなう豪雨に見舞われ、三日後にはすさまじい大暴風雨が襲来した。江戸の町々には風が狂ったように走り、塀《へい》はたおれ、樹木は折れ、瓦《かわら》は飛び散った。

中津藩邸でも、海の方向から吹きつける烈風で最も樹齢の古い樹木が折れて池の中に突きささった。

暴風雨が去ると、藩士たちは樹木の取り片づけや瓦の修復に専念した。江戸の被害ははなはだしいらしく、深川の三十三間堂が顚倒《てんとう》したという話もつたわってきた。

その思わぬ災害で旅立ちが気づかわれたが、八月末の早朝奥平昌鹿は、家臣をしたがえて藩邸を出立した。昌鹿の駕籠《かご》を中心に騎馬供十騎、足軽八十人、中間人足《ちゅうげんにんそく》百四十人が列をくみ、槍《やり》をはじめ多くの荷物がつづいてゆく。その中には、藩医前野良沢の姿もまじっていた。

行列は、東海道をすすんだ。さいわい途中川止めにもあわず順調に宿をかさねて、江戸を出立してから十二日目には大津へついた。そして、大阪をへて中国道を瀬戸内海沿いにくだった。

そのころ、各地で悪性の風邪が流行し、中国道に沿った地でも病いにふす者が多く、死者まで出たという話がつたわってきた。良沢は、それに対する処置として薬草をあつめ、宿場に入ってから汗にぬれた下着を着換えることをすすめ、さらに月代《さかやき》を剃《そ》ることを一時ひかえるように指示したりした。

一行は、その流行からのがれるように中津への旅を急ぎ、中津へついたのは十月に入って間もなくであった。

良沢は、それまで何度も参勤交代の藩主にしたがって江戸と中津の間を往来したが、いつもの旅よりもはげしい疲労を感じていた。老いがしのび寄ってきているのだ、と良沢はあらためて肉体のおとろえを感じた。

中津に、秋色は濃かった。紅葉の色はさめ、落葉がはじまっていた。かれは長旅の疲れをいやすため、家にとじこもっていることが多かった。

中津について一カ月ほどしたころ、かれは師青木昆陽が死去したことを耳にした。その報《しら》せは、かれを悲しませた。昆陽は、かれにとってオランダ語修得の唯一《ゆいいつ》の師であった。短い期間ではあったが、昆陽は自分の得た知識を熱心にかれにつたえ、良沢もその吸収につとめた。そうした師弟関係にあっただけに、良沢は唯一の支柱がくずれ去ったことを知った。

かれは、広漠《こうばく》とした原野にただ一人取りのこされたような心細さを感じた。その日、かれは中津の町の中をあてもなく歩きつづけた。そして、人家に灯《あかり》がともりはじめたころ、かれは町はずれで足をとめた。

かれは、頭が冷たく冴《さ》えるのを意識していた。大通詞の西善三郎も吉雄幸左衛門も、江戸随一のオランダ語研究者である青木昆陽の語学力を未熟なものとして否定した。良沢にとって、師昆陽を軽視する大通詞の言葉は不快で、それに反撥《はんぱつ》する意識が強かった。しかし、師の死を知った良沢は、いたずらに西と吉雄にいどむような感情をいだいていたことは好ましくないことだと気づいた。

素直にならねばならぬ……、と良沢は町の淡い灯を見つめながら思った。そして、学業は、年齢に関係なくつとめるべきものだとも思いなおした。

西と吉雄の両大通詞が昆陽を軽んじたのには、はっきりとした根拠がある。それは、昆陽が江戸に腰をすえたままオランダ語をきわめようとする態度を不服としたことに原因している。

たしかに昆陽は、長崎にも行かず、毎年江戸に出府してくるオランダ商館長一行に接触してオランダ通詞に教えを乞《こ》うにとどまっている。そのような態度では到底オランダ語をきわめることは不可能だ、と西たちは言っているのだ。

吉雄は、その年の春良沢と別れる折に、

「長崎へ参られたらいかが」

と、言った。それは、オランダ語修得をこころざす良沢に、長崎での勉学をすすめた言葉と解される。

中津から長崎へは近い。藩主に随行して中津へきたことは、偶然とは言え天のあたえてくれた絶好の機会かも知れぬ。そして、この機会をのがせば、生涯《しょうがい》長崎へおもむくことはかなわぬようにも思えた。

良沢の胸に、熱いものがひろがった。たしかに自分は、五十歳にちかい年齢に達している。新たな学問に取りくむには老いすぎているのかもわからぬが、逆に考えてみれば死のせまった年齢であるからこそ学業にはげまねばならぬとも言える。一介の藩医として生涯を終えるよりは、心をふるい立たせて余生をオランダ語研究にささげる方が人間としてこの世に生れ出た甲斐《かい》がある。

長崎へゆきたい、とかれは思った。が、かれは自分の立場をかえりみた。藩医として主君につかえる身であるかぎり、自由な行動はゆるされない。それも、医学研鑽《けんさん》のため長崎へ遊学するならば理由は立つが、医学に直接関係のないオランダ語修得の目的では許可を得られそうにもなかった。

かれの感情は、たちまち萎縮《いしゅく》した。長崎へゆきたい気持は強いが、かれは身勝手な行動をすることができない性格だった。身を律することのきびしいかれは、自分の欲望のみで藩医としての職務を一時的にも放擲《ほうてき》することは避けたかった。

かれは、肩をおとすと夜の色のひろがった道を寒風に吹かれながら歩きはじめた。

しかし、翌日かれの耳に一つの風聞がつたわってきて、ふたたび長崎行きの願望が燃えさかった。それは、平賀源内がその年の夏老中格に昇格した田沼主殿頭意次《とのものかみおきつぐ》の命で翻訳御用として長崎に出立したという報せであった。

田沼意次は、紀州家の一藩士の子として生れ、十五歳のおりに世子《せいし》家重《いえしげ》の小姓《こしょう》になった。そして、家重が延享《えんきょう》二年に九代将軍となってから御側衆《おそばしゅう》にのぼり、家重に重用された。さらに次の将軍家治《いえはる》の寵《ちょう》をもうけ、明和《めいわ》四年には側用人に任ぜられ、その年に二万五千石の禄高《ろくだか》で老中格にまで昇進したのだ。

身分のひくい者としては異例の出世で、それだけに多くの者の反感を買ったが、かれはすぐれた処世術で幕府内に着実に権勢をのばしていった。かれは実利的な政治家で、その政治に対する態度は農業経済から商業経済に移行する時代の流れの要求にこたえるのに適していたのだ。

かれは、窮乏した幕府の財政を建てなおすために貨幣の新鋳《しんちゅう》をおこなうと同時に、銅の独占をはかったりした。そして、洋学者平賀源内を重用して、国産振興を目的に源内を長崎へ派したのである。つまり源内は、田沼意次の経済政策に協力する洋学者として利用され、源内も同時に時代の要請にこたえたのだ。

良沢は、源内の長崎遊学に心の平静をうしないかけた。源内の活動は華やかで、江戸からはるばる長崎へと出掛けてきている。その長崎遊学も西洋文物の表面を生かじりするだけで終るだろうが、源内の異常なほどの好奇心はなにかをつかむかも知れない。

良沢がいらだったのは、源内に対する嫉妬《しっと》ではなかった。源内が知識欲に燃えてはるばる江戸から下ってきているというのに、長崎にちかい中津で逡巡《しゅんじゅん》している自分が腹立たしくてならなかったのだ。

かれは、思いきって藩主に長崎遊学を願い出ようと決心した。そして、その日願い書を書きとめると筆頭藩医に提出した。

「医術修業ではなく、オランダ語をきわめるためと言われるのだな」

筆頭藩医は、書面に眼を落しながら顔をしかめた。

良沢は、不安になった。その願い書が藩主の不快を買って、おとがめをうけるのではないかと思った。

しかし、数日後、藩主昌鹿から長崎遊学を許可する旨《むね》の言葉が筆頭藩医を通じてつたえられた。期限は来年三月までであったが、意外なことにかなりの遊学費もあたえられた。

筆頭藩医の言によると、奥平昌鹿は良沢の遊学目的をただちに理解したという。昌鹿は、洋学に関心をいだいていて、オランダ語修得が西洋医書を読解できることにもなり、結局は西洋医術を研鑽することに通じると解したらしい。そして、その修得に要する費用も下附してくれたのだ。

良沢は、感激した。藩の財政は苦しく、その中で藩主が多額の金子《きんす》を支出してくれたことは良沢に対する好意のあらわれにちがいなかった。

かれは、藩主の期待にそうためにも全力をかたむけてオランダ語をきわめねばならぬとかたく心に誓った。そして、城内から退出すると、あわただしく旅仕度にとりかかった。

四

中津《なかつ》から長崎までは、五十六里の道程であった。

かれは、藩主の許可を得てから四日後に中津を出立《しゅったつ》した。十二月に入っていたので、風は冷たかったが、さすがに江戸の冬よりは暖かい。かれの懐中は豊かであったが、それは長崎で勉学のために使わねばならぬので馬にも駕籠《かご》にも乗らなかった。その代り宿を夜明け前に立って道を急ぎ、夕方早目に宿場へ入るようにしていた。

中津を出て八日目の夕刻、かれは諫早《いさはや》についた。そして、翌朝早く宿を出ると古賀、矢上《やがみ》をへて、その日のうちに長崎へ入った。

かれは、初めて眼《め》にする長崎の風光の美しさに驚いた。前面に明るくかがやく湾があって、それをとりかこむように丘陵がつづいている。常緑樹の緑があざやかで、人家の瓦《かわら》がかさなり合うようにつづいている。

町には、得体の知れぬ活気がみちていた。それは、日本で唯一《ただひと》つ異国にひらかれた港であるからにちがいなかった。

かれは、その日町の中の宿に泊った。宿の者たちは親しみのこもった眼を向けてきて、親切に応対してくれる。その態度はおおらかで、他国の者を扱いなれているのが感じとれた。

かれは、まず大通詞《おおつうじ》吉雄《よしお》幸左衛門の家を訪れてみたいと思った。長崎へくるようにすすめてくれたのは幸左衛門であるし、かれから教えをうけたいと思っていたのだ。

翌日、かれが宿の主人に幸左衛門の家の所在をたずねると、主人は宿の者に案内させてくれた。

幸左衛門の家は、海岸に近い所に立っていた。門構えの立派な邸《やしき》で、門に人の出入りがはげしかった。

かれは、玄関に立ち、

「お頼み申す」

と、声をかけた。

すぐに人の気配がして、若い門人らしい男が膝《ひざ》をついた。

良沢《りょうたく》は、

「中津藩医前野良沢と申す者です。幸左衛門殿には江戸藩邸でしばしばお眼にかかりましたが、お取りつぎいただきたい」

と、言った。男は軽く会釈《えしゃく》すると奥へ入っていったが、すぐに廊下を近づいてくる足音がした。姿をあらわしたのは、吉雄幸左衛門であった。

「良沢殿か。よく来られましたな。さ、お上り下され」

幸左衛門は、微笑をうかべながら良沢をうながした。

良沢は、幸左衛門の態度に安堵《あんど》した。長崎へくるようにと言った幸左衛門の言葉が、通り一遍の挨拶《あいさつ》ではないことを知ってうれしかった。

幸左衛門は、廊下をわたって奥まった一室に良沢をみちびき入れた。

部屋に身を入れた良沢は、内部の光景に驚きの眼をみはった。ひろい部屋の中には、書物がうずたかく積まれている。そして、その中には横文字の印刷された異国の書もまじっていた。

幸左衛門は、火鉢《ひばち》に炭をくわえると良沢と向い合って坐《すわ》った。そして、良沢の顔におだやかな眼を向けると、

「来られましたな」

と言って、微笑した。

良沢の口もとも、ゆるんだ。

「さて、私は良沢殿にどのようにすればよろしいのですか」

幸左衛門は、良沢の顔をのぞきこむように見つめた。

良沢は、首をかしげた。

「つまり私が申し上げたいのは、良沢殿が当地に来られた目的をおうかがいしたいのです。私は、貴殿のために出来るかぎりのことをして差し上げたいと存じておりますが、医術修業のためか、それともオランダ語を修得されたいためか」

良沢は、幸左衛門の質問の意味を理解した。常識的に考えて、良沢は藩医の身であり、藩主から長崎への遊学をゆるされたのは医術修業のためでなければかなわぬはずであった。吉雄幸左衛門は大通詞であるとともに吉雄流を創設した大医家で、良沢が医術修業のために長崎へきたと思うのも無理はなかった。

「オランダ語修得のため参りました」

良沢は、きっぱりとした口調で言った。そして、藩主奥平昌鹿《おくだいらまさか》に願い書を出し、正式に許可を得てきたことを告げた。

「名君の誉《ほまれ》たかい藩侯とはうかがっておりましたが……」

幸左衛門は、感嘆したように口をつぐんだ。そして、しばらくすると、

「長崎へも多くの方々が参られるが、オランダ語勉学を目的に来られた方はただの一

人もおりませぬ。良沢殿が初めてです」

と、感慨深げに言った。

「しかし、平賀源内殿が田沼殿のお指図で当地へ来られているという話をきいておりますが……」

良沢は、源内のことを口にするのはいやだったが、あえて問うてみた。

「源内殿ですか。たしかに来られておりますが、あの方は、動物、植物、鉱物などの類をあさって薬学の研究に走りまわっておられます。われら通詞にそれらに関する質問をなさることはしばしばですが、オランダ語を地道に勉強する気などありそうにも思えませぬ。源内殿は、そのようなことをなさる方でないことは、良沢殿も御存知でございましょう。それが源内殿の良さでもあるのですが……」

幸左衛門の顔に、可笑《おか》しそうな表情がうかんだ。

幸左衛門は、良沢よりも年齢が一歳若い。が、幸左衛門は、源内が知識を手あたり次第あさり歩く態度を全面的に肯定してはいないようだが、決して非難することはなく、それが源内の長所として容認している節がある。幸左衛門がそのような寛容さを持ち合わせているのは、若くして大通詞の職にのぼった才質と、オランダ商館員と長崎奉行所の役人との間に立ってわずらわしい人間関係をたくみにさばいてきたにがい経験によってつちかわれたものにちがいなかった。

「ところで、良沢殿は長崎にどのくらい滞在なさる御予定か」

幸左衛門が、良沢の顔を見つめた。

「百日ばかりです」

良沢は、顔を赤らめた。至難のわざであるというオランダ語の修得を、そのような短期間で一応の成果をおさめようとすることがひどく恥しかった。

「百日？　それはあわただしいことでございますな。しかし、藩主にお仕えの身としては無理もありますまい」

幸左衛門は、眉《まゆ》をしかめながらもしきりにうなずいた。そして、火箸《ひばし》で灰をいじりながら思案しているようだったが、

「それでは、このようにいたしましょう。私は、正直に申し上げて多忙の身です。大通詞のお役目をはたす以外に、諸国よりあつまってきている門人たちに医術を教えることもしなければなりませぬ。貴殿も御面識のある大通詞西善三郎殿は、昨年病いに倒れ亡《な》くなられておりますので、他に適当な通詞を御紹介いたしましょう。私も、無論御相談にのらせていただきますが、その通詞から知識を得られたらよろしいと存じます」

と言った。

かれは立ち上ると、机の前に坐り巻紙をひろげて筆をうごかすと、ふたたび火鉢の傍《そば》にもどって書状を手渡してくれた。その書状には、楢林《ならばやし》栄左衛門殿と表書きされていた。

「栄左衛門殿は、楢林家の宗家《そうけ》大通詞重右衛門高通《たかみち》殿の御舎弟で、昨年小通詞並になられた。丁度貴殿と同年の四十七歳で、人のお世話をねんごろになされる方です。書状を書きましたので、お近づきになられるとよいと存じます」

幸左衛門は、神妙な口調で言った。

良沢は、たずねた。

「西善三郎殿は亡くなられたのですか」

「御存知なかったのですか。五十三歳でした。蘭和《らんわ》対訳辞書の御執筆にとりかかられておられましたが、手がけられてから間もなくで、惜しいことをいたしました。知識の豊富な方でありましたのに……」

幸左衛門は、よくおこった炭火に眼を落した。

良沢は、小柄《こがら》な西の顔を思いおこした。師の昆陽《こんよう》は死亡し、さらに西の死を知って背筋の冷えるのを感じた。

幸左衛門は顔を上げると、近くに置かれた鈴を鳴らした。

「珍しいものを差し上げたい。コッヒーと申しましてな、コッヒー豆を炒《い》り申して土鍋《どなべ》で煎《せん》ずるのでござる。オランダの茶と申すべきもので、一種の薬でござる。私は、これを常用いたしておりますが、五臓の調子がすこぶる良い。また淋疾《りんしつ》にかかった者が小便をする折に痛んで尿が出にくいのも、コッヒーを常用いたしておりますと、小便もよく通じます。飲みつけると、なかなかに味わいよきものです」

幸左衛門は、眼をかがやかせながら言った。

やがて廊下に面した襖《ふすま》がひらいて、門人が小さな茶碗《ちゃわん》をささげて入ってきた。そして、幸左衛門と良沢の前に置いた。

茶碗の中には、黒ずんだ液が入っていてうっすら湯気が立ちのぼっている。

幸左衛門が白糖を液の中に入れて、箸でかきまぜた。

「いかがでござる」

幸左衛門はうながすと、茶碗を口にあててひと口飲んだ。

良沢も、茶碗を口もとに近づけた。物のこげたような異様な匂《にお》いが強く鼻をさした。かれは、茶碗をかたむけた。白糖でうすめられていたが、ひどくにがい飲物だった。

「なんという飲物と申されました」

良沢は、顔をしかめながらたずねた。

「コッヒーと申す」

幸左衛門が、答えた。

良沢は、コッヒーという言葉を胸の中で反芻《はんすう》しながら褐色《かっしょく》の液体を見つめていた。

吉雄幸左衛門の家を辞した前野良沢は、コッヒーの味が舌にのこって不快だった。

幸左衛門の説明によると異国の者たちは、不可欠の嗜好品《しこうひん》として常用しているというが、なぜあのようなこげ臭い匂いのするものを好むのか理解できなかった。

良沢は、顔をしかめながら歩いていたが、軒をつらねた家の裏手に井戸を見つけると堪えることができなくなって小走りに近寄った。そして、桶《おけ》に水をくむと何度も口をすすいだ。

ようやく気分が落着き、ふたたび路上に出て歩き出したが、あらためて幸左衛門の通詞職に徹した生活を見事なものだと思った。幸左衛門も初めはコッヒーの味に辟易《へきえき》したにちがいないが、オランダ人と接触しなければならぬ役目柄、無理にコッヒーを飲むことにつとめたのだろう。そして、いつかその味にもなれ、家庭でも常用するようになったにちがいない。おそらく幸左衛門は、オランダの知識を吸収するためにはオランダ人の好む飲物に親しみ、その生活を身をもって体験しなければならぬと思っているのだろう。

良沢は、コッヒーを味わったことも長崎へきた一つの収穫だと思った。

小川にかかった橋を渡った。水は澄んでいて、下流に海のかがやきがみえた。楢林栄左衛門高完《たかさだ》の家は、橋を渡ってすぐの所にあった。立山《たてやま》役所にちかい東中町で、閑静な家並がつづいている。栄左衛門の家は小さな平家であったが、小綺麗《こぎれい》に拭《ふ》き清められていた。

玄関に出てきた栄左衛門は、幸左衛門の言ったとおり親切で、幸左衛門からの書簡を差し出すとすぐに眼を通し、

「よく来て下されましたな」

と言って、愛想《あいそ》よく部屋に招じ入れてくれた。

かれは、他国から長崎へ遊学にくる者の世話になれているらしく、まず宿舎の心配をしてくれた。そして、良沢が宿屋に投宿していることをきくと、

「宿屋ではさわがしく、それに出費も馬鹿《ばか》になりませぬ。丁度よい部屋がございますから、そこに移られたらよい」

と、言って、すぐに身仕度をはじめ外に出た。

栄左衛門が案内してくれたのは坂道の途中に建つ豪商の別宅で、その庭内にある

離室《はなれ》を長崎へ遊学する者に貸してくれているという。

良沢は、その部屋が気に入って、その日のうちに宿をひきはらって移った。

かれは、翌日から栄左衛門の家をしばしば訪れるようになった。そして、意味のつかめぬ単語を口にしてオランダ語ではどのように発音し、どのような意味であるかを問い、その答を熱心に書きとめていった。青木昆陽の「和蘭《おらんだ》文字略考」にある七百ほどのオランダ語に、さらに出来るだけ多くの単語を身につけたかったのだ。

しかし、栄左衛門のオランダ語についての知識は、想像していたよりも乏しかった。良沢がたずねると発音して答えてはくれるが、オランダ文字でどのように書くのかわからぬことが多い。つまり栄左衛門は、通詞全般に共通していることだが、オランダ人とおぼつかない言葉で話すことはできても十分に読み書きするまでには至っていないのだ。

殊《こと》に栄左衛門は、医学用語について全くと言っていいほど発音することができなかった。痛いとか疲れたなどという感覚についての言葉は日常もちいるだけに知っているが、臓器についての質問にはただ首をかしげるだけであった。

やむなく良沢は、大医家でもある大通詞の吉雄幸左衛門を訪れて教えを乞わねばならなかった。

さすがに幸左衛門は、良沢の質問によどみない口調で答えてくれた。

「五臓についておたずねいたします。肺は、オランダ語でどのように申しますか」

「ロング（long）と申す。エル、オ、エンナ、ゲの寄合わせでござる」

「心臓は？」

「ハルト（hart）と申す。ハ、ア、エラ、テの寄合わせでござる」

「肝は？」

「レベル（lever）、エル、エ、イハ、エ、エラの寄合わせ」

「脾《ひ》は？」

「ミルト（milt）、エンマ、イ、エル、テ」

「腎《じん》は？」

「ニール（nier）、エンナ、イ、エ、エラでござる」

良沢は、そのたびに矢立の筆を素ばやくうごかして紙に書きとめていった。そして、夕方離室にもどると清書し、さらに翌日質問する事項を整理して出掛けて行った。

かれは、夜おそくまで青木昆陽の「和蘭文字略考」の復習につとめていたが、その書物の序の中に、

「ローフンハ早書ノコトニテ甚《はなは》ダ読ガタキユヘ記（サ）ズ」

と、書いてある一文に関心をいだいた。

かれには、そのローフンというオランダ語と早書という言葉の結びつきをあれこれ臆測《おくそく》してみたが、その意味がつかめなかった。「甚ダ読ガタキユヘ記（サ）ズ」と書いてあるところから考えて、昆陽にも理解できなかったことが察しられた。

良沢は、「和蘭文字略考」のその一節を楢林栄左衛門にしめして、ローフンとはなにかと問うた。

栄左衛門は、その一文を読むと、

「ああこれですか。例えば、書物というオランダ語のブークはベ（b）、オ（o）、エ（e）、カ（k）という文字の寄合わせで、通常は一つずつはなして書きますが、ローフンの場合は、b、o、e、kをこのようにつづけて書き申す」

と言って、筆をとるとb、o、e、kを一筆でつなげて書いてみせた。

「この書き方を昆陽先生は早書きと申したわけで、わが国の文字の書き方にも文字と文字をつづけて一筆で書くことがござろう。オランダ人とて同じことで、書簡など書く時はローフンにするのでござる」

「なるほど」

良沢は、しきりにうなずいた。そして、

「たとえ国はちがっても、人というものは同じようなことをいたすものですな」

と、感嘆した。

栄左衛門は、明快に答えることができたことに満足そうな微笑をうかべていた。


明和《めいわ》七年が、明けた。

良沢にとって、長崎の正月の行事は珍しかった。

家々の戸口には、奉書にまいた松、竹、梅が紅白の水引でむすばれ門にくくりつけられている。近くの立山役所や役人の邸《やしき》の前には大きな松飾りがすえられていた。

町の中には、年始や墓参の人々が着飾って往《ゆ》き来し、路上では子供たちが、手まり、羽子板などに興じている。そして、その間を異様な笛をならした者たちが銅鑼《どら》をうち片張太鼓をならしながら、家々の戸口を訪れてはにぎやかにはやして歩く。その笛は、チャルメラまたはチャンメラとよばれる異国からの渡来物で、家々ではチャルメラ吹きに十文程度の金を祝儀《しゅうぎ》としてあたえるのだ。

また正月の祝い歌をうたう芸人や、万歳《まんざい》、幼女の手踊りなどが町をながし、長崎の町はそれらの音曲や歌声であふれていた。

正月二日に良沢は、吉雄《よしお》幸左衛門、楢林《ならばやし》栄左衛門の家に年頭の挨拶《あいさつ》にいったが、かれらは長崎奉行所にいっていて留守であった。それは、出島のオランダ商館に住む商館長の代理として通詞が奉行所に、「かひたん年頭御礼」という手札を差し出し挨拶する恒例の行事があったからである。

良沢は、異国の雰囲気《ふんいき》をまじえた長崎らしい正月風景に興味をもって町々を歩きまわったが、日がたつにつれて落着きをうしないはじめていた。

長崎の正月行事は、いつ果てるともわからない。豪商の別宅の女中は連日雑煮を出し、七草には粥《かゆ》をすすめてくれたが、七草後も町のにぎわいは依然としてつづいている。

十日には、別宅に出入りの商人が多数あつまって陽気な酒宴がひらかれた。それは十日恵美須《とおかえびす》と称する年中行事で、女中の話によると、その日遊女町の丸山《まるやま》では、客に酒をすすめて酔わぬと帰さぬ風習になっているという。

さらに翌日は帳祝いといわれる祭日で町はにぎわい、夜には女が美々しく着飾って、雇人に箱提灯《はこぢょうちん》をもたせて新年の礼まわりにゆきかう。長崎奉行所も正月気分にひたっていて、御用始は十三日になってからであった。

しかし、行事はそれで終ったわけではなかった。十五日は上元の日と称して小豆粥《あずきがゆ》を食べ福済寺《ふくさいじ》で祭りがおこなわれ、翌日は商家の奉公人が藪入《やぶい》りで暇をとり、二十日には骨正月で赤飯や煮込みが祝われた。

良沢は、呆然《ぼうぜん》としていた。通詞の家を訪れても、そこに待っているのは酒宴で、かれも強引に招じ入れられる。酒は好きだったが、かれにはオランダ語修得という重要な仕事がある。藩主からゆるされた百日間の遊学期間内でできるだけオランダ語の知識を身につけたいと願っているかれには、酒を飲んで陽気に時をすごす気にはなれなかった。

町は、正月を祝う気分で浮き立ち、良沢はその渦《うず》の中にまきこまれていた。

一月十五日はオランダ商館長一行が江戸参府のため長崎を出立する日で、かれははげしいいらだちを感じた。

その日朝早く、諏訪《すわ》神社で道中の安全をいのる湯立てがおこなわれ、一行は美々しく駕籠《かご》をつらねて出発していった。商館長は前年にヤン・クランスと交代したオルフエルト・エリアスで、オランダ外科医などをともなったかなりの人数であった。

良沢は、商館長一行がやがて江戸につき長崎屋に投宿するのだ、と思った。そこには、オランダの知識を吸収しようとして多くの洋学に関心をもつ者が押しかけてくるにちがいない。そして、かれらは通詞たちからなにかを得、披露《ひろう》される西洋の書物や器具などに眼《め》をみはるのだ。

そうした江戸の洋学研究家に比較して、良沢は知識を得るのに有利な長崎へきている。当然かれは、多くのものを身につけることができるはずなのだが、正月気分にみちた長崎ではただ町の中をうろつきまわるにすぎない。かれは、むしろ江戸にいて商館長一行と接する者たちの方がめぐまれているとさえ思った。

ただ一つの救いは、吉雄幸左衛門も楢林栄左衛門も商館長一行に随行せず長崎にとどまっていることであった。商館長一行と行をともにしていった通詞は、栄左衛門の実兄である大通詞楢林重右衛門と小通詞堀《ほり》儀左衛門で、重右衛門は大通詞になったばかりの人物であった。

商館長一行が出発した日は、一行に随行した者たちの家族、親族、友人たちが、道中の安全をいのるため「アト賑《にぎわ》カシ」と称する酒宴を張った。当然、兄をおくり出した楢林栄左衛門も親交のあつい吉雄幸左衛門も酒席にくわわった。さらに五日後には、灘渡《なだわた》しと称する宴がひらかれた。長崎を出発した商館長一行は、その日小倉《こくら》で船に乗り、瀬戸内海を神戸《こうべ》にむかうことになっていた。灘渡しは、その船旅の安全と将軍への献上物が無事江戸につくことを祈願する行事なのだ。そして、それは留守家族、親族のみならずひろく友人まで参加することになっていたので、良沢も楢林栄左衛門の家でひらかれた酒宴に招かれた。

諏訪神社の元日桜もほころびはじめたという便りもきかれたが、良沢は放心したように離室《はなれ》にとじこもっていた。長崎の町が落着きをとりもどすまでは、動きまわってもなんの効果もないことに気づいたのだ。

一月下旬、ようやく町の浮き立った気分もしずまった。すでに長崎へきてから六十日ほどが経過していて、残された滞在期間は四十日ばかりにすぎない。単語は百語程度書きとめることができたが、それがオランダ語修得に大した力にならぬことは知っていた。

かれは、遅れをとりもどすように吉雄幸左衛門と楢林栄左衛門の家に連日かよいつづけた。

そのうちに、かれは西善三郎が手をそめた「蘭和対訳辞書」を筆写する機会を得た。それはア（A）べ（B）セ（C）デ（D）のAとBの部のみであったが、青木昆陽の「和蘭文字略考」にみられぬ単語が多く発見できた。

或《あ》る日吉雄幸左衛門は、良沢に言った。

「世界には、四つの言葉といわれているものがあります。それは、ヘブライ語、ラテン語、ギリシャ語、ドイツ語です。例えばオランダ語は、この四大語の中のドイツ語からわかれて出たものといわれています」

「世界？　唐や日本の言葉は、その中に入らぬのですか」

良沢は、不審そうな眼を幸左衛門に向けた。

幸左衛門は、言葉につまったらしく思案しているようだったが、

「つまり西洋の人々の考える世界という意味です」

と、答えた。

良沢は、うなずいた。西洋の人々は、自分たちの住む地域のみを世界と称している。

幸左衛門は、それを踏襲して世界という表現をつかったが、正しくはエウロパ（ヨーロッパ）と言うべきだと思った。

また良沢は、楢林栄左衛門からオオルデンブーク（辞書）という書物が存在することをはじめて耳にした。

「オオルデンブークとは、ラテン語でデキショナールと申す。エウロパでは、さまざまな国によってそれぞれ言葉がちがいます。それでは、他の国の書物も読めず話すこともできませぬ。そのような不便をとりのぞくために、デキショナールと申す書物があるのです。例えば、フランス語の言葉をオランダ語ではなんと言うかということを克明に書きしるしたものです。つまりデキショナールとは、言葉と言葉の橋渡しをする役目をもっているのでござる」

栄左衛門は、よどみない口調で言った。

「それは便利なものでございますな。そのようなものが日本にもあれば、どれほど異国語をきわめる上で助かるかわかりませぬ」

良沢は、眼をかがやかせた。

「亡くなられた大通詞の西善三郎殿も、いわば日本語とオランダ語の橋渡しをするデキショナールを作り上げようとなされたわけです。大事業を志したわけですが、中途で挫折《ざせつ》され残念でなりませぬ」

栄左衛門は、表情をくもらせた。そして、ふと思いついたように、

「貴殿は西殿の蘭和対訳辞書を筆写なされたが、単語がアベセ（ABC）の順序に分類されているのにお気づきになられたであろう。その分類をわれら通詞は呼出シと称しておるが、エウロパのデキショナールは、すべてアベセの順にしたがって書かれておりまする。たしかにその方がしらべるのに便利で、その点青木昆陽先生の和蘭文字略考は、ただ聞いたものを順序もなく書きとめたもので、エウロパのデキショナールとは異ります」

と、微笑した。

たしかにABC《アベセ》の順序で配列されていれば、単語をしらべるのに労少く容易だ、と

良沢は思った。

良沢は、勉学がはかどらぬことに焦慮を感じていた。

吉雄幸左衛門は多忙で会う機会がすくなく、楢林栄左衛門も留守の日が多い。かれら通詞は、昼夜当番でかならず出島にある会所に詰めなければならない。また二年前の明和五年から長崎奉行所は、オランダ商館長に対してオランダ通詞の実力がどの程度であるかたしかめて報告するよう依頼している。そのため通詞たちは、世襲の通詞という職をまもるため、時間を惜しんで修業につとめているのだ。

良沢は困惑して、栄左衛門から小川悦之進という通詞を紹介してもらい、その家にもかようようになった。ただ悦之進は、会話がきわめてたくみだが読み書きは栄左衛門よりさらに不得手《ふえて》だという弱点があった。

いつの間にか良沢は、デキショナールに強い関心をいだくようになっていた。楢林栄左衛門の言によると、それはＡＢＣの順序で配列された一冊の書物になっているという。

青木昆陽の「和蘭文字略考」にならって自分も単語を思いつくままに質問してそれを書きとめているが、そのような方法では無数にある単語を修得するのに多くの歳月を必要とするだろう。それよりも系統的に単語をしるした辞書を入手することができれば、著しい効果をあげられることはあきらかだった。

かれの辞書に対する関心を知った小川悦之進は、

「実は、通詞の中に日本語とオランダ語のデキショナールを秘蔵している者がおるのです。詳細はわかりませぬが、わが国に宣教のためやってきたバテレンが日本語を理解するために作ったデキショナールだとのことです。しかし、そのデキショナールは、われら通詞も見せてもらった者はおりませぬ」

と、言った。

良沢の眼はかがやいた。もしもそのデキショナールを筆写することができれば、単語修得に関する難問は消える。

「その通詞殿は、どなたでござる」

良沢は、うわずった声でたずねた。

「茂《しげ》節右衛門と申す者です」

と、悦之進は答えた。

茂家は、四代にわたって通詞職にある家で、節右衛門は恵美須町の乙名《おとな》伊東《いとう》源助の子として生れたが、三代七郎左衛門の養子となって茂家をついだ三十八歳の小通詞並であった。そしてかれの所蔵している辞書は、祖父である二代七郎左衛門の入手したものらしいという。

良沢は、悦之進に紹介状を書いてほしいと懇願した。

「さて、いかがなものでしょうかな」

と、悦之進は苦笑してしばらく思案していたが、

「見せて下さるかどうか、心もとないが……」

と言いながら筆を走らせた。

かれは、その書状を懐中におさめると、悦之進の家を辞し、茂節右衛門の居宅にいそいだ。悦之進の言葉から察して、茂節右衛門が秘蔵しているといわれる辞書を閲覧させてくれる確率はすくないらしい。それは節右衛門が決して度量が人並以上にせまいからではなく、通詞全般に共通した特徴であるのだろうとも思った。

かれらは、通詞の株をもつ世襲職で、たがいに家門のため大通詞に昇進することをねがってつとめている。かれらの間には競い合う気持が強くはたらいて、他を押しのけてまでも自分の出世をねがう。そうした環境が、自然にかれらを孤立させ、徹底した秘密主義をとらせることにもなっている。親は、家をつぐ子に修得したオランダ語をつたえるが、それは秘伝として口外することを禁じる。つまり通詞同士の知識の交

換は全くなく、たがいに職をまもるため口をとざし合っているのだ。

茂節右衛門が、辞書を通詞たちに公開しないのは、そのような事情によるものであることはあきらかで、悦之進ら通詞たちも強く閲覧を乞う気持もないのだろう。

しかし、良沢は、茂節右衛門が同業の通詞でない自分にはひそかに閲覧をゆるしてくれるかも知れぬと思った。節右衛門は、ただ通詞の職をうばわれることを恐れているだけなのだ。

しかし、その日節右衛門は、出島の会所に詰めていて留守であった。やむなく良沢は、明日ふたたび訪れることを節右衛門の妻に告げて帰途についた。

かれは、その夜期待と不安で眠れなかった。アベセの順序で多くのオランダ語が無数にならび、そこに日本語がしるされている辞書が幻影のように胸にうかぶ。そして、それを自分が興奮して筆写する姿が熱っぽく想像された。

節右衛門が夜まで勤めているのを知っていた良沢は、午食をすませてから節右衛門宅におもむいた。節右衛門は眠りからさめたばかりらしく、良沢は半刻《はんとき》ほど待たされた。

姿をあらわした節右衛門は小柄《こがら》な男で、悦之進の書状を一瞥《いちべつ》すると、

「御用件は？」

と、問うた。

良沢が節右衛門の秘蔵している辞書のことを口にし、閲覧させてほしいと言うと、節右衛門の顔に薄笑いがうかんだ。

「お見せできませぬな」

節右衛門は、火箸《ひばし》で火鉢《ひばち》の灰をならしながら素気《そっけ》ない口調で言った。

良沢は、節右衛門の笑いのうかんだ顔を見つめた。

「なぜでござる」

良沢は、あまりにも冷い態度に顔色を変えた。

「ないからでござります」

節右衛門の顔に、とぼけたような表情がうかんだ。

良沢は、呆気《あっけ》にとられて節右衛門の顔を見つめた。

「たしかに、私の家には貴重なデキショナールがつたわっておりましたが、それがどうしたわけか散佚《さんいつ》してしまっておるのです」

節右衛門の顔から、笑いの表情が消えた。

「散佚？　全くなにも残っておられぬのですか」

良沢は言った。

「全くというわけではございませぬ。ごく一部はのこっております」

「では、それだけでも拝見させていただけませぬか」

良沢は、懇願するように言った。

節右衛門の顔に、ふたたびかすかな笑いの表情がもどった。

「あるにはあるのですが、山積した古紙の中にまぎれこんでおりますので、どこにありますか。容易には見つけ出すことができませぬ」

と答えると、節右衛門は火箸で灰をならしはじめた。

白けた沈黙がひろがった。良沢は、節右衛門の火箸のうごきを、無言で見つめていた。

やがてかれは、節右衛門の家を辞した。節右衛門が、いつわりを口にしているように思えて腹立たしくてならなかった。一部がのこっていると言うが、貴重な辞書の一部を古紙の山の中に放置しておくはずがない。おそらくバテレンのあらわした対日辞書が完全な形でのこされているにちがいなかった。

しかし……、とかれは思った。もしかすると、節右衛門は辞書など所蔵していないのではあるまいか。そして、その風説は、節右衛門自身がながしたものであるのかも知れない。節右衛門は、養子として通詞の家をまもることに人一倍つとめねばならぬ身であるはずだった。かれは、通詞として際立《きわだ》った才能をもっているとは思えず、その弱点をおぎなうために自家秘伝の辞書があるかのように言いふらして、自らの権威をたかめようとこころみているのではあるまいか。

いずれにしても良沢は、節右衛門と接したことで通詞の世界の一端をのぞきみたように思った。

かれは、帰路の途中にある橋の上で足をとめた。気分が滅入《めい》って、このまま離室《はなれ》に帰る気にもなれなかった。かれは、しばらく橋の上から水の動きを見下していたが、重い足どりで吉雄幸左衛門の家に歩き出した。

「どうなされました」

部屋に入ってきた幸左衛門は、沈鬱《ちんうつ》な顔をして坐《すわ》っている良沢に声をかけた。

良沢は、憤《いきどお》りをおさえながら節右衛門の家を訪れたことを話した。それは、吉雄幸左衛門をふくむ通詞全体に対する不満でもあった。

「たしかに、そのような風潮はございます。しかし、それは通詞の仕事がいかに困難なものであるかをしめすものとも申せます。通詞はオランダ人の言語をお役人につたえますが、江戸、中津《なかつ》、長崎の言葉が異りますように、オランダ人も出身地によって異った言語をつかいます。それを苦心して理解しお役目をはたすことは、並大抵のことではございませぬ。通詞は、それぞれ真剣に努力いたしておるのです。そうした日夜の苦しみが、通詞を偏狭なものにしておるのではないのでしょうか」

幸左衛門は、おだやかな口調で言った。

たしかに幸左衛門の言うとおり通詞の仕事がいかに困難なものであるか、良沢《りょうたく》にも理解できた。オランダ人の言葉をあやまって奉行所の役人につたえたりすれば、その影響はきわめて大きい。

鎖国政策をとる幕府は、唐をのぞいて異国ではオランダ一国のみに交易をゆるしている。しかもそれには多くの厳しい制約が課せられていて、その枠《わく》の中からわずかでも踏み出すことを禁じている。通詞は、オランダ商館と長崎奉行所の意思交換の役目を仰《おお》せつかった重い責任をもつもので、もしもそこにわずかな過失でもおかせば、たちまちきびしいお咎《とが》めをうける。

いわば通詞は、命を賭《と》した仕事で、かれらが異常な言動をするのも無理はないのかも知れなかった。

「ところで、良沢殿はデキショナールに強い関心をもたれるようになられたようだが、勉学がすすんだ証拠と考えられます」

幸左衛門の言葉に、良沢は苦笑した。長崎にきて七十余日も経過していながら、かれには得るものがきわめて少いことに失望していた。

「今だから申し上げるが、貴殿がオランダ語修得のため長崎にきた折、その滞在期間が百日ばかりと申されたのには驚きました。百日ほどでなにも得ることができないことはわかりきっていることとです。しかし、その間にデキショナールに眼《め》をつけられたことは、さすがと申し上げたい」

幸左衛門はそこまでいうと言葉をきり、良沢の顔に眼をすえた。

「よろしゅうござるか、良沢殿。百日ばかりの間にオランダ語をきわめるなどという考えはお捨てなされ。勉学は江戸に帰られてからなさるべきで、当地では勉学の手助けとなる洋書を手に入れることにつとめられるべきです。オランダ語修得は、一生かかってようやくその一端をつかむことができるものでござります。百日ほどでオランダ語云々《うんぬん》などとは、僭越《せんえつ》と申すもの」

幸左衛門の声は不意に荒々しく、その顔には憤りの色さえあらわれていた。

良沢は、全身が凍るような肌寒《はださむ》さを感じると同時にはげしい羞恥《しゅうち》を感じた。かれ自身も百日間でオランダ語を修得するなどとは思っていなかったが、それを幸左衛門に難詰《なんきつ》されてみると、あらためて自分の不遜《ふそん》さが恥じられた。

「きついことを口にしてしまいましたが、思うままを申し上げたのでござる。貴殿は、藩主奥平侯から多額の費用をたまわって当地に来られたと言われたが、事実でござりますな」

良沢は、うなずいた。

「それでは、異国の書物を手に入れることにつとめるべきでしょう。まずデキショナールを購入なされたらよい。オランダ語を学業としてきわめるためには、読んで理解できる力を養うことです。しゃべることなどは、通詞のやることです」

と言って、幸左衛門は筆をうごかしてその紙片をしめしながら、

「フランスとオランダ語のデキショナールに、フランソア・ハルマという人とピートル・マリンという人の著したものがあります。殊《こと》に後者のマリンのデキショナールはすぐれたものと申せます。西善三郎殿は、このマリンのデキショナールを日本文に訳しかけていたのでござる。そのデキショナールはフランス語のオランダ語訳ですが、ありがたいことにそのオランダ語にくわしい註釈《ちゅうしゃく》がついておりまする。その註釈を読めばオランダ語の意味を察する手がかりを得ることもできるわけです。いわばフランス語は、無視してしまうのです」

と、言った。

「註釈と申しますと」

良沢は、首をかしげた。

「たとえばでござる。雨乞《あまご》いというフランス語には、むろんオランダ語の雨乞いという言葉が明記されておりまする。そしてそのオランダ語に、雨乞いとは日照りのつづく折に雨の降るよう祈る意、とオランダ語で註釈がついておるのでござる。つまりその註釈の中のオランダ語の数語でも存じておれば、ああ雨乞いのことかと察することが出来申すではござらぬか」

幸左衛門の説明に、ようやく良沢は納得できた。

「お言葉にしたがって、そのマリンとやら申す人のデキショナールを入手いたしたいと存じますが、買いもとめることができまするか」

良沢は、たずねた。

「心あたりがござります。一両日お待ち下され。必ず貴殿にお渡しできるようつとめましょう」

幸左衛門は、微笑した。

二月に入って間もなく、長崎《ながさき》の町は再び華やかな色彩におおわれた。初午《はつうま》を祝う五色の幟《のぼり》が、家々に立てられたのだ。

その頃《ころ》、吉雄幸左衛門から使いがきて、ピートル・マリン著の仏蘭辞書が手に入ったとつたえてきた。

前野良沢は、すぐに幸左衛門の家へおもむいた。幸左衛門は、奥の間から紫色の布につつんだものを持ってきた。布を取りのぞくと、桐《きり》の箱があらわれた。

「これがマリンの書物でござる」

と言って、幸左衛門は、桐の箱を良沢の前にさし出した。

良沢は、桐箱の中から紺色の表紙をした書物をとり出した。かなり部厚い本であるが、日本の書籍よりも形は小さい。

かれは、珍しそうに見まわしながら表紙をひらいてみた。その扉《とびら》には、大小さまざまな異国の文字が横にならんでいた。

「書名を簡単に申すと、フランス語とオランダ語を会得《えとく》する新しい方法を述べた書籍と書かれております。貴重な書物で、通詞にも私有している者はきわめて稀《まれ》でございます。心当りがあるなどと申したが、実のところこの書物を入手できるかどうか不安に思っていました。これで肩の重荷がとれ申した」

幸左衛門は、微笑した。

良沢は、幸左衛門の好意にあつく礼をのべた。そして、代価をきくと、それはかなりの高額だった。しかし、かれには藩主奥平昌鹿《まさか》から下賜《かし》された金が懐中にあった。それは、オランダ語研究のために藩主が特にあたえてくれたもので、貴重な書物を買いもとめるのについやされるべき性格をもっていた。

良沢は、幸左衛門に金を渡すと書物を入れた桐箱をしっかりとかかえた。

その日、離室《はなれ》に帰ると入手した書物をひらいてみた。そこにあるのは、当然のことながら横文字ばかりで、どのようなことが書かれているのか見当もつかない。吉雄幸左衛門は、オランダ語とフランス語の辞書だというが、オランダ語とフランス語の区別もできなかった。

かれは、暗澹《あんたん》とした思いでその書物をながめた。大通詞の西善三郎がオランダ語を修得するなどということは至難のわざであり、時間の浪費にすぎないといった言葉が、あらためてよみがえった。

良沢は、野獣を前に斧《おの》をふりあげて立ちむかう蟷螂《とうろう》の姿を連想した。未知の異国でつかわれている言葉を理解しようとする自分の意図は、西のもらした言葉のようになんの実もあげることはできないのかも知れぬと思った。

かれは、ため息をついた。全身から力が一度にぬけ出てゆくような絶望感におそわれた。

藩主昌鹿侯《こう》の慈愛にみちた眼が、思いおこされた。昌鹿は、良沢に特別の休暇をあたえて長崎遊学をゆるし、しかも窮迫した財政の中から過分な額の金もわたしてくれた。その金でマリンの辞書を購入したが、良沢には全く理解できぬ書物で、いわば藩主からたまわった金を無駄《むだ》なものに消費してしまったことになる。

かれは、行燈《あんどん》に灯《あかり》もともさず畳の上に坐りつづけた。

女中の声に、かれは顔を庭にむけた。すでに庭には、夜の色が濃くひろがっている。その中で、箱膳《はこぜん》を手にした女中がいぶかしそうにたたずんでいた。

かれは、翌日、海岸に出て石の上に腰を下し、海のかがやきを放心したように見つめていた。

湾口に浮ぶ高鉾島《たかほこじま》の方向からわたってくる風は冷く、かれの髪をふるわせていた。

マリンの辞書をひらいた時のはげしい絶望感は、恐怖感に通じるものであった。かれは、妻と子を思った。生れつき寛容な性格の妻の顔には、絶えずやわらいだ微笑がたたえられている。息子の達《たつ》の眼には、けがれなくいきいきとした光がみちている。かれらは、人間として健気《けなげ》に生きているが、海岸で一人坐っている自分は、かれらの夫であり父である資格はないように思えた。

「良沢殿」

不意に、背後から声がかかった。

振りかえると、楢林《ならばやし》栄左衛門が立っていた。

「こんな所におられては風邪を引きますぞ。長崎は雪の降らぬ町ではございますが、やはり冬の風は冷い。いかがでござる。拙宅《せったく》に参られぬか、あたたかい芋粥《いもがゆ》を用意してありますから……」

栄左衛門は、近寄ると良沢の肩に手をおいた。

良沢は、立ち上った。寒気の中で長い間坐っていたため、足がしびれていてかれはよろめいた。

太鼓をたたいた門付けが、かたわらをすぎると露地に入ってゆく。その露地の家並にも、初午の幟が林立していた。

栄左衛門の家におもむくと、妻女がすぐに盆にのせた芋粥を手に部屋の中へ入ってきた。それは白米の粥に琉球《りゅうきゅう》芋を入れて煮たもので、良沢にははじめて口にする食物だった。

湯気のたつ粥は芋の甘みとふりかけた塩が微妙に調和してひどくうまかった。体の冷えも消えて、良沢の顔は上気したように赤らんだ。

「実は、幸左衛門殿から頼まれましてな」

栄左衛門は、箸《はし》をおくと口をひらいた。

「昨日、良沢殿はマリンの書を入手された由ですが、拙宅に今朝使いがきて、幸左衛門殿のお邸《やしき》によばれました。幸左衛門殿の申すには、マリンの書を読まれた良沢殿は、おそらく心もうちひしがれておられるにちがいないと……。それで、私に良沢殿の様子をみてきてほしいと言われましてな。私は、承知してすぐに貴殿の部屋にゆきましたが、お姿がみえず、あちこちさがした末、ようやく貴殿が海岸におられるのを見出《みいだ》した次第でございます」

栄左衛門の顔に、笑いの表情がうかんだ。

良沢は、苦笑した。

「いかがでござるか。眼の前が暗くなられたのではござらぬか」

「いかにもその通りです。参りました」

良沢は、うなずいた。

栄左衛門の顔に、可笑《おか》しそうな表情がうかんだが、すぐに笑いの表情は消えた。

「良沢殿、すでにお気づきのことと思われますが、われら通詞はオランダ人と話すことはできても、オランダの書物を読み理解できる者などおりませぬ。わずかに吉雄幸《よしお》左衛門殿と亡《な》くなられた西善三郎殿ぐらいがそれを辛うじてはたせたと申しても過言ではありませぬ。しかも、幸左衛門殿、善三郎殿とて自在に読めるなどというものではなく、闇《やみ》の中を手さぐりするようにあれこれ思案しておよその意味をつかめるだけに過ぎぬのです。そこでマリンの書についてでござるが、私なども到底理解することはできませぬ。それを失礼ながら貴殿が読解できるはずはなく、もしもマリンの書を眼にして失望なされたとしたら、それは僭越と申すもの。西善三郎殿は、勇をふるってその翻訳を志しましたが、それは非常な御苦しみであった由で、その仕事が西殿の命をちぢめたと噂《うわさ》されているほどです」

栄左衛門の顔には、自分の無力を悲しむ色があらわれていた。そして、眼を伏せると煙管《きせる》をとり上げ、煙をくゆらせた。が、一服すると、かれの顔はやわらいだ。

「幸左衛門殿は、マリンの書をお渡ししたものの貴殿の身を案じられておられるのです。がっかりしておられるだろうが、決して気を落されぬようつたえてほしいと申されました。それから、こうも申しておられた。長崎では、ただ驚かれるだけで十分である。大いに驚かれるがよい。勉学は江戸におもどりになってからするべきだ……と」

良沢は、背筋をのばし眼を栄左衛門の顔に向けた。「長崎ではただ驚かれるだけで十分」という幸左衛門の言葉を胸の中で反芻《はんすう》した。暗雲が一時にぬぐい去られたような気分であった。

幸左衛門は、数日前にも同じような忠告を口にしたが、良沢には一層はっきりと幸左衛門の言葉の意味が理解できたような気がした。すべては、江戸にもどってからの勉学……という幸左衛門からの伝言が、素直に受けいれられた。

良沢は、急に胸に熱いものがつきあげてくるのを感じた。幸左衛門も栄左衛門も、自分のことを親身になって気づかってくれている。異郷の長崎にきて、このような人間の温い情にふれたことが、かれには嬉《うれ》しかった。

「御好意、身にしみます」

良沢は、眼をしばたたきながら栄左衛門に深く頭をさげた。

その日から良沢は、ふたたび気力をとりもどした。すべては江戸にもどってからの勉学と思うと、身のふるい立つような心のたかぶりすら感じた。

良沢は、栄左衛門や小川悦之進の家にしばしば足を向けた。そして、単語をしめしては、それに相当するオランダ語を書きとめていった。また時には、かれらが紙にオランダ語を書きしめして、日本語訳を教えてくれることもあった。が、そのような場合に最も支障となるのは、かれらの使う長崎の方言であった。

或《あ》る時、栄左衛門が筆でAZIJNと書いて良沢にしめした。

「このオランダ語は、わが国のススという意でござる。発音はアゼインと申す」

栄左衛門は、何度もアゼインという言葉をくり返した。会話を主体とする通詞たちは、オランダ語をおぼえる時くり返し発音するのが常で、栄左衛門はその習性でアゼインという言葉を口にしつづけた。

良沢は、そのオランダ語を写しとると、かたわらにアゼインと書きそえ、ススつまり煤《すす》の意なりと書きとめた。

しかし、数日後、良沢の書きとめたものをのぞいた栄左衛門は、

「これはまちがいでござる。アゼインは、煤ではなく、ススでござる」

と、言った。

「スス？」

「料理に使うススのことでござる」

「料理に？」

「おわかりにならぬか。米から作るあのススでござるよ。酢っぱい味の……」

いぶかしそうに首をかしげていた良沢は、

「あ、酢でござるか」

と、言った。

「いや、スではござらぬ。ススでござる」

栄左衛門は、頭《かぶり》をふった。

良沢は、納得した。長崎では、酢をススと方言で呼ぶらしい。そして、かれが江戸や中津《なかつ》では酢のことをスと言うのだと説明すると、栄左衛門は可笑しそうにうなずいていた。

また方言とは無関係だが、FUNCTIE というオランダ語を、栄左衛門は、「ようやく」という日本語であると教えてくれた。それを良沢は、「漸《ようや》（く）」という意味に受けとって書きとめたが、これもあやまっていた。「ようやく」は「漸（く）」ではなく、用役であった。つまり職掌《しょくしょう》を意味する言葉であったのだ。

このような混乱は数多く、良沢は一語一語書きしるしたものを栄左衛門に見せて、正確を期した。

良沢は、日本国がオランダ語でイヤパンと呼ばれていることに興味を持った。なぜニッポンをイヤパンと言うのかということについては、さまざまな説があることも知った。

最も有力な説は、長崎の人である北嶋見信《きたじまけんしん》が、中国で日本をジッポンと発音しているが、それが訛《なま》ってイヤパンと言われるようになったのだという。しかし、良沢には、その説が不自然で無理にこじつけたもののように思えてならなかった。西洋の地図を見てみると、日本の国名には Japan（イヤパン）、Japon（イヤポン）、Japonia（イヤポニア）などと書かれている。

良沢は、栄左衛門からこれらの国名をフランス語の読み方で発音すると、ジャパン、ジャポン、ジャポーニヤと呼ぶことを教えられた。イヤパン又はイヤポンよりもジャパン、ジャポンの方が、日本の呼び方にちかい。

いつの間にか、かれは日本の国名の呼称に関心をいだき、その由来について探究しはじめた。常識的に考えれば、初めて日本を訪れた西洋人がその国名を西洋につたえ、それが日本国の呼称となってひろがったと推定される。かれは、初めて日本に訪れた西洋人がポルトガル人であることを「采覧異言《さいらん》」という書で知っていた。とすると、ポルトガル人が日本国の名を西洋につたえたと考えるのが自然であった。

かれは、通詞たちにポルトガル語について質問すると、それはフランス語と同系列のものだという回答を得た。自然に、ある解釈が生れた。支那音のジッポンを、ポルトガル人はジャポンという文字をあてはめたが、オランダ語ではJをイと発音するのでイヤポン又はイヤパン、イヤポニアなどと称するようになったにちがいなかった。

良沢は、オランダ語修得の間にそのようなことにも関心をはらっていた。

二月中旬に入ると、長崎にはおびただしいハタ（凧《たこ》）が舞うようになった。

良沢は洋書の購入につとめていたが、藩主からゆるされた遊学期限もせまった。

不本意な成果しかあげられなかったことがくやまれたが、江戸にもどってからの勉学の材料を得ただけで満足すべきなのだと、自らに言いきかせていた。

二月下旬に長崎を出立することにきめた良沢は、早目に別れの挨拶《あいさつ》をしておくべきだと考えて、吉雄幸左衛門の家を訪れた。

幸左衛門は外出していて留守であったが、すぐにもどってくるはずだという門人の言葉に、かれは待たせてもらうことにした。かれは、部屋に招じ入れられた。障子をあけてみると、庭には梅の花が盛りを越し、芳《かん》しい香《ば》が部屋の中にただよい流れてきた。すでに桜の蕾《つぼみ》もふくらみはじめているという便りもきかれて、長崎には春の気配が濃厚だった。

半刻《はんとき》ほどたつと、廊下に足音がして襖《ふすま》がひらき、幸左衛門が姿をあらわした。

良沢は、姿勢をただすと長崎遊学の期限がせまったことを口にした。そして、長崎にきて以来幸左衛門のしめしてくれた好意に深く感謝し、別れの挨拶をした。

「左様でござるか。百日とは早いものですな、もうそれほど日がたちましたか。私も忙しい身で、なんのお力にもなれず申訳なく思っております。きついことなども申し上げたが、なにとぞお気にかけませぬよう。私も今後江戸へ参ることがあると存じますが、末永く御交誼《ごこうぎ》にあずかりたい」

幸左衛門は、丁重な口調で答えた。

「ところで……」

と、幸左衛門は良沢の顔を見つめた。

「もしも貴殿が金子《きんす》をまだお持ちになっておられるとしたら、ぜひ入手をおすすめしたい書物がござる。実は、貴殿が所望されるかも知れぬと思い、一応借りて参っております。なかなか入手は困難な書ですが、偶然オランダ商館員が持っていて手放してもよいと申しておりまして……」

「それは、いかほどの額のものでしょうか」

良沢は、たずねた。

幸左衛門が口にした金額はかなり高額だったが、良沢の懐中には、その程度の金はのこっていた。

「いかがいたしますか」

「ぜひおゆずり下され」

良沢の答に、幸左衛門はうなずくと立ち上って部屋を出て行った。

やがて幸左衛門が、小さな書物を手にもどってきた。

「これは、オランダの腑分《ふわ》け書でござる。オランダ商館員の話によりますと、この書物の名はターヘル・アナトミアと申す由《よし》です。ここをご覧なされ」

と言って幸左衛門は表紙をめくってみせた。そこには横文字がびっしりとならんでいて、幸左衛門は、その中段あたりに印刷されたJOHAN ADAM KULMUSという文字を指さすと、

「このヨハン・アダム・クルムスと申す人はドイツ人で、この書物をあらわしたのですが、ヘラルズス・デイテンというオランダ人がオランダ語に翻訳したのです」

と、解説した。

良沢は、その書物を受けとり、ページをくってみた。どのページにも、横文字が隙間《すきま》なく印刷されている。

「幸左衛門殿には、この書物にどのようなことが書かれているのかおわかりになられるのですか」

良沢は、不躾《ぶしつけ》とは思いながらも質問してみた。自分には、一字として知った単語も

見あたらない。が、幸左衛門は当代随一のオランダ大通詞《おおつうじ》であり、概略は読解できるのではないかと思った。

しかし、幸左衛門の答は意外だった。

「到底読みあかすことなどできませぬ。字句をたどり、前後の脈絡を考えて読みすすめば、おおよその意味をつかむことはできましょうが、それもかなりの時間を要します。疑問に思うところは、オランダ商館員にたずねたりなどして、四苦八苦するにちがいありませぬ」

幸左衛門は、苦笑した。

良沢は、気分が重くなった。解剖書であるので興味はあるが、幸左衛門ですら読解できぬものを自分が理解できるはずはない。尨大《ぼうだい》な量の横文字は、貴重なものをふくんでいるにちがいないが、自分には無用のものに思えた。

かれは、懐中の金額を思った。この解剖書を入手するために金をはらってしまえば残金は少く、江戸へもどる旅は、かなり苦しいものになる。すでにマリンの辞書を購入したが、それはオランダ語修得のための有力な手がかりになる。しかし、この解剖書を入手しても結局はなんの役にも立たぬにちがいなかった。

かれは、折角の好意だが幸左衛門のすすめを断わろうと思った。

しかし、ページをひるがえしていった良沢は、ある個所《かしょ》にくると眼《め》をすえた。それは、二十ページほど紙をひるがえした時であった。

そこには、二人の裸体の西洋人の立っている姿がえがかれていた。それは男か女かわからなかったが、左側の人物は、乳房のふくらみから女と察しられた。右手で陰部をかくし、左手をひらいている。右側の人物は後向きになっていて、筋肉の逞《たくま》しさから男にちがいなかった。右手に棒のようなものをもっていた。

注意してみると、人体の所々にA、B、C……の記号がつけられている。それは、なにを意味するのかわからなかったが、もしかすると本文の中で解説されているのかとも想像された。

良沢は、その絵に興味をもってさらにページを繰っていったが、次のページからはまた横文字がはてしなくならんでいて、かれを失望させた。

しかし、十枚ほどページを繰ると、また絵があらわれた。そこには、竹の管のようなものが十個以上もえがかれていた。

「なんでござりますかな」

良沢は、その絵を凝視した。釣針《つりばり》状をした管もあれば、細い螺旋《らせん》状のものもえがかれている。

「骨のようでもあるが、血の流れる管とも思えますな」

幸左衛門も、首をかしげた。

しかし、いずれにしても、それらの絵が人体の内部の一部らしいことは推定できた。それから数ページ後には、あきらかに骨と判断できる絵もあらわれた。頭蓋骨《ずがいこつ》以外に腕や足と思われる骨が綿密にえがかれている。

良沢の眼が、かがやきはじめた。そして、ページをひるがえしてゆくうちに、かれの興奮はたかまった。内臓の部分らしき図が、つぎつぎにあらわれはじめたのだ。

巻を閉じた良沢の顔には、はげしい驚きの色がひろがっていた。それは幸左衛門の言うとおり解剖書で、詳細な絵が各所に挿入《そうにゅう》されている。医家である良沢にとって、それは貴重な資料になることはあきらかだった。

良沢は、ふるえる手で懐中から金をつかみ出し、幸左衛門の前に差し出した。

「幸左衛門殿。私にはこの書物がどのような内容であるのか皆目見当がつきませぬが、中にえがかれている絵を見るだけでも、この書物はぜひ入手したいと存じます。それに、この一書を購入できたことで、藩主昌鹿《まさか》様への申しひらきも立ちます。ただオランダ語修得のための長崎遊学では、主君に申訳が立ちませぬが、この書物は医書で、藩医としての役目もはたすことができます」

と言って、良沢は厚く礼を述べた。

幸左衛門も、

「それほど喜んで下されれば、私も嬉しい」

と、言った。

二人は、庭に眼を向けた。日がわずかに傾き、梅の木の影が長くのびている。

「それでは、これで失礼いたします。江戸に御出府の折には、必ず御挨拶に参ります」

と、良沢は頭をさげた。

幸左衛門は、良沢を門の外までおくってきた。

良沢は、そこでまた挨拶をすると歩き出した。空には夕照があふれ、その中にハタが高く舞っていた。

翌日から、良沢は出立《しゅったつ》の支度をはじめた。購入した洋書類と通詞から聴き書きした単語、成句などを書きとめた紙片を、雨などにぬれぬよう油紙で厳重につつんだ。そして、楢林《ならばやし》栄左衛門、小川悦之進の両通詞にも別れの挨拶をし、長崎を出発することになった。

二月下旬のある朝、良沢は、三カ月借りていた離室《はなれ》を出ると、商館長一行が江戸へむかった同じ道をいそいだ。

日見、網場をすぎ、矢上村で昼食をとり、その日のうちに大村をへて諫早《いさはや》の宿《しゅく》に入った。

かれの気分は、浮き立っていた。油紙につつんだオランダ解剖書——ターヘル・アナトミアをひらいてみたい誘惑にかられた。かれは、その書の中に描かれた解剖図をしきりに思いおこした。それは、かれの知っている中国の医書にある五臓六腑《ござうろっぷ》の解剖図とはいちじるしく異っていた。

内臓をきわめようとつとめた医家には、山脇東洋《やまわきとうよう》という先人がいる。東洋は、初めて腑分けを実見し、劃期《かっき》的な解剖書である「蔵志」をあらわしたのだ。

東洋は、古医方の大医家であった後藤艮山《こんざん》の門に入ったが、艮山の実証的精神をうけついで、支那《しな》の医学の基本である五臓六腑説をみずからの眼でたしかめたいとねがった。それを解くには、人体を解剖してみれば容易にはたせるが、腑分けはきびしく禁じられていたため、かれの希望は達せられなかった。

東洋は、五臓六腑説が支那で実際に人体を解剖した結果打ち立てられたものであることを知っていた。が、それは、医学的意図から得られたものではなく、凌遅処死《りょうちしょし》という極刑の処刑の折に記録されたものであった。その処刑方法は、死罪の中で最も残酷なもので、生きている罪人に刃物を突き立て、ついには内臓までひらく。罪人は失神をくり返して、もだえ死んでゆくのだ。

その方法による最も大量の処刑は、慶暦五年、広西《カンシー》で反逆罪に問われた欧希範《おうきはん》とその一党五十六人にくわえられたものであった。それは、二日間にわたっておこなわれ、その折の記録が、「欧希範五臓図」としてのこされていた。

東洋は、そうした解剖図を眼にしていたが、実際に人体の内部をたしかめてみたいという願望を捨てなかった。

宝暦《ほうれき》四年、東洋は五十歳をむかえ幕府の医官として法眼《ほうげん》の地位にあったが、その年の閏《うるう》二月に悲願であった腑分けに立ち会うことができた。それは、日本で初めての腑分けであった。

閏二月七日、京都六角の獄で五人の罪人が斬首《ざんしゅ》刑に処せられた。その中の嘉兵衛《かへえ》という三十八歳の罪人の死体が、獄の者の手によってひらかれたのだ。

東洋は、興奮して観察記録を書き、絵をえがいた。それが五年後に刊行された「蔵志」乾坤《けんこん》二冊の解剖書となったのである。この解剖記録は、初めて腑分けに接した興奮と短時間で終ってしまったことで、いくつかの誤りはあったが、中国の解剖図とは異った点で大きな反響を呼んだ。さらに、東洋の熱意による最初の腑分けが前例になって、腑分けが徐々にではあったがおこなわれるようにもなった。

良沢は、むろん山脇東洋の「蔵志」を眼にしていたが、「蔵志」にのせられた解剖図とターヘル・アナトミアのそれとはかなりの相異がある。

良沢は、西洋医学が中国の医学とは異った領域に食いこんでいることは知っていたが、それに全幅の信頼感を寄せていたわけではなかった。オランダ商館所属の医師を通じて紅毛流外科などが一部の医家の手でおこなわれていたが、それは珍奇な術をもてあそぶ好奇心にみちた医術であるものが多かった。

ターヘル・アナトミアが、どのような性格をもつ解剖書なのか、かれにはわからなかった。中国医学の五臓六腑説は、山脇東洋によって批判的な判断を下されたが、東洋の「蔵志」が正しいと断定することもできない。それに、ターヘル・アナトミアが西洋の解剖書であることにも、良沢はかすかなこだわりをいだいていた。西洋人も日本人も同じ人間であることに変りはないが、毛髪、体格、眼の色などが異っている西洋人の体の構造が、そのまま日本人のそれと完全に一致しているとも思えなかった。

そうした疑念は多かったが、良沢は西洋の解剖書を入手できたことに大きな喜びを感じていた。

ターヘル・アナトミアにはどのようなことが書かれているのかわからなかったが、

その書物に挿入されている絵はいかにも自信にあふれたような精密さでえがかれている。少くとも西洋では、ターヘル・アナトミアが、権威のある解剖書らしいことは十分にうかがえた。

良沢は、宿をかさねて長崎出立後八日目に小倉《こくら》にたどりつき、そこから船で下関へ渡った。

懐中が乏しくなっていたので、かれは馬にも駕籠《かご》にも乗らず足を早めた。そして、宿場に入ってからも泊り賃の安い宿をえらんだ。どこの宿でも蚤《のみ》が多かったが、かれは十分に休息をとることを念頭に、路傍《ろぼう》で手折《たお》った苦参《くしん》という草をふとんの中に敷いた。それは、蚤よけの雑草であった。

瀬戸内海ぞいに、かれは中国道を歩きつづけた。そして、大阪をへて京都を通りすぎた。すでに京都の町には、桜の花が満開であった。

五

長崎を出立して二日目から足の肉刺《まめ》になやまされたが、それも宿をかさねるにつれていつの間にかかたまり、歩くことも苦にならなくなった。

草鞋《わらじ》は一日に二足とりかえたが、慎重な良沢《りょうたく》は値を惜しまず高価な草鞋を買いもとめて足の疲れを少くすることにつとめた。

京都に一泊した良沢は、江戸への道をいそいだ。途中、鈴鹿《すずか》の山中で豪雨にあったが、春らしいのどかな日がつづいて、京都を出発してから五日後には金谷《かなや》の宿にたどりついた。

かれが宿に入ると、女中は大井川が常水だと言った。旅人にとって、これから越えねばならぬ大井川の水量は、最大の関心事であった。幕府は、矢矧《やはぎ》と吉田以外に東海道の河川に橋を架《か》けることをゆるしていない。それは、幕府に反抗した藩の軍兵が江戸へ攻めのぼるのを阻止する防禦線《ぼうぎょせん》としようとしたからで、天龍《てんりゅう》川、富士川、六郷《ろくごう》川には渡船があったが、大河の大井川などは渡船の設置さえ禁じていた。

川を渡るのは、川越人足にたよる以外になく、水嵩《みずかさ》が増せば危険がともなうので川止めになる。大井川の場合は、水深二尺五寸を「常水」と称して人馬の渡河はゆるされるが、一尺増すと馬を止め、さらに一尺増すと人を止める。つまり人足の肩に達する水量になると、渡河を禁じたのだ。

川止めにあえば、旅人は宿場で水嵩のへるのを待たなければならない。五日以上も逗留《とうりゅう》することも稀《まれ》ではなく、旅籠代《はたごだい》の費用もかさむし、満員の宿で窮屈な逗留をしなければならない。

道中大井川の水量を気づかっていた良沢は、女中の言葉に安堵《あんど》した。懐中は、洋書を長崎で買いもとめたため決して豊かではなく、大井川を無事に渡れるか否《いな》かによって、それ以後の江戸への旅に大きな影響があった。

翌朝、良沢はくつろいだ気分で宿を出た。渡し場にむかう旅人たちの顔にも明るい表情がうかび、たがいに笑顔で会話をかわし合っている者も多かった。

良沢は、他の旅人たちと川会所におもむき、役人から川越札を買いもとめた。川越人足が高額の賃金を強要することを避けるため、その川越札で人足に賃金を支払うのだ。

川会所の前に立てられた高札には、川越人足に対する注意が書かれていて、その中にも、

一、川越札吟味《ぎんみ》する所より札を取り川越すべし。旅人と相対《あひたい》にて賃金取るべからず。並に旅人をい(言)ひかすめ、札銭の外一切取まじき事。

という一条がしるされていた。

また、激流の大井川で旅人がながされ、または溺《おぼ》れたおりには、川越人足の過失として死罪に問われるという定めもあった。

宿の女中の言葉どおり、大井川の水量は少かった。広い川に岩が所々あらわれていて、水が白い飛沫《しぶき》をあげて走っている。

しかし、渡し場には意外にも多くの旅人が川越えを待ってむらがっていた。人足に手をひかれたり、肩車や蓮台《れんだい》に乗って川渡りをしてゆく者はいるが、その数はきわめて少い。

「お大名の川渡りがあるのでしょうか」

河原に立つ旅人たちは、いぶかしそうに対岸を見つめていた。大井川には、五百名近い川越人足がいるがその大半が対岸に行ってしまっているらしい。

大名が渡河する折には、一般の旅人の川渡りは杜絶《とぜつ》状態になる。乗物一挺《ちょう》に八人、駕籠《かご》一挺に六人、長持一棹《ひとさお》に八人から十人、乗掛一駄《のりかけいちだ》に六人、軽尻《からじり》一駄に四人、一駄荷物に八人、両掛一荷《いっか》に二人、二人乗り蓮台に六人、一人乗り蓮台に四人、ひき馬に三人が通例で、行列をくむ大名の渡河に人足の大半が動員されるのだ。

たしかに対岸の渡し場には、褌《ふんどし》をしめた人足の裸身が寄りあつまっていて、そこに乗物、駕籠、馬などもみえる。旅人たちの推察どおり大名行列が到着しているようだった。

やがて人足にかこまれた数頭の馬が川渡りをはじめ、その後から蓮台が川にふみ入れるのがみえた。さらに大きな長持が多くの人足にかつがれ、水先が案内に立って川を渡ってくる。そのうちに華美な乗物をくりつけた大きな台が、多数の人足にかつがれて岸をはなれた。

良沢は、ふとその行列中に大名の一行とは思えぬ派手な色彩がまじっているのに気づいた。蓮台に乗っている者は、緑色の衣服を着、真紅の帽子をかぶっている。帽子に黒く長い羽根をつけている者もいる。長柄《ながえ》の赤い傘《かさ》も、川面《かわも》を進んでくる。

「カピタン様御一行だ」

かたわらで旅人の興奮した声が、起った。

商館長一行は、桜の散ったころ江戸をはなれて長崎へもどるが、良沢は道中いずれかの地ですれちがうにちがいないと思っていた。それは、おそらく箱根を越え江戸に近づいた頃《ころ》と思っていたが、商館長一行の江戸出発が早まったのか、それとも旅を円滑にすすめることができたのか。いずれにしても大井川ですれちがうとは思っていなかっただけに、良沢は深い感慨にとらえられた。

春の陽光を浴びた広い川に、商館長一行の華やかな色彩が殊《こと》のほか美しくみえる。色紙で細工された物が、一列につらなってくるようで、川もきらびやかな雰囲気《ふんいき》にみちた。人足のかけ声が次第に近づいてきて、馬や蓮台がすすんでくる。オランダ人にとって、その川渡りはかれらの好奇心をそそっているにちがいなかった。

蓮台が岸にあがり、小役人たちが台からおりた。さらに長持につづいて商館長をのせているらしい乗物が岸に近づき、数人の人夫が綱をひき、人足の掛声とともに岸に上った。たちまち河原は、華美な色彩におおわれた。

川越えを待つ旅人たちは、かれらを遠巻きにして物珍しげに視線をそそいでいる。数人のオランダ人が椅子《いす》に坐《すわ》って休息をとっていたが、その一人が欠伸《あくび》をすると、旅人たちの間から一斉に忍び笑いがおこった。

良沢は、長崎で顔見知りになった者を眼《め》でさぐったが、一行中にそれらしき人物はいなかった。

オランダ人たちは、疲れたような表情で川の情景に眼を向けていたが、やがて乗物や馬にまたがると金谷の宿の方向に列を組んで去っていった。

良沢が江戸にもどったのは、それから六日後の夕方で、鉄砲洲《てっぽうず》の奥平藩主《おくだいらはんしゅ》の中屋敷の自宅についた頃には、すでに灯《あかり》がともっていた。

飛脚に帰宅予定日をしるした書状を託して送っていたので、妻の珉子《びんこ》は祝いの膳《ぜん》をととのえるため立ち働いていた。

玄関に入った良沢が、

「立ちもどったぞ」

と声をかけると、息子の達《たつ》と二人の娘が待ちかねていたように走り出てきて、妻も手をぬぐいながら姿を現わした。

かれらは、正坐《せいざ》すると、手をついて良沢に挨拶《あいさつ》した。

良沢は、草鞋をぬぎながら熱いものが胸につき上げてくるのを意識した。自分には、温くつつみこんでくれる家庭がある。背後に坐る妻と三人の子に、感謝したい思いだった。

かれが廊下を渡ってゆくと、妻がかれを押しとどめて台所の方へみちびいた。

「まず体を湯でお流しくだされませ」

と、妻は言うと、後についてきた子供たちに、

「お父さまの召されている御衣服には、旅の間に蚤《のみ》などがいっぱいたかっております。それを脱いでいただき熱湯で殺さぬと、そなたたちにもたかります」

と、おどけたように言った。

子供たちは、可笑《おか》しそうな声をあげ顔をしかめた。

釜《かま》から湯が大きな盥《たらい》にそそがれ、良沢は盥の中に坐りこんだ。そして、体に湯をかけると、息子の達が背をあらってくれた。その間に、妻は良沢の脱ぎ捨てた衣服をま

とめると土間に積まれた薪《まき》の上に置いた。

良沢は、さっぱりした気分で居間に入った。すでに食膳が並んでいて、酒の用意もできていた。

「家が一番いい」

かれは、杯をかたむけると思わずつぶやいた。

「中津《なかつ》から長崎へ参られるというお便りを突然にいただき、驚きました。長崎での御首尾はいかがでございました」

妻の言葉に、良沢は、

「まずまずだった」

と、満足そうに言った。

達が、長崎をはじめ旅先の地の話をしてくれるようにせがんだ。

良沢は、酔いに気分もはずんで長崎の正月におこなわれる行事や初午《はつうま》の情景などを口にした。達は、眼をかがやかせて良沢の話にきき入り、殊に旅の帰途大井川で商館長一行の川渡りに遭った話に興奮をおさえきれぬようだった。

「お父様は、どのように渡られたのですか」

「蓮台を奮発した。人足が四人でかつぐ。渡し賃は三百六十八文もとられた」

「川越えは、肩車に乗るとかきいておりますが……」

「それもあるが、御主君からたまわったお金で買いもとめた大切なオランダの書物を持っていて、それが万一川に流されでもしたら御主君に申訳立たぬし、長崎へ旅をしたことも無に帰する。そのため蓮台に乗ったのだ」

良沢は、笑いながら答えた。

次女の峰子が、妻の膝《ひざ》にもたれて眠そうな眼をしばたたいていた。

良沢は、杯をかたむけながら娘の顔に慈《いつく》しむような眼を向けていた。

春が、去った。

旅の疲れが一時に出たらしく、食欲はなく朝起きるのも辛《つら》かった。かれは、ぼんやりと日をすごした。

梅雨の季節をむかえたが、雨の降る気配はなく、晴天の日がつづいた。そして、暑熱が江戸の町々をおおった頃になっても雨は降らない。空には、雲の湧《わ》くこともなくまばゆい夏の烈日が瓦《かわら》をやき、土に亀裂を生じさせていた。

人々は、大旱《たいかん》の襲来におののいていた。それは全国的な現象らしく、農作物の枯死が江戸にもつたえられた。

数年前から天候の不順がはげしく、貨幣経済の勃興《ぼっこう》によって疲弊した農村は、作物の不作に大打撃をうけていた。それに乗じた商人たちは、作物の買占めをおこなって私腹をこやし、一般の庶民は物価騰貴《とうき》にあえいでいた。そのため二年前の明和五年一月下旬に大阪で一揆《いっき》がおこり、金融業者の家宅を打ちこわす事件が続発した。また八月には佐渡《さど》で農民一揆が発生した。

そうした世情不安の中で全国的におこった日照りは、江戸市中に不吉な空気をよどませた。

八月に入っても降雨はなく、池や川の水は涸《か》れた。殊に江戸の者たちを困窮させたのは、井戸の水涸れが随所にみられるようになったことであった。幸い中津藩中屋敷の井戸は、大旱にも涸れることのない深井戸であったので飲料水に困るようなことはなかったが、江戸市中では町民が水もらいに右往左往しているという話がしきりだった。

大旱が大飢饉《だいききん》につながって一揆の発生が危惧《きぐ》されたが、八月下旬豪雨があったのをきっかけに降雨がつづき、秋の気配が濃くなった頃には、井戸の水涸れも絶えた。

しかし、九月下旬になると疫病《えきびょう》が大流行するようになった。死者はことごとく火葬にふされ、死体を焼く煙が随所でおこった。

良沢は、藩邸の者たちに食物を必ず焼くか煮るかして食べることをすすめ、生水を飲むことを禁じた。

その頃、藩主奥平昌鹿《まさか》が一年の在国を終えて出府してきた。良沢は、筆頭藩医とともに昌鹿のもとに御礼言上《ごんじょう》のため参上した。昌鹿は、好奇心をあらわにしめして長崎のオランダ商館のことや通詞《つうじ》らの生活を質問した。殊に良沢の持ち帰ったオランダ書については強い関心をいだいたらしく、何度も手にとってひらいてみていた。そして、

「良沢、この異国の書になにが書いてあるのかわかるか」

と、言った。

良沢は、顔をあからめ、

「浅学の身には、なにが書かれておりますやら皆目見当もつきませぬ。しかし、必ず読み解くことができるようつとめたく存じております」

と、言って、平伏した。

昌鹿は、微笑すると、

「そうであろうな。縦のものを横に書く、それだけでも頭の痛くなる文字だ」

と、しきりにうなずいていた。

昌鹿は、参勤交代の旅で疲れているはずだったが機嫌《きげん》はよく、良沢は安堵して退出

した。

良沢は、長崎から持帰ったオランダ書の整理をはじめていた。かれの会得《えとく》した単語は、青木昆陽《こんよう》のあらわした「和蘭文字略考《おらんだ》」におさめられた七百語と、長崎でオランダ通詞から習いおぼえた三百語ほどがすべてであった。

かれは、それらの単語を西洋のデキショナール（辞書）にならってＡＢＣ……の順序に分類し、それらの単語の暗記に熱中した。一日五語をおぼえる規則を自らに課し、外出の路上でも厠《かわや》の中でもその単語を記した紙片を手にして、頭脳にきざみつけることにつとめた。

かれの生活は忙しく、藩医が数人交替で藩主昌鹿侯《こう》のもとに参上しお脈拝見を仰《おお》せつかる。また下屋敷の病人や人の紹介で近くの町の患家に足を向けることもあった。

そうした生活の中で、かれはあつめた単語をマリンの仏蘭《ふつらん》辞書にさがしもとめて、そこにしるされたオランダ語の註釈《ちゅうしゃく》をたどることもあった。が、かれの語学力はつたなく、その意味をうかがい知ることもできなかった。

かれは、勉学に疲れるとターヘル・アナトミアの中におさめられた図をながめた。その解剖図はまだ実際に見たこともない人体の内部をしめしたものだけに興味深かった。

その年は、伊勢《いせ》古市《ふるいち》、尾張《おわり》名古屋、肥後《ひご》熊本に二日間にわたる大火のあったこともきこえてきて不穏な日々がすぎた。そして、雪が何度かつづいた後、明和《めいわ》八年が明けた。

六

正月の明るい空気もしずまった正月二十日、突然寒空に太鼓と半鐘の音が一斉におこった。西北方に黒煙が立ちのぼり、それが西の方へひろがってゆく。築地《つきじ》鉄砲洲《てっぽうず》の中津《なかつ》藩中屋敷も騒然となり、藩士が門の外に駈けてゆく。用水桶《おけ》に水がみたされ、鳶《とび》口《ぐち》なども用意された。

やがてもどってきた藩士の口から、火災は麻布《あざぶ》、芝方面で、鉄砲洲方面を担当している二番組の町火消も芝方面に繰り出したという。が、風は西南で、風向が変らぬかぎり延焼してくるおそれはないようだった。

しかし、火勢はいっこうにおとろえる気配はなく、日が没すると夜空は噴き上げる火炎と火の粉の乱舞で朱色《あけいろ》にそまった。良沢《りょうたく》たちは、家財をまとめていつでも逃げる準備をととのえていた。

深夜になって、ようやく火勢が下火になり、夜が白々と明けたころには空に煙が黒雲のようにたなびいているだけになった。

年が明けて間もないその大火は、江戸の町々の正月気分を一掃させ、一層きびしくなった寒気に凍死した行倒れの姿もみられるようになった。

空気は乾燥しきって、藩主昌鹿は風邪気味であった。元来脾弱《ひよわ》な体質なので、藩医たちは朝夕二度交替で診断にあたった。

二月下旬になると、春の気配は濃く、良沢の家では、二人の娘が雛祭《ひなまつ》りを待ちこがれるようになった。その年も二月二十二日に商館長一行が江戸へ出府し、三月一日には商館長ダニエル・アルメノールトが将軍徳川家治《いえはる》に引見されたという話も伝ってきた。随行者は外科医イカリウス・ヤコブス・コトウイクと大通詞《おおつうじ》名村勝左衛門であるという。

良沢は、名村と面識もなかったので長崎屋を訪れる気はなかった。

三月三日は、朝から春らしい小雨が降っていた。雨脚もみえぬほどのかすかな降りで、気温もあたたかかった。良沢の家には雛がかざられ、二人の幼い娘は晴衣《はれぎ》を着て明るい表情で時をすごしている。息子の達《たつ》も、彼女たちにすすめられて白酒を飲んだりしていた。

夕食をとった後、良沢は、自分の部屋に入った。昌鹿侯の風邪も快癒《かいゆ》し、患家からの往診依頼も少くなっている。それは、気候のよい季節になったためで、勉学の時間的余裕もできていた。

かれは、日に暗記する単語の数を十語に増して、一語ずつ紙に筆をはしらせて書く。その横文字の書き方も、いつの間にか早くなって字体もたくみになっていた。

夜が、ふけた。

妻の珉子《びんこ》は、茶を持ってくると寝所にもどっていったようだった。

ふとかれは、夜の静寂の中でかすかな音を耳にし、書見台から眼《め》をはなした。視力のおとろえはじめたかれの眼には、行燈《あんどん》の光をたよる書見が悪い影響をあたえることはあきらかだったが、夜の方が勉学に熱中できるのでそれをやめることはできなかった。

充血した眼をこすりながら、かれは耳をすました。入口の戸をたたく音がきこえている。それは、遠慮がちなかすかな音であった。

かれは、同藩の者に急な病人が出て迎えにきたのかも知れぬと思った。戸をたたく音は、続いている。

妻の起きる気配がした。そして、入口の方で低い声がしていたが、それもすぐに絶えた。

廊下を足音が近づき、背後の障子がひらいた。そして、妻が入ってくると、良沢に一通の書簡をさし出した。

「杉田《すぎた》玄白《げんぱく》様から頼まれましたと、辻駕籠《つじかご》の者が持って参りました」

珉子は、言った。

玄白とは五年前の春長崎屋に同道して大通詞西善三郎に会ってから、一度も顔を合わせたことはない。その後、二年前に江戸へ商館長一行に随行してきた大通詞吉雄《よしお》幸左衛門から、玄白が長崎屋にしばしば訪れていることをきいただけで、消息も耳にしていない。その玄白から突然、しかも深夜に書簡を送りとどけてきたことに、良沢は不審感をいだいた。

良沢は、すぐに書簡をひらき行燈の灯の下で文字をたどった。

それはあわただしく書きしるしたものらしく短い書簡であった。

明四日千住骨ヶ原《せんぢゆこつがはら》刑場に於《おい》て、罪屍《ざいし》腑分《ふわけ》ある由《よし》聞き及候間、観臓致度旨《いたしたきむね》出願候処《ところ》、滞《とどこほり》なく許可相成候。貴下に於て観臓の思召《おぼしめし》有之候はゞ明早朝浅草三谷《さんや》町出口の茶屋迄《まで》御越し被下度《くだされたく》、他の同志とも夫々《それぞれ》通知書差出置候に付左様御承知被下度候玄白は書簡にもある通りかねてから腑分けに立会って人体の内部を直接見たいという願望をいだき、町奉行に機会をあたえてほしいと申出て許可の日を待っていたが、その日の夜、町奉行曲淵甲斐守《まがりぶちかいのかみ》の家士得能《とくのう》万兵衛から一通の書簡を得た。それによると、明日千住骨ヶ原で刑死人の遺体を腑分けするが、もしもお望みなら骨ヶ原刑場へお越しなさるがよいという。

玄白は、自分の願いがかなったことを喜んだが、自分一人でこの機会を独占することが惜しく、同じ若狭《わかさ》小浜《おばま》藩の藩医で親しく交際している中川淳庵《じゅんあん》らを誘い、また医学に志の篤《あつ》いといわれる前野良沢にも声をかけようと思った。しかし、その夜、玄白は商館長一行の逗留《とうりゅう》している長崎屋を訪れる予定になっていたので長崎屋へおもむき、大通詞名村勝左衛門に会って西洋の事情などをきいた。その間に時間がたって、外に出た時はかなり夜もふけていた。

玄白は、ぜひ良沢に通知したいと思ったが、とりあえず手紙を書き、日本橋本石《ほんごく》町《ちょう》の木戸のかたわらで客待ちをしていた辻駕籠の者に手紙を託したのだ。

良沢は、手紙の内容に興奮した。

山脇《やまわき》東洋が十七年前の宝暦四年閏《うるう》二月に、日本で初の腑分けを見学してから、腑分けは時折おこなわれるようになってきているが、それは依然としてきわめて稀《まれ》なことであった。

玄白の書簡には腑分けを実見できる喜びが行間にあふれ出ていたが、良沢にとってもそれはひそかに胸にひめていた悲願でもあった。医師として、人体の内部を眼にすることは医学知識を得る基本的な条件であるはずであった。

書面に、翌三月四日早朝に骨ヶ原刑場に近い浅草三谷町出口の茶屋まで御越しいただきたいとある。

良沢は、早速承知の旨をつたえようとして、

「辻駕籠の者をしばらく待たせて置け、今返書をしたためる」

と、妻に言ったが、その者は、書簡をとどけるだけでよいと言われたとかで、すでに帰ってしまったという。良沢は、うなずくと、

「明朝、夜の明けぬうちに家を出る」

と、妻に言った。

珉子が部屋を出てゆくと、良沢は座を立ち、床の間におかれた文箱《ふばこ》をひらいた。そして、その中から解剖書のターヘル・アナトミアを取り出した。

かれは、その書物をたずさえて骨ヶ原刑場に行ってみようと思った。

浅草三谷町までは、近道をたどっても三里の道のりがある。かれは、ターヘル・アナトミアを文箱に入れると部屋を出た。

小雨はやんでいて、夜空には星が光っていた。

良沢は、ターヘル・アナトミアを紫の布につつんで中屋敷を出た。かれは、足を早め、夜が明けたころ浅草橋を渡った。そして、三谷町の茶屋につくと、やがて杉田玄白と中川淳庵らがやってきた。

良沢は、玄白に書簡をもらった礼を述べ、縁台に坐《すわ》って茶を飲んだ。集った医家たちの顔には、腑分けを実見できる興奮の色がただよっていた。

かれは、紫色の布をひらくとターヘル・アナトミアを出して茶を飲んでいる玄白らにしめした。

「これは、ターヘル・アナトミアと申すオランダの解剖書でござる。一昨年の末、長崎へ遊学し百日ばかり滞在いたしたが、その間に買いもとめたもので、家蔵しております」

と、言った。

玄白が、驚きの声をあげた。

「これは、まことに奇遇でございます。これを見てくだされ」

玄白は、縁台においた包みをとると、中から一冊の書物をとり出した。良沢の口からも叫び声がもれた。玄白のとり出した書物も、ターヘル・アナトミアで、しかも同じ版のものであった。

呆然《ぼうぜん》と顔を見合わせた良沢と玄白は、

「これは奇遇だ」

「驚き入りました」

と、感嘆の声をあげ合った。

良沢は、長崎に遊学して購入したターヘル・アナトミアを江戸にとどまっていた玄白が入手していたことをいぶかしんだ。

玄白がターヘル・アナトミアを手に入れたのは、数日前のことで中川淳庵の手引きによるものであった。淳庵はオランダ医学に強い関心をいだいて、二月二十二日に江戸へ入ったオランダ商館長一行の定宿《じょうやど》長崎屋におもむいた。そして、名村勝左衛門に面会して話をしている間にターヘル・アナトミアを見せてもらった。

名村は、その書がオランダ人の所有物で、もし望む者があるなら譲ってもよいと言っているという話をした。淳庵は、その解剖書を借りうけて玄白に見せると、玄白は異常なほどの興味をしめした。同書中にある解剖図が見聞していたものと大いに異っていて、しかもその図が実際に人体をひらいて描写したものらしいことを察知したのだ。

玄白はオランダ流外科医と称していたのでぜひ購入したいと思ったが、淳庵からきいた代価は高額で、貧しいかれにはそのような金を捻出《ねんしゅつ》できるはずもなかった。思いあぐねたかれは、その解剖書を同藩の岡新左衛門のもとに持参し、事情を話した。岡は、御前組頭で藩主酒井忠用《ただもち》の学問の相手をしている藩内きっての学者であった。

岡は、侍医の玄白の訴えをきくと、

「手に入れて用に立つものなのか。もしも是非必要なものであるなら、御主君からその金を下賜《かし》していただけるよう取りはからってもよい」

と、答えた。

傍《そば》には、岡と同じく藩侯の学問の話相手をしていた倉小左衛門がいたが、倉は、

「それは入手できるよう取りはからってさしあげるべきです。玄白殿は、決して無駄《むだ》にする人ではありませぬ」

と、助言してくれた。

岡は、その旨を藩主酒井忠用に願い出て許可を得、玄白はターヘル・アナトミアを購入することができたのだ。

良沢は、玄白がオランダ書の入手経過について話すことをうなずきながらきいていたが、その眼は玄白に据《す》えられていた。良沢は、それまで玄白を軽視していたことがあやまちであったことを知った。

かれは、五年前玄白と長崎屋に同道した折のことを思い出した。長崎屋で面会した大通詞西善三郎から、「オランダ語修得は至難のわざで時間の浪費にすぎぬ」と忠告されたが、帰途玄白は、「そのような徒労に終るようなことはできませぬ」と言って去って行った。

良沢は、玄白の言葉を当然のことと思ったが、同時に打算的な玄白の態度をさげすんだ。その折の印象が、玄白に対する印象のすべてになっていたが、ターヘル・アナトミアの入手経過を耳にした良沢は、玄白の学問に対する熱情を知って、あらためてかれを見直すような気持だった。

良沢は、玄白、淳庵とともに腑分けを実見できることは幸いだと思った。そして、気持のたかぶりを抑えながらターヘル・アナトミアをひらくと、

「これは、ロングと言って肺のことでござる。これはハルトで心（臓）、マーグは胃、

ミルトは脾《ひ》」

と、説明した。

玄白たちは、呆気《あっけ》にとられたように良沢を見つめた。未知のオランダ語の意味を知っている良沢の学識に、驚嘆したのだ。

かれらは、ターヘル・アナトミアの解剖図を凝視したが、それは中国からつたわる五臓六腑《ござうろっぷ》説の解剖図とは全く異っている。ターヘル・アナトミアの解剖図が正しいかどうかはわからない。それは、腑分けを実際に見て照らし合わせてみなければ、実証できないのだ。

「それでは、まいりましょう」

玄白の声に、一同は立ち上った。

かれらは、玄白の後から骨ヶ原の方へ歩き出した。

道の両側にひろがる田には、所々に前日の降雨でたまった水が鈍く光っている。良沢たちは細い道を進んでいった。かれらは、初めて腑分けを実見できる機会を得たことに興奮していた。

良沢は、腑分けをみた医家の話を何度か耳にしたが、それらは例外なくとりとめもないもので、見学したことをいたずらに誇っているにすぎない。官医の岡田養仙《ようせん》と藤本玄泉《げんせん》も腑分けを七、八回見ているらしく、記述がのこされているが、その記録も古来の人体図とは異るところが多いという疑問を述べているだけで、それ以上の究明はされていない。

良沢は、その疑問を少しでも解きあかし、懐中のオランダ解剖書ターヘル・アナトミアと実際の人体の内部を照し合わせてみたかった。

一行は、無言で道を急いだ。

やがて前方に、荒涼とした骨ヶ原の刑場がみえてきた。その刑場は、鈴《すず》ヶ森《もり》刑場とともに江戸の二大仕置場といわれ、日本橋を境に東で罪をおかした者は骨ヶ原に、西で罪をおかした者は鈴ヶ森の刑場でお仕置きになる。

玄白たちは、柵《さく》のかたわらにゆき、出てきた小役人に観臓に来たことを告げた。小役人は、玄白一行の訪れをすでに知っていて、すぐに柵の中にみちびき入れてくれた。

刑場はひろく、処刑者の遺体がいたる所に埋められているらしく土の表面が遠くまで波打っている。その地表に雑草がまばらに生え、その中に石像坐《ざ》身《しん》の地蔵と南無《なむ》阿《あ》弥《み》陀《だ》仏《ぶつ》ときざまれた石碑の立っているのが、その地を一層寒々としたものにみせていた。

番小屋には、中年の検屍《けんし》与力《よりき》が待っていた。かれは、玄白たちを招じ入れると、今お仕置きが終ったところだと言って、受刑者のことを口にした。

「青茶婆《あおちゃばば》という渾名《あだな》をもつ京都生れの五十歳ばかりの老婦でして、大罪をおかしお召捕りになったしたたか者です。お仕置きになる時、女はほとんどが泣きわめいて取り乱すものですが、この老婦は観念したように首をさしのべました。肝のすわった驚いた婆です」

その説明に、医家たちは凄惨《せいさん》な死罪の光景を想像し顔をこわばらせた。

「ところで町奉行所の得能万兵衛様からのお申しつけを受けましたので、腑分けに巧みな虎松《とらまつ》という者に刀を下させることにしておきましたところ、あいにく、にわかの病いで来られぬと申して参りました。その代りに虎松の祖父が参っております。この者は九十歳の老爺《ろうや》でございますが、若いころから腑分けを度々手がけておりますので、観臓に支障はございませぬと存じます」

与力の配慮に、玄白は厚く礼を述べた。

「それでは、こちらにおいで下され」

与力は、番小屋を出ると建物に沿ってまがった。

後からしたがった医家たちは、建物の角をまがると不意に足をとめた。そこには、凄惨な光景がくりひろげられていた。

空地に置かれた蓆《むしろ》の上には、縄《なわ》で後手にしばられた人間の体が横たわっている。首から上部はなく、斬首《ざんしゅ》された部分からふき出した血が衣服を染め、蓆の上にもかたわらの土の上にも多量に流れ出ている。頭部は二尺ほどはなれた所に、ころがっていた。顔に血の飛沫《しぶき》がはね、その上に乱れた長い白髪がまつわりついていた。

与力にうながされた玄白たちは、蓆に近づいた。医家の中には、おびえたように足をとめる者もいた。

近くの土の上にあぐらをかいて坐っていた大柄《おおがら》な男が、刃物を手に歩いてきた。良沢は、それが腑分けをする老人だということに気づいた。男は、九十歳とは思えぬ艶《つや》のある肌《はだ》をしていて、骨格もたくましく足どりもしっかりしていた。さすがに白髪の頭部は禿《は》げ上っていて、衣服の衿《えり》からのぞく胸毛も白くなっていた。

男は、腰をかがめて頭を低くさげたが、その眼《め》には、驚くほどの不遜《ふそん》な光が浮んでいた。

「それでは、刀を下させていただきます」

男は、しわがれた声で言うと、蓆のかたわらに膝《ひざ》をつき、血糊《ちのり》でこわばった刑死者の衣服を荒々しくはいだ。

下腹部からは白い陰毛があらわになったが、乳房は思いがけず豊かであった。与力は大罪をおかした女だと言ったが、その青茶婆と渾名された女は、衰えをみせぬ体で男をたぶらかし盗みでもはたらいたのかも知れない、と良沢は思った。

男が、刃物の尖端《せんたん》を刑死者の咽喉《のど》の下に突き立てた。斬《き》り落された頸部《けいぶ》から血液の大半が流れ出てしまったためらしく、刃先からは血も湧《わ》かなかった。

男は、力をこめて刃先を下腹部の方向に引いた。皮膚に深く食いこんだ刃先の動きは、驚くほど正確な直線をえがき、良沢は、その男が腑分《ふわ》けの巧者であることをあらためて感じた。

刃先は、敏捷《びんしょう》にうごいた。それは粗暴に思えるほど荒々しい動きであったが、皮膚も筋肉もあざやかにひらかれて、その下方から肋骨《ろっこつ》や内臓があらわれてきた。

男の額から汗がしたたり、顔が紅潮した。刃先はさらに動いて、やがて刑死者の内部が完全にひらかれた。

男は、周囲からのぞきこむ良沢たちに白眼の勝った眼をあげると、

「よろしゅうございやすか。これが、心、これが肝……」

と、太い指先で内臓をえり分けはじめた。

腑分けは、この老人のような刑場にぞくしている者の手でおこなわれ、医家が直接手を下すことはない。人体の内部構造に知識のない医家たちは、ただ腑分人の説明を

きくだけで観臓を終るのだ。

そうした医家に、老人はいつの間にか軽侮の念をいだいているようだった。幕府の医官ですら知らぬことを、医業にもたずさわらぬ自分が熟知していることに優越感をいだいていることはあきらかだった。

「これが腎《じん》、ここにありやすのが胃」

と、かれは尊大な態度で内臓に指先をふれてゆく。その仕種《しぐさ》は、退屈そうにすらみえた。

しかし、老人の顔からいつの間にか傲慢《ごうまん》な表情が消えはじめていた。かれは、説明しながらも良沢たちの気配をうかがっていた。その眼には、良沢たちが今まで腑分けを見学した医家たちとは異っていることに対する不審そうな光が浮んでいた。

良沢たちは、老人の説明にうなずくこともせず、妙な文字のしるされている書物と見くらべながら、眼を光らせてささやき合っている。そして、かれらの口からは、

「いささかも違いませぬな」

という感嘆したような声がしきりにもれていた。

老人は、かれらが異常な興奮をしめしていることに気づいた。その緊張した気配に、かれは口をつぐんだ。

「これは、なんでござる」

玄白が、老人に鋭い眼を向け、腹部の小さな臓器を指さした。

「へい、私も名は知りませぬ。若いころから何度も死罪の者の体を解き分けてまいりやしたが、どの体の腹の中にも必ずここにあるものでございやす」

老人は、つつましい口調で答えた。かれの顔には、すでに尊大な表情はあとかたもなく消え、玄白らに対する畏敬《いけい》の色すらうかび出ていた。

玄白も良沢も、競い合うようにターヘル・アナトミアのページを繰って解剖図をさぐった。

「ございました。たしかにこれでござる。位置も形も全く同一でございます」

玄白が、甲高《かんだか》い声をあげた。

医家たちは、深い感動にひたって口をきくこともできず、ターヘル・アナトミアと刑死者の内臓を見くらべていた。

「もうよろしゅうございますか」

与力が近寄ると、声をかけた。その言葉は丁重だったが、それ以上の観臓はゆるさぬという厳しいひびきがあった。

玄白たちは、立ち上ると与力に礼を述べた。

それを待ちかねていたように、控えていた男たちが、若い同心の指示で空俵を持ってきた。そして、蓆の上に横たわる死体を俵に入れ、首をつかむと死体に抱かせるように押しこんだ。

やがて、俵は長い棒にかつがれて刑場の隅《すみ》にはこび去られた。

「玄白殿、またとない機会でござる。刑場に野ざらしになっている人骨を拾いあつめて解剖図と照し合わせてみようではございませぬか」

良沢が、血走った眼をして言った。

「それは、よいことに気づかれた」

玄白はうなずくと、与力に近づきなにか言った。与力は少し思案していたが、うなずいた。

玄白が歩き出し、良沢たちもその後にしたがった。

「持ち帰ることはならぬが、手にとって見ることはよいと申された」

玄白が、小走りに歩きながら言った。

土中からは、野犬の群れに死肉をあらされたのか骨がいたる所に露出している。玄白たちは、腰骨《ようこつ》、頭蓋骨《ずがいこつ》、手、足の骨などをさぐり出し、手にとって解剖図と照し合わせてみた。その骨の形態も、良沢たちの知識にある旧説とは異って いて、ターヘル・アナトミアにおさめられた骨格図と完全に一致していた。

かれらは、たがいに顔を見合わせた。その肩に、春の陽光がやわらかく降りそそいでいた。


刑場を出たかれらは、三谷《さんや》道に出ると別れ、良沢は玄白、中川淳庵とともに連れ立って帰途についた。良沢は築地《つきじ》、玄白は日本橋、淳庵は麴町《こうじまち》に住んでいて、帰る方向はほぼ同じであった。

良沢と玄白は、同じ版のターヘル・アナトミアをたずさえているし、玄白にターヘル・アナトミアを紹介したのは淳庵で、三人はオランダ解剖書の正確さに対する驚きを感じていた。

かれらは、感動にひたって放心したように歩きつづけた。両側につづいた寺がきれると、浅草の新鳥越《しんとりごえ》の家並がひろがり、さらに進むと言問《こととい》の渡し場に出た。かれらは、無言で隅田川の堤の上を川下にむかって歩いた。澄みきった水の流れる川筋には春の気配が濃くただよっていたが、かれらは空を仰ぎ地面に眼を落して美しい風光にはなんの関心も向けなかった。

玄白が、深い息をついた。

「まことに今日の腑分けは、なにもかもすべて驚き入るばかりでした。いやしくも医の業をもって主君にお仕えする身でありながら、医学の基本である人体の内部の仕組みも形態も知らず、今日まで禄《ろく》をはんできたとは面目もない次第です。今日腑分けを実見したことによって、おおよその人体内部の構造もうかがい知ることができたわけでござるが、この良き経験を生かして医業にはげみたきものです。さもなくば、医家として天地神明に申しひらきが立ちませぬ」

玄白の眼には、光るものさえ浮んでいた。

「申される通りです」

良沢も淳庵も、深くうなずいた。

かれらは、ふたたび黙然と歩きつづけた。川面《かわも》を船が二艘《そう》つらなって川下に動いてゆく。

不意に、玄白が足をとめた。

「いかがでござろう。ぜひおきき下され」

玄白の眼が、良沢と淳庵に据えられた。

良沢たちは、立ち止った。

「いかがでござろうか。このターヘル・アナトミアをわが国の言葉に翻訳してみようではありませぬか。もしもその一部でも翻訳することができ得ましたならば、人体の内部や外部のことがあきらかになり、医学の治療の上にはかり知れない益となります。オランダ語をわが国の言語に翻訳することは、むろん至難のわざにちがいありませぬ。しかし、なんとかして通詞などの手もかりず、医家であるわれらの手で読解してみようではござらぬか」

玄白の顔には、はげしい熱意の色がみられた。

良沢の体が、一瞬硬直したように動かなくなった。眼は玄白を凝視し、顔には血の色がのぼっていた。

「よくぞ申された」

良沢が、腹の底から声をしぼり出すように言った。そして、何度もうなずくと、

「実を申すと、私は、二、三年以前からオランダ書を翻訳いたしたき宿願をいだいてまいりましたが、一人ではかなわず、かと言って志を同じくする良友もござらぬ。そのことを嘆いて鬱々《うつうつ》といたずらに日を過してまいりましたが、おのおの方がなんとしても翻訳の業を果したいと欲せられるなら、まことに心強きかぎりです。私は、昨年長崎へもゆきオランダ語も少々おぼえてまいっておりますので、それを手がかりに、このターヘル・アナトミアの解読に取りくんでみましょう」

と、強い語調で言った。

「それは、なによりも心強い。われら同志、力をあわせつとめれば、必ずその努力は報いられましょう。心をふるい立たせかたく志を立てて、力をかたむけ申さん」

玄白の声は、激しくふるえていた。

中川淳庵も感動に口もきけず、かれら三人は、眼に涙をうかべながらたがいの顔を見つめ合っていた。

良沢が、口をひらいた。

「こうときまれば、俗諺《ぞくげん》に善はいそげと申す。明日早速拙宅《せったく》へお集り下され。工夫をこらして、このターヘル・アナトミアの翻訳をはじめましょう」

「承知いたした」

玄白も淳庵も、即座に応じた。

前方に両国橋が近づき、堤の上からは江戸の家並のひろがりがみえてきた。

かれらは、ふたたび口をつぐむと橋の方向に歩いていった。

両国橋の近くで淳庵が別れ、やがて日本橋で玄白が家並の中に姿を消した。かれらは、別れる折に、

「必ず、明日」

「貴殿宅に」

と、挨拶《あいさつ》して去っていった。

良沢は、満足だった。玄白と淳庵の決意が並々のものでないことが知れ、翻訳事業に熱情をもつ同志を得たことが嬉しかった。

かれは、玄白が激しい感情をむき出しにしたことに驚きを感じていた。五年前西善三郎の忠告を受けてあっさりオランダ語修得をあきらめてしまった玄白の印象とは全く相反したものであった。玄白は、ターヘル・アナトミアの解剖図が腑分けされた刑死者の内臓と一致していることに感動し、その翻訳を提唱した。「なんとかして通詞などの手もかりず」翻訳したいとさえ言った。

その熱のこもった言葉に、良沢は圧倒された。かれは、玄白の申出《もうしい》でに喜びを感じた。打算的な性格だと思いこんでいた玄白に、そのような学問に対する情熱がひそんでいたことに驚きも感じた。

人間とはわからぬものだ、と良沢は、築地への道を歩きながらつぶやきつづけた。

しかし、そのうちにかれの胸にはかすかな不安も湧きはじめていた。かれは、青木昆陽《こんよう》に学び長崎へおもむいて吉雄《よしお》幸左衛門をはじめ通詞らと接したことによって、西善三郎の口にした通りオランダ語の修得がきわめて困難なことであることを身にしみて感じていた。玄白は、通詞などの助力もなしに翻訳しようと気負い立って言っていたが、そのような言葉はオランダ語修得の至難なことを知らぬからこそ吐けるものだと思った。

玄白も淳庵も、腑分けされた刑死者の内部構造とターヘル・アナトミアの解剖図が完全に一致していることに感嘆し、その興奮から翻訳をしたいと提案したことは疑いの余地がない。つまりかれらは、医家として医学の基本的な解明をはかるために翻訳の意志をいだいたのだ。

良沢も、目的はかれらと同じだったが、翻訳のむずかしさを身を以《もっ》て体験していることが、かれらとは異っていた。玄白も淳庵も、江戸に出府するオランダ商館長一行と接触して、西洋の知識を得ようとつとめてきたが、それは、珍奇な見世物にあつまる観衆と同じで、ただ西洋の文物を眼にし、風俗、風習を耳にして感心するにとどまっている。玄白、淳庵にとって、ターヘル・アナトミアもそれに類したものであるはずだし、ただ医家の最大関心事である人体構造に関するものだけに翻訳を意図したにすぎない。

玄白に対する不信感が、良沢の胸にきざした。大通詞《おおつうじ》西善三郎の一言におそれをなしてオランダ語修得をあっさり放棄した玄白に、良沢も全く歯の立たぬターヘル・アナトミアの翻訳にとり組む根気がありそうには思えなかった。

かれは、気分の重くなるのを感じた。興奮している玄白は、淳庵とともに約束通り明日自分の家へくるにちがいないが、翻訳の情熱もすでにうすらいでいるかも知れない。玄白は、おそらくターヘル・アナトミアの翻訳の前に身をすくませ、興奮もたちまちさめてしまうだろう。

かれは、鬱々とした表情で築地《つきじ》鉄砲洲《てっぽうず》の大名屋敷のならぶ一廓《いっかく》に足をふみ入れていった。

七

翌朝、食事をとっていた良沢《りょうたく》は、玄関で人の訪れる声を耳にした。

妻が出てゆく気配がすると、

「小浜藩医《おばまはんい》杉田《すぎた》玄白、中川淳庵《じゅんあん》と申す者です」

という声がきこえた。

良沢は、立ち上ると玄関に出た。そこには、風呂敷《ふろしき》包みをかかえた剃髪《ていはつ》の玄白と淳庵が立っていた。早朝からやってきたかれらに、良沢は二人の興奮がまださめていないことを知った。

かれは、玄白と淳庵を自室に通した。

玄白たちの眼《め》は、異様に光っていた。そして、机をはさんで対坐《たいざ》すると、昨日の腑《ふ》分《わ》けのことを熱っぽく口にしはじめた。

「山脇《やまわき》東洋殿は、十七年前初の腑分けを実見されて蔵志を書かれた。しかし、それも短時間眼にとめた臓器をしるされたもので、不備の感はまぬがれませぬ。しかるに、このターヘル・アナトミアの腑分け図は、刑死者の人体構造と寸分もちがうところがありませぬ。私は、生れついてから昨日のように深い感動をおぼえたことはなく、今後死を迎えるまでこれ以上の感激を得ることは決してないものと存じます。ただただ驚き入るばかりです」

玄白は、眼をうるませて言った。

二人の顔を見つめていた良沢の胸に、ふたたび昨日の興奮が熱っぽくよみがえってきた。

淳庵が、口をひらいた。

「翻訳が並大抵のことでないことは十分に承知しておりますが、もしもこのターヘル・アナトミアを翻訳することができたとしたなら、医学の進歩にどれほど益するか想像もできませぬ。昨日の腑分けの実見によって、古来からつたわる医学の教える人体構造があやまっていたことを知り申した。それとともに、このターヘル・アナトミアの解剖図が正確無比であることも知り申した。この一書の翻訳は、古来の医学を否定するものであり、新しい医学の門をひらくことになると存じます。私は、自分の生命を賭《と》してもこの難事業にとり組む覚悟でおります」

その言葉には、若い淳庵らしい歯切れのよさが感じられた。

良沢は、淳庵の言葉に同感した。たしかにターヘル・アナトミアの翻訳は、従来の医学知識を否定し、正しい医学の基礎を確立する。「生命を賭しても」という淳庵の言葉も、素直に受け入れることができた。

良沢は、玄白と淳庵の気迫に、自分のいだいていた懸念《けねん》が杞憂《きゆう》にすぎぬことを知った。人間の一生には、生命を賭しても悔いぬ対象が眼前にあらわれることがある。そのような対象にぶつかる者は稀《まれ》であり、そうした機会にめぐまれた者は幸運と言うべきである。玄白も淳庵も、その稀な幸運に遭遇したことを意識して、至難な仕事に一身をささげようとしているのだろう。

良沢は、かれらとともに翻訳事業に取組むことをかたく心にきめた。

かれが机の上におかれたターヘル・アナトミアをひらくと、玄白も風呂敷から同じ版の書物をとり出した。かれらは、無言でページを繰った。

長い時間がすぎた。

「淳庵殿。貴殿は、オランダ語の知識をお持ちか」

良沢が、不意に問うた。

淳庵は、きれいに剃《そ》られた頭に手を置くと、

「A、B、Cを知っている程度でございます」

と、答えた。

良沢は、ついで玄白に顔をむけ同じ質問をした。

「私は、なにも知りませぬ」

玄白の顔は、羞恥《しゅうち》に染まった。

良沢はうなずくと、ターヘル・アナトミアに視線を落した。自分はオランダ語の知識をもっているとは言え、ターヘル・アナトミアになにが書いてあるのか読み解く力もない。それなのに、共同翻訳を申し出た淳庵は、A、B、Cを知るのみで、玄白はそれすら知らぬ。

なんの力ももたぬ三人が寄りあつまって、医書の翻訳をくわだてるなどとは無謀のことにちがいなかった。

「良沢殿」

玄白が、言った。

「まことに心もとないわれらであるが、頼みは貴殿お一人でござる。赤子の手をひくようなもどかしさを感じられるでござろうが、われらをなにとぞおみちびき下され。今日からは、貴殿を盟主とも仰ぎ、師とも仰いで、このオランダ書の翻訳を推しすめたいと存ずる」

と、懇願した。

「盟主などとは……」

と、良沢は言ったが、それは自然の成行きだとも思った。

乏しいながらも良沢のオランダ語についての知識は、むろん玄白、淳庵のおよぶべくもない。江戸でかれよりもオランダ語の知識を得ている者は皆無で、当然、玄白の言うとおりかれは翻訳事業の中心人物にちがいなかった。

それに良沢は、四十九歳で、三十九歳の玄白、三十三歳の淳庵よりも年長者である。師と仰がれることも、その学識、年齢を考えれば自然であった。

「それでは、まず基本的なことから学習していただきたい。この翻訳事業は、私一人ではかなわず、御両者の御協力を得なければならぬ。そのためには、貴殿たちも初歩的な知識は得ておいて下さらねばなりませぬ」

と、良沢は言うと、立って巻紙と筆を持ってきた。そして、それを淳庵の前に差し出し、

「淳庵殿。貴殿はA、B、Cを御存じとのことだが、それをまず書いてみていただきたい。知識のほどをためすようで失礼とは存ずるが、どの程度のものか知らねば今後支障をきたすもとになります故《ゆえ》」

と、言った。

淳庵は、うなずくと筆をとり、巻紙にA、B、Cを思案しながら書きはじめた。その字は妙な形をしていたが、一応すべてを書き終えた。

良沢は、さらに発音をうながした。が、淳庵の発音はあやまちが多く、良沢は思わず苦笑した。

「私とてもおぼつかない知識ですが、長崎で通詞に習いおぼえたことをお教えいたす。玄白殿も、習熟していただきたい」

良沢は、筆をとると巻紙にA、B、Cを書きつらねていった。その速さに、玄白と淳庵の顔に驚きの色がうかんだ。

良沢は、A、B、Cを二通り書くと玄白と淳庵に渡し、発音してみせた。それを、

二人は、文字のかたわらに書きとめた。

良沢が発音すると、玄白たちは声をそろえてそれにならった。かれらは、真剣な眼つきで声をあげつづけた。その姿を、襖《ふすま》のかげから良沢の娘たちが、いぶかしそうな表情で盗みみていた。

三日後に玄白と淳庵はふたたび良沢の家にやってくると、A、B、Cの学習をした。かれらは、それぞれ自宅でおぼえることに努力したらしく、A、B、Cも一応書けるようになっていた。

良沢は、その日、単語を五語かれらにしめし、玄白たちもそれを筆写し、発音を書き添えた。それは、翻訳事業とは程遠い学習だったが、玄白も淳庵も真剣だった。

かれらは、藩医としての仕事をもち多忙な身だったが、数日に一度の割で良沢の家に来るようになった。

或《あ》る日、おくれてやってきた玄白が若い男を連れてきた。

「良沢殿。桂川甫三《かつらがわほさん》殿の御子息である甫周《ほしゅう》殿でござる。われらの事業を耳にして、なにとぞ同志にくわえて欲しいと懇願され、連れてまいった。同志におくわえ下さらぬか」

と、玄白は、良沢の顔をうかがった。

桂川家は医家の名門で、甫三は奥医師であり法眼《ほうげん》の高位にある幕府の著名な医官であった。その息子である甫周も、将来華々しい顕職《けんしょく》につくことが約束されているはずだが、たかぶったところはなく良沢に対する挨拶《あいさつ》も神妙で、良沢は好印象を得た。

「お年は？」

ときくと、

「二十一歳でございます」

と、答えた。

聡明《そうめい》そうな眼と、端正な姿に、良沢は家格の正しさを感じた。

甫周は、オランダ商館長と接することを許されている父甫三からA、B、C二十六文字を習いおぼえていたので、玄白、淳庵との学習にすぐ追いついた。

良沢は、一カ月後、基礎的な知識を習いおぼえさせることを中止し、ターヘル・アナトミアの翻訳に取組むことを玄白らに告げた。翻訳をすすめる間に、良沢も知らぬことを発見するにちがいないと思ったのだ。

かれらは、二冊のターヘル・アナトミアをひらいた。長い沈黙が、かれらの間にひろがった。かれらの眼前には、多くの横文字がびっしりとならんでいる。

「良沢殿、少しはおわかりになられますか」

淳庵が、たずねた。

「皆目、見当もつきませぬ。わからぬことは貴殿たちと寸分ちがいませぬ」

良沢は、弱々しい眼をして答えた。

玄白が深く息をつくと、

「まことに櫓《ろ》も舵《かじ》もない船で大海に乗り出すようなもの。茫洋《ぼうよう》として寄るべきかたもありませぬ」

と、つぶやいた。

かれらは、呆然《ぼうぜん》とターヘル・アナトミアの文字のつらなりをながめていた。

玄白たちは、時折、良沢の表情をうかがう。その視線が、良沢には堪えがたかった。

玄白たちは、良沢の語学力にすべての期待を寄せている。ターヘル・アナトミアの翻訳をはたすためには、良沢のオランダ語に対する知識に負う以外には不可能だということを知っているのだ。

良沢は、「骨《こつ》ケ原《はら》刑場からの帰途玄白がターヘル・アナトミアの翻訳を熱っぽく主張した時、翻訳の同志を得たことを喜び、そのくわだてに即座に同意した。しかし、同志と呼ぶにはあまりにも心もとない者ばかりで、かえってA、B、Cを教えることで、一カ月近くをついやしている。むしろかれらは足手まといで、独力で翻訳事業に専念する方が効果的だとさえ思った。

良沢は、自分の作り上げた単語集とマリンの仏蘭《ふつらん》辞書をひるがえして字句の解釈につとめてみたが、本文の字句は知らぬものばかりで、辞書に書いてあるオランダ語の註釈《ちゅうしゃく》も理解することができなかった。

かれは、途方にくれた。長崎のオランダ大通詞《おおつうじ》ですら手がつけられぬものを、自分のとぼしい力で翻訳できぬことは当然だ、とあらためて思った。たしかに玄白たちよりもオランダ語の知識はあるが、オランダの書物を翻訳する上では玄白たちと同等の無力な存在であるとも思った。

良沢は、眼をとじ、溜息《ためいき》をつき、腕をくんで天井を仰いだ。

その懊悩《おうのう》する姿に、玄白たちの顔にも絶望の色が濃くあらわれた。

「いかがいたしましょう」

「なんとかならぬものでござりましょうか」

玄白たちは、同じ言葉をくりかえし頭をかかえていた。

かれらは、激しい情熱をもっていたが、結束が一瞬にして崩壊する危険にもさらされていた。盟主である良沢が手をこまねいていることは、翻訳が一歩も前進せぬこととをしめしている。医家として多忙な身であるかれらが、全く成功のおぼつかない翻訳事業のために時をすごすことは無駄《むだ》なことにちがいなかった。

しかし、玄白、淳庵、甫周は、さだめられた時刻に必ず良沢の家に姿をあらわした。もし一人でも欠席すれば、他の者は脱落したと解釈し、疑心をいだいて自らも事業からの離脱を考えるようになるはずであった。

かれらは、憂鬱《ゆううつ》な表情で対坐していた。机の上には二冊のターヘル・アナトミアが置かれていて、そのひらいたページに昼の陽光の反映がひろがっていたが、その上にやがて夕闇《ゆうやみ》がしのび寄ってくる。そして、かれらは、口数も少く座を立ち良沢の家を辞してゆくのだ。

或る日、定刻にやってきた玄白は、座につくと、

「良沢殿、私の意見をおききいただきたい」

と、良沢の顔を見つめた。

「三日前の会合以来、私もいろいろと考えてみましたが、この書を翻訳することは容易なことではないとつくづくさとりました」

良沢は、玄白がなにを口にしようとしているのか察していた。玄白は、オランダ大通詞西善三郎にオランダ語の知識を得ることは徒労に終ると忠告され、あっさりと諦《あきら》

めてしまった。その時と同じように、玄白はターヘル・アナトミアの翻訳のため集ることが無意味だと考えるようになったにちがいなかった。

しかし、良沢の想像ははずれていた。

「良沢殿、私は、あらためて翻訳を志した日に立ちもどって考えてみました。われらは、女の刑死人の腑分《ふわ》けに立ち会い、その内臓と骨格がターヘル・アナトミアの解剖図と全く一致していることに驚き、感動したのでござる。私は、あの日の感動を大切にいたしたい。と言うよりは、このオランダ医書の翻訳を志した最大の動機は、解剖図の正しさを確実に理解したいと思ったことにあるはずでござるが、如何《いかが》でしょうか」

玄白は、良沢の顔に眼をすえた。良沢は、うなずいた。

「それならば、われらの翻訳事業は、この書にある人体図から手がけるべきで、その後に全書を解きあかすことにつとめることが自然の道と申さねばなりませぬ」

と言って、玄白は、あわただしくページを繰った。そこには、一つは正面を向き、一つは背をみせて立っている人間の裸身図がえがかれていた。

「よく御覧下さい」

玄白の言葉に、良沢たちは二個の裸身図を見つめた。

「この人体図には、頭から足先までA、B、Cなどの記号が付されております。人体ならば、われらもよく知っております。これは単なる推測でござるが、記号が付してあるところから察して、この書の中に人体各部の説明が書かれておるにちがいありませぬ」

良沢は、玄白の顔を見つめた。裸身図に付された記号はそのまま見すごしていたが、たしかに玄白の推測は当っているかも知れない。

本文を仔細《しさい》にさぐれば、その人体の部分が説明されている可能性は大きい。そして、もしもその予測どおりであったとしたら、人体の各部分のオランダ語をつきとめることができる。

良沢は、玄白の推定に感心した。玄白はオランダ語について全く知識はないが、ひろく物事を見る才にめぐまれているらしい。そのような才能も、翻訳事業を推しすめる上で有力な武器になる。

「よいことを思いついて下された。もしかすると、そのことで翻訳の門がひらかれるかも知れませせぬ」

良沢は、眼を光らせた。

二個の裸身図の頭の上には、いずれもAの記号が印刷されていた。そのAの記号がなにをさすのか、かれら四人の中で意見が二つにわかれた。

正面を向いている裸身図は、乳房のあるところから女体であることが察しられ、背を向けているものはそのたくましい筋肉から男の体であると知れた。その二体とも頭は毛髪におおわれ、Aの記号を頭とも考えられるし、頭髪をさしているとも思えた。

しかし、そのような議論よりもまず記号を説明する文章が本文中にあるか否《いな》かをたしかめる方が先決だった。かれらは、説明文が裸身図の次のページからはじまる文章の中にあるにちがいないと考え、ページを一枚ずつ繰っていった。が、十二ページにわたってぎっしりと並ぶ横文字の中には、それらしい記号は見出《みいだ》せなかった。

玄白は、落胆し肩をおとした。

障子がひらいて、良沢の妻が茶を持って部屋に入ってきた。妻の珉子《ぴんこ》は、良沢の指示でかれの弁当を作り部屋にはこんでくる。良沢にとって自分の部屋は、かれ自身のためだけのものではなく、それは、玄白たち同志とともに会合する協同翻訳場で、かれも定刻にその部屋へ入る。かれは、昼食時に居間で妻子とともに食事をすることができるが、弁当を持参してくる玄白たちのことを考えるとそれも出来かねた。同じように弁当を食べ、玄白たちと同じ条件で仕事をすべきだと思っていたのだ。

「弁当でも食べて、ゆっくりとお考えになった方がよろしいのではござりませぬでしようか」

最年少の桂川甫周が、名家の出らしいおっとりした口調で言った。

玄白は苦笑し、持参の弁当をひらいた。

かれらは、黙々と箸《はし》をうごかした。そして、茶を飲みながらせまい庭に眼《め》を向けていた。

「説明文があって、その後に人体図があるとは考えられませぬか。つまり人体図の後の本文中にはなく、前の部にあるという……」

淳庵《じゅんあん》が、思いついたように言った。

「それは不自然とは思いますが、縦のものを横に書くオランダ語のことです故、淳庵殿の御意見も正しいかも知れぬ」

玄白が、うなずいた。かれらは、ただちに人体図の前にあるページを眼でさぐりはじめた。

そのうちに、玄白たちは良沢の顔に眼をすえた。良沢は、ターヘル・アナトミアの一個所《かしょ》を無言で凝視している。その眼は、異様に光っていた。

「良沢殿、いかがなされました」

玄白が、その顔をのぞきこんだ。

良沢は、返事もせず次のページを繰った。かれの顔が紅潮した。

「ありましたぞ、これにちがいありませぬ」

良沢は眼をかがやかせ、ふるえをおびた声で言った。

「たしかでございますか」

玄白たちの顔にも、血の色がのぼった。

「ここを御覧なされ」

良沢は、二十ページ目の冒頭を指さした。そこには、TWEEDEという大きな横文字の下に、A.……, het Hoofd……という文字が印刷されていた。

「たしかにAという記号は書かれてありますが、それがいかがなされたのですか」

玄白が、咳《せ》きこむようにたずねた。

良沢は、かたわらにおかれている紙を綴《と》じた書物に似たものをひらいた。それは、青木昆陽《こんよう》の著した「和蘭《おらんだ》文字略考」を筆写したものであった。急いで紙をひるがえしていったかれは、或る部分を指さし、玄白たちにしめした。そこには、
頭《ホフト》 hoofd
と、記されていた。

「貴殿たちにもお教えしたとおり、ハ(h)の大文字はHでござる。つまりHoofdは、

頭でござる」

良沢は、もどかしそうに言った。

玄白たちは、文字を見つめ、たがいに顔を見合わせた。

「頭でござる。Aは頭でござる、頭髪ではない」

玄白が、狂ったように叫んだ。

「さらに、男の鼻の部分に6という記号がついておりましょう。これは六という数をしめすもので、それを本文中にさぐると、ほれここに6の後にNeusとある。この語は、私も、熟知しております」

と言って、良沢は、単語を書きとめた帖面《ちょうめん》を繰った。そこには、鼻neusという文字がみられた。

かれらの顔には、歓喜の色があふれた。

「やりましたぞ」

「やりました。頭はホフト、鼻はネウスでござる」

かれらは、口々に叫んだ。その眼には、一様に光るものが湧《わ》き出ていた。

「これで、ようやく手がかりが得られました。これも良沢殿の御知識のたまものです」

玄白は、感動に身をふるわせて深く頭をさげた。

「いや、人体図から初めに手がけようと申されたのは玄白殿で、それがこのような成果をみた源でござる。一人の力では到底およびもつかぬ難事業ではござるが、同志力をあわせて進めば自《おの》ずと道はひらけると申す。たがいに補い合って必ずこの書の翻訳に精を出さねばなりませぬ」

良沢は、眼に涙をにじませながら言った。

その日、かれらは、人体図に付せられた記号を本文中にさぐって、大文字で書かれたオランダ語をそれぞれ丁寧に筆写していった。そして、夕方までに頭、鼻、胸、腹、臍《へそ》、掌《てのひら》の語を知ることができた。

玄白たちは、明るい表情で良沢の家を辞していった。

八

梅雨の季節をむかえ、大名屋敷のつらなる築地《つきじ》鉄砲洲《てっぽうず》も雨で煙るようになった。

玄白たちは、傘《かさ》をさして定められた日に良沢《りょうたく》の家へ通ってきた。かれらの挨拶《あいさつ》は、

「よく降りますな」

という言葉が多く、座につくと茶をのみながら雨の降りしきる庭をながめていた。

短時間休憩すると、かれらはターヘル・アナトミアをひらく。

裸身図には、A、B、C以外に1、2、3やⅠ、Ⅱ、Ⅲの数字記号もあって、かれらはそれらの記号を本文中にさぐる作業をつづけた。それらの記号の印刷された部分には、たとえば頭のHoofdというオランダ語の前にイタリック体の文字が置かれている。それは頭を意味するラテン語であったが、むろん良沢らにはわからず、イタリック体のラテン文字は無視した。

かれらは、良沢を中心に裸身図の各部分にオランダ語と日本語をならべて書き添えていった。そして、その都度良沢は、青木昆陽の「和蘭文字略考」をひらいて比較対照した。

「和蘭文字略考」には、人体の各部の名称に相当する単語がかなり多かった。踵《かかと》、膝《ひざ》頭《がしら》、臑《すね》、足、足の裏、唇《くちびる》、頤《あご》、歯、手、肩、指、胸、掌、大（親）指、爪《つめ》、鼻、頭、腕、頰《ほお》、額、口、目、瞼《まぶた》、舌、耳などで、人体の名称をしらべる良沢にとっては幸いだった。

しかし、「和蘭文字略考」に記されていない人体部分もあって、良沢は、玄白らと意見をかわしながらそれに相当するオランダ語を裸身図に記入していった。

かれらは、月に六、七回会合していたが、一ヵ月後には、ターヘル・アナトミアの二個の裸身図にしるされた人体各部のオランダ語をすべて知ることができた。

「出来ましたな」

玄白が言ったが、返事をする者はいなかった。

たしかに人体の外部にみられる諸部分のオランダ語は知ることができたが、それだけでは医学的になんの意義もない。その体の諸部分が人体でどのような役割をもっているのかを知らねば、翻訳の価値はないはずだった。

ターヘル・アナトミアは医書で解剖図を中心にした解説書である。その解説の意味をさぐることが、ターヘル・アナトミアを翻訳する目的であった。外観できる人体の部分をしめす本文中のオランダ語の個所は、たとえば頭の部分に、
het Hoofd is de opperste holligheid.

というように、二、三行のオランダ語の文章が印刷されている。

良沢は、それらが頭をはじめ体の諸部分の説明文であることに気づいていた。しかし、そのような文章を解き明かすことは、良沢のとぼしい語学力では到底不可能であった。

良沢は、厚い壁を前に身のすくむのを感じた。

「この頭の説明文で、ホフト（Hoofd）以外に御存知の語がござりますか」

玄白が、不安そうに良沢に問うた。

「イズ（is）とデ（de）は知っております。イズは、……也《なり》。デは助語で意味はさまざまのようです。この二語以外は、初めて見る語です」

良沢は、苦しげに答えた。

「イズ（is）が、……也ということから考えますと、イズの後につづくオランダ文字は、頭の説明文と解されますな」

玄白の問いに、良沢は、

「私もそのように考えております。即《すなわ》ち、頭とは……也というように」

と、うなずいた。

玄白は、腕を組んだ。その顔には、苦渋の色が濃かった。かれは、いよいよ本格的な翻訳事業が開始されるのだと思ったが、その前途は全く闇《やみ》であることも知っていた。盟主である良沢の知識が唯一《ゆいいつ》の力であるが、その良沢すら頭をたれ眼《め》を閉じてしまっている。玄白たちは口をつぐみ、身じろぎもしなかった。

淳庵《じゅんあん》が、重苦しい空気に堪えきれぬように、

「まず最初のホフト（頭）の前にあるハ（h）、エ（e）、テ（t）という字で組み合わ

された語は、一体なんでござりましような」

と、つぶやいた。良沢はうすく眼をあけると、

「ヘットと発音するのでしょうが、どのような意味か」

と、力なく答えた。

そのhetは、英語のtheに相当する定冠詞にすぎなかったが、良沢にはその文字が不可解なものに思えた。

やがて室内が、暗くなってきた。

「それでは、今日はこれまで」

玄白の言葉に、淳庵と甫周《ほしゅう》は気落ちした表情で立ち上った。

雨は、いつの間にかやんでいた。玄白たちは、玄関で頭をさげると、提灯《ちょうちん》に灯をともして門の方へ去って行った。

良沢は、手をこまねいてターヘル・アナトミアを見つめていたが、玄白は、新たな提案をして良沢の気分をふるいたたせた。

「どうしてもわからぬことは、一時やり過してみることも必要と存じます。そのうちに他の個所をしらべてゆくうちに、ああそうかと納得できることもあるにちがいあり

ませぬ。この訳業は、長い旅であります故《ゆえ》、気長にじっくりと取組むべきです」

と、玄白は言った。

het (the) とはなにを意味する語かと思いなやんでいた良沢は、玄白のその言葉に救われた思いがした。そして、het はそのままにして Hoofd 以下の訳にとりかかった。

Hoofd is de opperste……の opperste の訳が最初の難問になった。その単語は、むろん「和蘭文字略考」にもなく、良沢が長崎の通詞《つうじ》からあつめた単語集の中にも見あたらない。良沢にとって、その単語の意味を知る方法はなかったが、ただ一つそれを可能とする道があった。それは、マリンの著した仏蘭《ふつらん》辞書を参考にすることであった。

その辞書の購入をすすめたオランダ大通詞《おおつうじ》吉雄《よしお》幸左衛門は、

「このマリンの書は、フランス語の単語をオランダ語でどのように言うかをしめしています。しかも、そのオランダ語に詳しい解説がオランダ語で書いてあるのです。よろしいかな、たとえば唐の語で軽しという語があるとすれば、解説には、重からずと書かれてあるようなものです。重からずとは、即ち軽しと推測できます」

といって、吉雄は、マリンの書をひるがえして或《あ》る個所をしめした。

「ここにアホンド (Avond) というオランダ語があります。この意味は、日暮れという単語ですが、その後に、ほれこの通りオランダ語の説明文がございましょう」

と言って、吉雄は短い文章をさししめした。そこには、laatste gedeelte van den daag. と書かれていた。

「ラトステ(laatste)は、終りという意。ゲデルテ(gedeelte)は部分の意、バン(van)は、之《の》の意。ダグ(daag)は、一日の意。つまりこれをつなぎ合わせると、一日の終りの部分也ということになる。これによってアホンド(Avond)とは、一日の終りの部分、即ち日暮れと推測できるのです」

と、言った。

良沢は、吉雄の言葉を思い出してマリンの書をさぐった。そして、ようやくopperste という綴《つづ》りの文字を発見した。しかし、その語に附《ふ》してある説明文もかれにはわからなかった。平易に書いてあるのだろうが、その意味をつかむ力はかれになく、良沢は二重の苦しみを味うことになった。

良沢は、気をふるい立たせて、さらにその説明文にある単語を、一語ずつマリンの書の中に探してゆく。そのため opperste という一語を究明するのに、説明文がはてしなく網の目のようにひろがっていった。

夏痩《なつや》せも手つだって、かれの頬はこけてしまった。玄白たちも、良沢の難作業に息をひそめ、交替に団扇《うちわ》で風を送ったりしていた。

日が、いたずらに過ぎていった。

かれらは、沈鬱《ちんうつ》な表情で会合し、そして別れていった。

或る日、良沢は、説明文を書きうつした巻紙を手にしながら、

「今までしらべたところによりますと、このオペルステ opperste は、最も上という意としか考えられませぬ」

と、言った。

「最も上でござるか」

玄白たちは、一様につぶやいた。

かれらは、

「最も上」

「最も上でござるか」

と、しきりに首をかしげつづけた。

玄白が、不意に顔をあげた。

「もしやすると……。いや、もしやではござらぬ、たしかでござる。たしかでござるぞ」

と、甲高《かんだか》い声をあげた。

他の者たちは、玄白の興奮した顔を見つめた。

「いかがなされた」

淳庵が、問うた。

「最も上にあるではござらぬか」

玄白の眼が、異様にかがやいている。

「なにがでござる」

淳庵のいぶかしそうな顔に眼をすえた玄白が、

「頭がでござるよ。人体の最も上に、頭があるではござらぬか」

と言って、掌を頭上に置いた。

淳庵は、眼を大きくひらいた。

はじけるような笑い声が、かれらの間から起った。かれらは、立ち上るとたがいに肩をつかみ、手をにぎり合った。そして踊りでもしているように良沢の腕にとりすがり、激しくゆすった。

突然の騒ぎに、庭で遊んでいた良沢の二人の幼い娘が呆気《あっけ》にとられたように立ちすくんだ。そして、良沢たちが、やがて腰をおろし眼頭をおさえているのをいぶかしそうに見つめていた。

良沢は、涙のはらんだ眼でマリンの書を見つめた。かれにとって、マリンの辞書をひるがえし opperste の意味をさぐることは苦しい作業だったが、それを解き明かすことができたことは大きな喜びだった。

かれは、オランダ通詞の力もかりずマリンの書を使用して単語を解明した。それは、マリンの書が、自分にとって一つの武器になることを知ったのだ。

かれは、opperste につづく holligheid という単語の究明にとりかかった。そして、二回後の会合で、

「上体は、頭顱《とうろ》なり」

と、訳すことができた。

この短い一文の訳出は、かれらに自信をあたえた。しかし、ターヘル・アナトミアは二四九ページにわたってぎっしりと文字のつめこまれた医書で、その短文は海浜の砂の一粒にも類するものであった。

ターヘル・アナトミアには、収録されている解剖図に対する説明が大きな文字で印刷され、それに附随する解説が小さな文字で書かれている。良沢たちは、大文字の説明文を解明するだけでも至難な事業であるのに、小文字の詳細な解説を訳すことは全く不可能であることをさとっていた。そのため小文字の解説を訳すことは断念し、大

文字の説明文の訳出のみに専念することを定めた。つまり、全書の翻訳ではなかったわけだが、中国からつたわった曖昧《あいまい》な解剖知識しかもたぬ日本の医家にとって、大文字の説明文を訳出することだけでも十分な貢献をすることは確実だった。

良沢を中心とした翻訳事業は、遅々としたものではあったが、わずかながらも進みはじめた。

しかし、それは、苦痛の末にようやく生れたもので、良沢が推定した語の意味に玄白らはあれこれと意見を述べる。良沢の努力で名詞の意味はおぼろげながらつかむことはできても、形容詞、副詞等が出てくると、たとえマリンの書をさぐっても全く理解できない。日本語にはない関係代名詞などは、奇怪な語に思えた。

良沢たちは、短い説明文の中の単語を組み合わせて、その文章がなにを意味するか模索する。たがいに相手の顔を見つめたり、腕を組んで日の暮れるまで黙しつづける日も多かった。

そのような作業には、当然こじつけた誤訳も多かった。例えば、額の部分では、ターヘル・アナトミアに「額は、老人になるとシワが寄る。眉《まゆ》の間は滑らかで、毛がなく、ここが眉間《みけん》である」と説明されているが、良沢たちは、「額は眉より上《かみ》、髪際《かみぎは》に至るなり。およそ人老いれば、則《すなは》ち皺《しわ》ここに生ず」と翻訳した。老人になれば皺が寄るという一文は完全に訳すことができたが、その他は良沢たちの苦しまぎれの解釈であったのだ。

暑熱がやわらぎ、秋風が立つようになった。

玄白は、訳がすすむにつれて自然に翻訳の整理をするようになった。かれは、良沢のしらべた単語の訳を克明に記録し、家に帰ってからそれを清書する。そして、次の会合に持参すると、良沢たちに配布して訳業を前進させることにつとめた。

良沢は、玄白の才能に感嘆していた。玄白は、良沢がマリンの書をひるがえして単語の究明につとめている間、淳庵と甫周に私語も禁じ、ひっそりと息をひそませている。神経を集中しなければならぬ良沢にとって、玄白のそのような配慮はありがたかった。

また説明文の訳出がまとまると、玄白は急に明るい表情になって、冗談を口にしたりして良沢たちを笑わせる。緊張の連続である訳業に疲れきった良沢たちの重苦しい気分は、玄白の軽口でたちまち晴れるのが常であった。玄白は妻もいないのに、時折、珍しい料理を持参して昼食時にひろげたりする。時には、柿《かき》や栗《くり》などをたずさえてきて、良沢の妻に渡すこともあった。

良沢は、孤独を好む気むずかしい性格で、他人と協同作業のできぬ男であった。それが玄白たちと力を合わせ翻訳を進めることができたのは、玄白の巧みな操作によるものであった。

玄白は、良沢の偏狭な性格を鋭く見ぬいていた。社交ぎらいで、ただ学問のみに専念する人物であることを知っていた。しかし、ターヘル・アナトミアの訳業は、良沢の存在なしには考えられない。訳業を成功させるためには、良沢を前面に押し立ててその知識を活用する以外にない。そのような判断をした玄白は、良沢の気分を害することのないよう細心の注意をはらい、淳庵、甫周との調和をはかることにつとめていたのだ。

そうした玄白の努力は、いちじるしい効果があった。良沢は、必死になって翻訳に専念し、若い淳庵や甫周にも好感をいだいて親しげに意見を述べ合った。かれらの間には長い沈黙が支配していることが多かったが、時にはにぎやかな笑い声もおこった。殊《こと》に淳庵と甫周は、市井《しせい》の話題を口にして座を明るくさせ、良沢も機嫌《きげん》よさそうに頬をゆるめていた。

二個の裸身図の解説は、頭、顔、胸、腹と翻訳されていった。

秋は、深まった。

九

夕闇《ゆうやみ》が路上に濃く落ちてきて、中川淳庵《じゅんあん》が提灯《ちょうちん》に灯をともした。

杉田《すぎた》玄白《げんぱく》、桂川甫周《かつらがわほしゅう》は淳庵の後から歩いていたが、ほのかに浮び上ったかれらの顔には、疲労の色が濃かった。その日も朝から翻訳はいっこうに進まず、ただ顔を見合わせ溜息《ためいき》をつくだけであったのだ。

「それでは、また五日後に……」

最年少の甫周が、辻《つじ》にくると丁重に頭をさげた。そして、自分の提灯に灯をともすと、ふたたび頭をさげて去っていった。玄白は、淳庵と肩をならべて歩き出した。訳業がすすまぬ日は黙しがちで、一人ずつ別れてゆくのだ。

二人は、橋にかかった。淳庵は、橋を越えると麴町《こうじまち》の自宅への道を去ってゆく。

「玄白殿」

橋の中央附近《ふきん》まできた時、淳庵が足をとめた。

玄白は、淳庵の顔に眼《め》を向けた。

「お考えをおききしたいことがございます」

淳庵は、提灯を手に言った。

闇はさらに濃く、夜空に星が散りはじめている。

「平賀《ひらが》源内《げんない》殿のことでございますが、源内殿に対してどのような態度をおとりになる御所存か、おうかがいいたしたいと存じます」

と、淳庵はこわばった表情で言った。

玄白は、すぐに淳庵の言葉の意味が理解できた。

源内は、前々年の明和《めいわ》六年十月に老中格田沼意次《たぬまおきつぐ》の命によって長崎《ながさき》にオランダ語研究のため遊学した。それを源内はひどく喜び、

「此度《このたび》阿蘭陀《おらんだ》翻訳御用被ニ仰付一《おほせつけられ》、冥加《みやうが》至極難レ有仕合《ありがたきしあはせ》ニ奉レ存候《ぞんじたてまつりさうらふ》」

と、記している。その源内が、一年半の遊学を終えて長崎を出立《しゅったつ》し、大阪にきている。淳庵は、やがて江戸にもどってくる源内をターヘル・アナトミアの翻訳に参加させるべきだと考えているにちがいなかった。

玄白、淳庵と源内との間柄《あいだがら》はきわめて親密であり、その親交も長い。玄白が源内を知ったのは十年も前で、二人を紹介したのは淳庵であった。当時、桂川甫周の父甫三は奥医師の高位にある幕医で、西洋文物に強い関心をもつ若い学徒を邸《やしき》にあつめ、知識の交換をおこなわせていた。その席に淳庵のすすめで顔を出した玄白は、同席して

いた源内を知ったのである。

その頃《ころ》、すでに源内は、本草《ほんぞう》学者田村藍水《らんすい》の高弟として本草学研究にいちじるしい業績をあげていた。その点だけでも玄白は源内に興味をもったが、源内の精力的な談論に圧倒され、さらに源内の過去を知ることによって一層関心を深めた。

源内は、讃岐《さぬき》高松藩のわずか二人扶持《ぶち》の小役人の子として生れたが、多彩な才能にめぐまれたかれは藩医について本草学を学び、藩主の注目も浴びて長崎に一年間の遊学を命じられた。長崎遊学を終えたかれは、地方の小藩にとどまって身を埋れさせることを不満に思うようになり、家督を妹里与《りよ》に婿《むこ》をとってゆずり、江戸へ出ようとした。

しかし、高松藩では、かれを藩内にとどめることにつとめた。そして、かれが江戸に出て本草学者としての名声を得ると、一層拘束の度を強めて、薬坊主《くすりぼうず》に昇進させ四人扶持をあたえた。このような藩の態度に業を煮やした源内は、左のような願書を藩に提出した。

「恐れながら御暇頂戴仕《おいとまちやうだいつかまつ》り、我儘《わがまま》に一出精《ひとしゆっせい》仕りたく存じ奉候。尤《もっと》も只今《ただいま》まで仕掛け候御用等仰《おほ》せ付けられ候へば、浪人にて随分御用達仕りたく存じ候。何卒《なにとぞ》、私取立てと思《おぼ》し召され、御慈悲を以《もっ》て御暇頂戴仕る様仰せ付け下され候はば、千万有難《ありがた》き仕合と存じ奉り、右の段宜《よろ》しき様仰せ上げられ下さるべく願上げ奉り候。

以上」

この書面は、藩主頼恭《よりたか》に受け入れられたが、頼恭は藩に背を向けた源内の態度に対する報復として、「但《ただ》し、他へ仕官の儀は御構《おかまひ》遊ばされ候」という一条を源内につたえた。つまり脱藩は許可するが、今後他藩に仕えることは厳禁するという条件をつけたのだ。

源内の離藩を知った幕府をはじめ各藩は、そのような条件が付されていることも知らず、しきりに源内に対して仕官の勧誘をおこなった。が、源内は、拘束されることなく自由に西洋文明の知識を手あたり次第に吸収したいという情熱に燃え、仕官の意志をしめさなかった。強力な支持者から仕官の仲介をするという申出《もうしい》でを受けた源内は、返書に、「仕官は嫌《きら》ひにて御座候。……これ以後とも仕官は御すすめ下さるまじく候。」とはっきりした文面で仕官のすすめを拒絶している。

かれは、やがて師田村藍水のおこした「薬品会」の中心人物となる。その会は、和洋の別なく物産を陳列し品評する資料展示会で、湯島天神《ゆしまてんじん》前の料亭《りょうてい》京屋でおこなわれた。そして、源内は、宝暦九年九月にもよおされた第三回の薬品会を統率する会主にも推された。この薬品会には、第一回から新進気鋭の学徒中川淳庵も有力会員として物産を出品し、玄白も淳庵のすすめで参加して、源内、玄白、淳庵の親交の度はさらに強まった。

やがて玄白は、淳庵とともに良沢《りょうたく》を中心にしたターヘル・アナトミアの翻訳事業に情熱をかたむけるようになった。長崎に遊学している源内と会う機会はうしなわれているが、手紙の交換は頻繁《ひんぱん》だった。

十日ほど前、源内から近々のうちに江戸へもどってくるという書簡が玄白と淳庵に送られてきた。その書簡には、熱っぽい調子で長崎で得た西洋文物の知識を披露《ひろう》し、オランダ語の研究にも目ざましい成果をあげることができたと記されていた。

「源内殿に対してどのような態度をとるかとは、どのような意味でござる」

玄白は、とぼけたように言うと、橋の欄干に身をもたせかけた。

「源内殿は近々江戸へもどってこられますが、その折にはターヘル・アナトミアの訳読会に参加をおすすめすべきではないかという意味でございます」

淳庵も、欄干に近づいた。

「玄白殿、われらにとって源内殿は決して忘れがたい同学の先輩です。源内殿は、老中格田沼意次様の御用で長崎にオランダ語修得のために遊学し、江戸へもどってこられます。われらは、前野良沢殿を盟主と仰ぎターヘル・アナトミアの訳業につとめておりますが、年来の畏敬《いけい》すべき同志である源内殿を無視することはできませぬ。と言うよりは、源内殿に翻訳事業へ参加していただければ、その豊富なオランダ語の知識が有力な手助けになり、翻訳も一層目ざましい進み方をするにちがいありませぬ。それに……」

と言って、淳庵は玄白の顔に眼をすえた。

「貴殿が以前に口になされましたが、源内殿とオランダ書を翻訳したいと話し合ったことがある由《よし》ではございませぬか。もしもそれが事実なら源内殿に参加をすすめぬことは、礼を失することになるとも思われますが……」

「そうかも知れませぬ」

玄白が即座に答えた。

「それならば尚更《なおさら》のことです。源内殿に参加して下さるよう懇請すべきです」

「それは不同意です」

「なぜでござります」

淳庵が、驚いたように玄白の顔を見つめた。

「第一に、私は、源内殿のオランダ語の知識を信用いたしておりませぬ」

玄白の冷ややかな声に、淳庵は呆《あき》れたように口をつぐんだ。

玄白は、さらに言葉をつづけた。

「貴殿も御承知のごとく、源内殿は稀《まれ》にみるあふれるような才にめぐまれたお方です。が、その才能が逆に源内殿の欠点にもなっております。源内殿は、多くのものに異常な好奇心をいだき吸収しようとつとめる。一言にして言えば、あわただしきお人でござる。そのような源内殿にとって、はたしてオランダ語修得などという地味なことにじっくり取り組むことができたかどうか。長崎に一年半遊学なされたというが、源内殿は単語をかきあつめることはしても、修得などはできずに終ったとしか思えませぬ。根気などというものとは縁のない御性格で、前野良沢殿とは全く対照的な人物だと思います」

玄白は、よどみない口調で言った。

「そう申されれば、そうかも知れませぬ」

淳庵は、思案するような眼をしてうなずいた。

かれは、人づき合いがよく源内にも畏敬の念をもって接しているようにみえる玄白が、内心では源内を冷静に観察していたことを知って驚いていた。それは冷淡とも思えるが、玄白の判断は的を射ているようにも思えた。

川面《かわも》を渡ってくる風は冷く、肌《はだ》が冷えてきた。二人は、しばらく黙っていたが、どちらからともなく歩き出した。

「またこの件については、いずれとっくりと話し合おうではございませぬか」

玄白は、橋を渡り終ると淳庵に言い提灯に灯をともした。

二個の提灯の灯が、右と左へ遠ざかっていった。


玄白は帰宅すると、一人で遅い夕食をとった。

三十九歳になりながら妻帯もせぬ玄白に、妻をめとるようすすめる話がしばしば持ちこまれる。が、かれは病弱で、積極的に妻帯する気持もとぼしく、いつの間にか齢《よわい》をかさねてきた。

妹のさえが家事をみてくれることもあって、かれは独り身の生活にむしろ自由を感じてきたが、ターヘル・アナトミアの翻訳に疲れて帰宅し夕食をぽつねんと食べる時には、なんとなく凩《こがらし》が体内を吹きぬけるような淋《さび》しさを感じるようになっていた。世のしきたりであるのだから妻帯すべきかも知れぬ、とかれは箸《はし》を動かしながら胸の中でつぶやいた。かれは、視力も幾分おとろえはじめていることに気づいていて、人生の峠も越えようとしているのを感じていた。

食事を終えた玄白は、茶を飲みながら淳庵との会話を思い出した。

玄白は、源内へ送る書簡の中で意識してターヘル・アナトミアの翻訳を開始したことを書かぬようにつとめてきた。が、源内は、すでにそれを知っていて、返書中に翻訳事業をねぎらう言葉もしるされている。それは、淳庵が詳細をつたえているからにちがいなかった。

玄白は、源内の才能に畏敬の念をいだいてはいたが、同時に源内の関心があまりに多方面へ向けられることに呆れてもいた。

本草学、物産学の分野で一流の名声をかち得たことにも飽きたらず、平線儀、石綿で作った不燃性の布である火浣布《かかんぷ》、タルモメートル（寒暖計）など理化学方面にも触手をのばし、さらに秋田佐竹侯《さたけこう》領内で銅山の開発指導にまで手を染めている。また文才を駆使して、前年一月には長崎で福内鬼外という号で浄瑠璃《じょうるり》「神霊矢口渡《しんれいやぐちのわたし》」を執筆し、それが、江戸外記座《げきざ》で上演されている。そして、長崎を出立後立寄った大阪では、銅山の調査をおこなうかたわら羅紗《らしゃ》の試織をも手がけているとつたえられている。

当然、源内は、江戸にもどってくれば劃期《かっき》的な事業であるターヘル・アナトミアの翻訳に関心をもち、参加を申出てくるにちがいない。かれは、田沼意次の命によって長崎にオランダ語修得の目的で一年半も遊学した身であり、参加する資格は十分有していると思っているはずであった。それに、源内は、ターヘル・アナトミアの翻訳が完成した折の歴史的意義も十分に承知しているにちがいなかった。それは日本で初めてはたされる西洋解剖医書の翻訳であり、医学界の革命的壮挙となるものであった。野心にみちたかれが、その事業を傍観するはずはなかった。

そうした源内をどのように扱うべきか、玄白は翻訳事業が開始されると同時に苦慮した。その結果得たことは、源内をあくまで遠ざけねばならぬという決意だった。翻訳事業にとって、源内は害あって益なしと玄白は思った。源内は、「翻訳御用」を仰せつかって長崎に遊学したが、東奔西走する源内がオランダ語修得に腰を落着けて取り組んだとはどうしても思えない。源内の性格は、一事に身をすりへらすような努力は好まず、オランダ語を体系的に追求することができるはずもなかった。

そうした源内のオランダ語の知識に対する不信感と同時に、玄白が源内を排した最大の原因は、訳読会の和がみだれることをおそれたからであった。それは、前野良沢と密接な関連があった。

「むずかしい人だ」

と、玄白は、良沢の顔を思い出しながらつぶやいた。

良沢は人ぎらいで、知己もほとんどない。派手なことは好まず、ただ一人で学問にいそしむ学究肌の人間だ。そうした性格の良沢が、玄白、淳庵、甫周とともに訳読会にくわわったのは、ただターヘル・アナトミアの翻訳をはたしたいという情熱によるもので、本来は他人と机をかこむことなどできぬ人物だということを、玄白も知っていた。

玄白は、偏狭な良沢をうとましくも思っていた。協調性に欠けた良沢をおそれてもいた。しかし、翻訳事業は良沢の存在なしには一歩も前進しない。良沢が気分を害して訳読会から離脱してしまえば、翻訳事業はたちまち崩壊するのだ。

玄白は、翻訳事業を成功させる鍵《かぎ》は、良沢の機嫌《きげん》を損ずることなく訳読会の和を守りぬくことだと信じていた。良い意味で良沢の知識を利用し、翻訳をすすめさせねばならぬと思っていた。そのためかれは、絶えず良沢の顔色をうかがい、淳庵、甫周の言動にも注意してきた。そして、そうした配慮は成功し、良沢は熱心に翻訳の仕事に打ちこんでいる。

理想的な状態なのだ、と玄白は満足していた。そのような中に、もしも源内が入りこんできたらどうなるか。たちまち訳読会の秩序が大混乱におちいることはあきらかだった。

源内は、長崎でオランダ語の知識を豊富に得てきたと称し、それをひけらかすにちがいない。源内は、どもりがちの早口でしゃべりつづけ、大きな声をあげて笑い、落着かぬように室内を歩きまわり、翻訳に関係のない西洋文物の知識を口にするだろう。神経を集中せねばならぬ訳読会の空気は、かき乱される。

それよりも良沢は、源内が加われば匆々《そうそう》に席を立ってしまうにちがいない。良沢の最も嫌《きら》いな人間は、源内のような男であることを玄白は知っていた。人の耳目をひくようなことを好んでする源内の態度は、良沢にとって堪えがたいものにちがいない。おそらく良沢は、源内をさげすみ嫌悪《けんお》しているはずであった。

玄白にとって源内は、才豊かな友人であったが、かれにはターヘル・アナトミアの翻訳の方が大切であった。それを成功にみちびくためには、源内を排することが絶対に必要だと思っていた。

しかし、源内を怒らせてもならぬ、と玄白は思った。それは源内が老中格田沼意次《たぬまおきつぐ》と親しく、もしも源内の不快を買えば翻訳をつづける玄白たちにも幕府から禍《わざわい》がふりかかるかも知れないからであった。源内は、将軍侍医千賀道有《ちがみちあり》とも親交があり、二千坪にも達する浜町の豪奢《ごうしゃ》な千賀邸にも出入りしていた。千賀は、囚獄医から侍医にまで出世した医家で、田沼意次の妾《めかけ》である神田橋御部屋様の仮親でもあった。そうした関係から、源内は千賀道有を通じて田沼意次に接近していったのである。

対外貿易に経済政策の活路を見出《みいだ》そうとしていた意次は、源内を重用し、源内もその期待にそうような活動をつづけている。源内の背後に意次のいることが玄白には恐ろしかった。

玄白は、翻訳をすすめながら翻訳書が出版にこぎつけた場合のことを早くも考えていた。

五十一年前の享保《きょうほう》五年、第八代将軍吉宗《よしむね》は、洋学に深い関心をしめし、キリスト教に関係のない洋書の輸入を許し、それがきっかけになって洋学研究がさかんになった。が、鎖国政策をとる幕府の洋書に対する監視はきびしく、その出版も無言の拘束を受けていた。

玄白は、六年前の明和二年に出版された「紅毛談《おらんだばなし》」の発禁事件を深く脳裡《のうり》にきざみつけていた。同書の著者は江戸生れの本草学者である後藤梨春《ごとうりしゅん》で、「合監本草」「本草綱目会読纂《さん》」「随観写真」等の学術書を著した田村藍水門下の学者であった。かれは、商館長一行が江戸にくる度に定宿《じょうやど》の長崎屋《ながさきや》へおもむいた。そして、商館長の随行者から見聞した知識を記録し、それを「紅毛談」という小冊子にまとめて出版した。内容は、オランダの風俗、産物等の紹介で、梨春も軽い気持で執筆したのだ。

しかし、この書は幕府の手で発禁処分をうけ、梨春もお咎《とが》めをうけた。理由は、筆体、活字体、ゴチック体の三書体のアルファベットが同書の中にしるされていたからであった。

ターヘル・アナトミアの出版を意図する玄白にとって、「紅毛談」発禁事件は大きな脅威になっていた。「紅毛談」は小冊子であるが、ターヘル・アナトミアの翻訳が完成すれば、「紅毛談」にくらべてはるかに分量の多い本格的な翻訳書になる。当然、幕府の眼《め》にふれてきびしい咎めをうけることが予想された。

それを切りぬける方法は、幕府の上層部にはたらきかけて、その庇護《ひご》をうける必要がある。田沼意次は、将軍の信頼もあつく、幕政の事実上の実力者で、意次の協力を得れば、出版にも支障はおこらぬにちがいない、と玄白は判断していた。

意次の意を迎えるためには、知遇のあつい源内との関係も密接なものにしておかなくてはならない。源内の訳読会への参加は絶対に拒否しなければならないが、源内の機嫌を損じるわけにもゆかないのだ。

「むずかしいことだ」

玄白は、腕をくんでつぶやいた。

初雪が舞い、空気は日増しに冷えこんでいった。

翻訳は、依然として困難をきわめていた。新しい文章に突きあたると、良沢はマリンの仏蘭《ふつらん》辞書にとりくむ。そして、それを筆で紙に書き、単語の意味をさぐることにつとめる。

良沢《りょうたく》の額には深い皺《しわ》がきざまれ、白毛《しらが》の増した総髪が顔にふりかかっても払いあげようともしない。眼光は鋭く辞書にそそがれていたが、顔を伏し眼を閉じることも多かった。玄白たちは、息をひそめ苦悩にみちた良沢の顔を無言でうかがう。かれらには、良沢の仕事を手つだうことはできないのだ。

「少しお休みになられたらいかがです」

玄白が、瞑目《めいもく》している良沢に遠慮がちに声をかける。

良沢は、初めのころ声をかけられることが不快らしかったが、いつの間にか玄白のすすめに素直にしたがうようになっていた。考えつめることは決して好ましいことではなく、休息をとって緊張のゆるんだ時に、ふと思いがけない解読のできることがしばしばあったからだ。

良沢は、眼をひらき溜息《ためいき》をつくと冷えきった茶を飲む。そして、玄白たちに苦笑した顔を向ける。

「いかがでござろう、わからぬ単語に印をつけては……。いずれは他の個所《かしょ》でその単語の意味がわかることもあり得ることであるし……」

玄白は、火鉢《ひばち》にかかった鉄瓶《てつびん》から湯を急須《きゅうす》に入れながら言った。

「印を？」

淳庵《じゅんあん》が、玄白の顔を見つめた。

「そうでござる。たとえば丸の中に十文字を書くような印をつけて置いて、訳をすすめてゆくようにするのでござる」

と言って、玄白は筆をとると、⊕という記号を書いてみせた。

「それは得策かも知れませぬ」

淳庵はうなずき、良沢の顔をうかがった。

玄白は、気づかうような眼を良沢に向けると、

「この翻訳は良沢殿なしでは到底かなわぬことで、良沢殿にもしも倒れられでもしたら事業は中断いたす。根をつめられて体にも支障がおこるようなことがあっては困ります。いかがでございましょう、印を記し置いて気持を幾分でもやわらげられましたら……」

と、良沢に言った。

良沢は一つの難問に突きあたると、それを解きあかすために全精力をかたむける。その執念はすさまじく、それ故《ゆえ》にわずかずつではあるが翻訳がすすんできた。玄白は、

そうした良沢に学問に対する激しい情熱をみる思いで、襟《えり》をただすような敬意をいだいていた。

しかし、その反面良沢の翻訳にとりくむ姿勢には融通性が欠けているとも思った。一つの単語にふれると、そのことのみに執着する。要領の悪い人物だとも内心ひそかに思っていた。

その欠点をおぎない翻訳を進行させるのが自分の役目だということに、玄白は気づいていた。頑固《がんこ》な学究の徒である良沢を、たくみに操作して翻訳事業を達成せねばならぬと思っていた。

「お心づかい、まことにありがたい」

良沢は、疲労の濃くにじみ出た顔を玄白に向けた。そして、丸に十文字の記号を眼にすると、

「貴殿の言われるとおり記号を付してひとまず置き、さらにすすんだ方がよいかも知れませぬ」

と、言って、うなずいた。

玄白たちの顔に、安堵《あんど》の色がうかんだ。

「丸に十文字とはよい符号でござる。いかがでございましょう、これを轡《くつわ》十文字と称

しては……。翻訳の仕事は戦と同じであり、馬にまたがって敵陣に突きすすむようで勇ましくてよいではござりませぬか」

最年少の桂川甫周《かつらがわほしゅう》が、微笑をたたえながら言った。

「轡十文字、語呂《ごろ》もよいし、それは面白い」

玄白の声に、良沢も頰《ほお》をゆるめ、笑い声が部屋にみちた。

その日から、訳読は一定した速度ですすめられるようになった。良沢が一日がかりで追究してもわからぬ単語には、符号がしるされる。が、良沢は口惜《くや》しがってなかなか符号をつけることに同意しない。それを玄白は、なだめるように、

「解きあかすことはできなくとも、わかった部分まで私が克明に記録して置きます故、ここのところは、ひとまずこれまでとして……」

と、説得する。

良沢は、それでもあきらめきれぬように文章を凝視しているが、やむなくうなずく。

「轡十文字でござりますな」

淳庵が、念を押す。

「左様、轡十文字でござる。しかし、今に必ず良沢殿の御知識で解きあかすことができるにきまっている。一時の便宜のための轡十文字にすぎぬ」

と、玄白は、一同の気持を引き立たせるように明るい声で言う。

理解できた範囲まで記録しておくという良沢との約束を、玄白は確実にはたした。かれは、訳読会で翻訳のすすむ経過を入念に記録し、帰宅すると夜おそくまで整理に没頭した。そして、それを清書すると、次の会に持参し、良沢にしめす。良沢もその努力に感謝し、気持をふるい立たせて翻訳にとりくんだ。


年が、明けた。

江戸の町々には、正月ののどかな空気がひろがったが、人心は不穏だった。数年来、世情は乱れ、人々は平静を失っていた。百姓一揆《いっき》、豪商の打毀《うちこわ》しなどが例年のようにつづき、気象状況も異常で天変地異が各所にみられた。

明和四年夏には、夜空の半ばに達するほどの長大な箒星《ほうきぼし》があらわれて人々をおそれさせ、その頃《ころ》大旋風がおこって深川洲崎《すざき》の三十三間堂が空に舞いあがり粉砕された。

明和七年秋には、江戸、京都の夜空が朱《あけ》にそまったが、原因は一切不明で人々は神仏のたたりではないかと恐れおののいた。

また明和八年にも異様な現象が相ついだ。東の海でとれる鰯《いわし》が北の海で漁師の網にあふれるようにかかり、南海の鰹《かつお》が東海にあらわれた。海の魚が川をさかのぼり、烏賊《い》《か》の大群が上総国《かずさのくに》の九十九里浜に押しよせ海の色も変った。

妖怪変化《ようかいへんげ》の出没が随所でつたえられ、人々は競うように神社、仏閣へおもむき祈願した。

明和九年をむかえた江戸の町では、明和九《めいわく》な年だと言って、さらに不穏な異変がおこるのではないかと噂《うわさ》し合った。幕政にも変化があって、一月十五日に田沼意次が老中格から老中に昇格し、実力者としての意次が幕府政治の第一人者として表面におどり出た。庶民は、意次の政治手腕に期待したが、天災に対する不安は消えなかった。

二月上旬をすぎた頃、突然良沢の身に不幸が見舞った。かれの長女が病気で死亡したのである。脾弱《ひよわ》な体つきをした娘で、活溌《かっぱつ》な次女とは対照的に大人しい少女だった。妻のきびしいしつけで礼儀も正しく、物事すべてに控え目だった。気分が悪いと横になってから、翌日には意識も混濁するという急な死であった。

家の中には、泣き声がみちた。妻とおさない次女は遺体にしがみつき、息子の達《たつ》は、畳に手をつき肩を波打たせて号泣していた。

良沢は、膝《ひざ》をつかんで泣き声のもれるのを必死に堪えていた。医者として、かれはできるかぎりの治療につとめた。が、娘はその努力も甲斐《かい》なくこの世を去った。可愛《かわい》い娘であった。大人しい娘であったことが一層不憫《ふびん》でならなかった。子に先立たれた苦痛が、かれの体内にあふれていた。

翌日、訳読会にあつまってきた玄白たちは、娘の死を知って顔色を変えた。玄白たちは、眼に涙をにじませて、良沢とその妻にくやみを述べた。そして、身を寄せ合うようにして僧の読経《どきょう》に耳をかたむけていた。

それから半月ほど玄白たちは、遠慮して良沢の家に近づかなかったが、二月二十九日には、江戸に大災害がおこった。その日は朝から西南の風がはげしかったが、やがて目黒行人坂《ぎょうにんざか》から火の手があがった。長五郎坊主《ぼうず》真秀という者が大円寺という小さな寺に火つけをしたのである。

火は強風にあおられて、たちまち十町ほどの幅にひろがり、さらに四方へ飛火した。火流は、外桜田、内桜田の大・小名屋敷をなめつくして一層勢いを強め、神田橋《かんだばし》から筋違橋《すじかいばし》、聖堂と焼きはらった。そして、神田、湯島、下谷《したや》鳥越《とりごえ》、浅草簑輪《みのわ》、金杉《かなすぎ》と進み、千住骨《せんじゅこつ》ヶ原《はら》刑場にまで達した。夜になっても火勢はおとろえず、翌日も火は猛威をたくましくし、本町、伝馬町《てんまちょう》、室町《むろまち》、日本橋へとうつり、ようやく中橋附近で鎮火した。その大火は江戸の三分の一を灰にし、死者多数を出した惨事だった。

幸い良沢、玄白、淳庵、甫周の家々は類焼をまぬがれたが、焼跡に盗賊の横行がいちじるしかったので、十日近くは良沢の家に玄白たちもあつまることができなかった。

良沢の娘の急死につづく目黒行人坂の大火で、会合する機会も持てなくなっていた玄白たちは、一カ月ぶりに前野良沢の家にやってきた。玄白たちは、良沢の家に入ると仏間で娘の位牌《いはい》に焼香し、あらためて良沢夫婦にくやみを述べた。そして、庭に面した一室にあつまった。

かれらは、たがいに江戸の大火の惨状を口にし合った。

「それにしても平賀源内殿のお留守宅が焼けてしまったことはお気の毒でございます。早速そのことは大阪におられる源内殿に書簡でおしらせいたしましたが……」

中川淳庵が、沈鬱《ちんうつ》な表情で言った。

源内の家は神田白壁町にあった。小さな家で、妻をめとらぬ源内の留守宅は無人であった。

玄白は、淳庵が困ったことを口にしたと思った。源内を嫌悪している良沢には、自分と淳庵が源内と親しく文通する間柄《あいだがら》であることを知られたくなかった。

しかし、良沢は、玄白の危惧《きぐ》を裏切るように同情の念を表情にあらわして、

「それは御不運なことでございましたな。源内殿のことであるからお留守宅にも貴重な資料等が数多くのこされていましたであろうに……」

と、眉《まゆ》をひそめた。

「ところが源内殿の御返書によると、大切なものはすべて将軍侍医千賀道有殿のお邸《やしき》におあずけになっていた由《よし》で、心配はなにもないとのことです」

淳庵の言葉に、良沢は、

「それはよかった」

と、安堵したように言った。

玄白は、胸をなでおろした。良沢の思いがけぬ素直な態度は、娘をうしなったための変化かも知れぬと思った。

その日は、それまで手がけた翻訳の整理につとめたが、玄白は、

「良沢殿、いかがでござろう。今春も長崎からすでにオランダカピタン一行が江戸にまいっておりますが、オランダ通詞《つうじ》に会って不明の個所をただしてみては……」

と、良沢の顔をうかがった。

その年出府した商館長はアレンド・ウィルレム・ヘイトで、三月十五日に江戸城へ赴き、将軍家治《いえはる》の引見をうけていた。随行のオランダ通詞は、大通詞今村源右衛門と小通詞名村元次郎であった。良沢は、玄白のすすめに即座に同意した。そして、それまで翻訳した部分と訳解できぬ轡十文字の部分を通詞に問いただすことになった。

二日後、良沢たちは、連れ立って商館長一行の定宿である日本橋本石町《ほんごくちょう》の長崎屋に

おもむき、大通詞今村源右衛門に面会を申しこんだ。源右衛門は、鷹揚《おうよう》な態度で良沢らを一室に招じ入れた。かれのもとには、連日のように洋学に関心をもつ江戸の学徒たちがやってきて、好奇の眼をかがやかせて西洋の文物についての知識を吸収しようとつとめていた。

源右衛門は、かれらにオランダ人からの見聞を口にし、学徒たちは一語もききもらすまいと耳をかたむける。源右衛門にとって、良沢たちもかれらと同じ類《たぐ》いの者たちであった。

ただ良沢が、二年ほど前長崎に遊学し、吉雄《よしお》幸左衛門らにオランダ語の教示をうけたことを知ると、

「ほう、それはご熱心なことでござりますな」

と、感心したような表情をしたが、その遊学期間が百日ばかりであったと知ると、さげすんだような笑みをうかべた。

しかし、良沢たちがターヘル・アナトミアを取り出し、それを翻訳し清書した紙片の束をひろげると、源右衛門の顔からたちまち笑いの表情は失《う》せた。そして、その紙片にしるされた文字を見つめているうちに、顔面は蒼白《そうはく》になった。

大通詞が会話に長じていても読解力が貧弱であることを知っている良沢は、源右衛

門の態度をそれほど意外とは思わなかった。が、翻訳事業を開始してから満一年の間にはたした成果が、大通詞の源右衛門を狼狽《ろうばい》させるほどのものであることを知ったことは、良沢には嬉《うれ》しかった。

源右衛門は、いつの間にか姿勢をただしていた。

良沢は、轡十文字の符号をふしてある個所を指さして、それがどのような意味であるかを質問する。源右衛門は、顔をひきつらせてその個所に眼をすえたまま口をつぐんでいる。

「それでは、これはいかがでございますか」

良沢は、紙片をひるがえす。

源右衛門は、頭《かぶり》をふり、良沢はさらに次の個所を指さす。そんなことをくりかえすうちに、源右衛門の口からは稀《まれ》に参考意見ももれて、その都度良沢は矢立の筆をうごかしてそれを紙片に書きとめた。

約束の時間がきて、良沢たちは源右衛門に礼を言った。源右衛門の顔は白け、その額には汗がにじみ出ていた。

一行は、長崎屋の門を出た。

「これは、いったいどうしたことでございましょう。われらが良沢殿を中心に推すすめてきた翻訳事業は、オランダ大通詞にもはたし得ぬ域に達したものなのでしょうか」

中川淳庵が、驚きの声をあげた。

「そのように考えてよろしいと思われます。オランダ通詞は職掌柄《しょくしょうがら》たくみに通訳することはできても吉雄幸左衛門殿をのぞいては洋書を読むことなどほとんどできぬものです。それでも二、三源右衛門殿から貴重な意見をひき出し得たことだけでも幸いと申すべきでしょう」

良沢が、きっぱりした口調で言った。

「大したことをやっておるのですな、われらは……」

桂川甫周が、感きわまったような声をあげた。

「翻訳したものをひろげた折の源右衛門殿の顔は、見る間に青ざめましたな」

中川淳庵も、声をふるわせた。

「大事業なのでござる。良沢殿を中心にわれらの努力がここまできたのでござる」

玄白の声は、感動にみちていた。

十

大通詞今村源右衛門に会ったことは、良沢《りょうたく》らに強い自信をあたえた。そして、熱心に会合をかさね、一層積極的な翻訳をすすめていった。

玄白、淳庵《じゅんあん》、甫周《ほしゅう》たちも、一年間の翻訳作業に従事する間にオランダ語に対する知識は豊かになっていた。そして、良沢に有意義な意見も述べるようになって、翻訳の進捗《しんちょく》をうながすことにもなっていた。

夏が、近づいた。轡《くつわ》十文字は少しずつ消えて、やさしい部分は日に十行近くも訳すことができるようになった。

しかし、依然としてかれらは翻訳に苦しい戦いをつづけていた。殊《こと》に頭をどのようにひねっても訳すことができぬオランダ語の処置には困惑した。たとえばKlierという語は「腺《せん》」であるが、むろん良沢たちは腺というものの存在を知らなかった。が、かれらはKlierにつけられた説明文を苦心の末訳出し、

「その外を裹《つつ》む者は膜、その裏は私奔牛私《スポンギウス》の如し。神経と脈絡と相交はるの間にあり。これを以《もっ》て血中の水を分利し、而《しか》して送管に転輸す」

という文章を得た。

良沢は、Klier が血液中の水を分離して管におくる重要な器官であることを知り得たが、それをどのように日本語にすべきか迷った。そして、玄白たちと活潑《かっぱつ》な意見をかわした末、Klier は、その発音どおり機里爾《キリイル》とすることに定めた。

このように発音を日本文字にしたものは多く、たとえば Band は靱帯《じんたい》を意味するが、それを「蛮度《ばんど》」という当て字を使って日本文にしたりした。

Zenuw などという語もどのように訳してよいか、良沢にはわからなかった。この語も発音に擬して世奴《セイニー》としたが、良沢たちは思いきって神経という言葉をあてた。その Zenuw の説明文を翻訳すると、

「その色、白くして強く、その原《もと》、脳と脊《せき》より出《い》づ。蓋《けだ》し、視聴、言動を主《つかさど》り、且《か》つ痛痒《つうやう》、寒熱を知る。諸々、動くこと能《あた》はざる者をして、能《よ》く自在ならしむる者は、この経あるを以ての故《ゆゑ》なり」

という文章であった。その一文から察すると、神秘的な器官であることは明白なので、神経という言葉をあてたのである。

良沢たちは、語学の力がつくにつれて大胆な訳し方もするようになった。

かれらは、第三図の人体図の中で、釣針《つりばり》のような図の右端に付せられた数字を本文

中にもとめた。そして、三十ページに7として Kraakbeen という文字を見出《みいだ》した。そのKraakbeen につづく文章は、is een witter, zagter, en eenigzins doorfchynender, been agtig weezen, 'tweik doorgaans aan de beenderen aangewaffen is, en zig buigen laat. であった。

良沢たちは、この説明文の翻訳にとりくみ、苦心の末ようやく、

「その色、白くして微《うす》く、透明、脆軟《ぜいなん》にして撓《たわ》むべし。所在これあり。多く骨より生ず」

と、訳出した。

問題は Kraakbeen を日本語にどのように訳すべきかであった。Kraak とは、物が音をたてて砕けるという意で、良沢は、マリンの仏蘭《ふつらん》辞書を手がかりに鼠《ねずみ》が容器をかみくだく音のようなものであることを知った。Kraakbeen の been が骨の意味であることは良沢もすでに知っていた。

「鼠が器をかみくだく音と、骨……、どのようにむすびつけたらよいのでござろう」

玄白は腕をくみ、淳庵は天井を仰ぎ、甫周は、机に眼《め》を落していた。

長い間かれらは思案し、結局この語も Klier を機里爾としたように Kraakbeen も加蠟仮価《からかべん》という当て字を使うことにした。

「しかし、説明文を読みますと、白くして徴く、透明、脆軟にして撓むべしとあることから考えますと、軟《やわらか》き骨と解すべきではございませぬか」

玄白が、言った。

「そう申せば、腑分《ふわ》けを実見した折にも、骨には硬《かた》きものと軟きものがあると腑分人が申しておりました。この語は、思いきって軟骨と訳しても支障はないと思われますが、いかがでございましょう」

淳庵が、良沢の顔を見つめた。

良沢は、Kraak という語に軟きという意味がないことに拘泥《こうでい》し黙思していたが、玄白、淳庵の意見が決して不当ではないと思いなおし、

「冒険かも知れませぬが、淳庵殿の意見を入れ軟骨と翻訳いたしましょう。ただし、後の世の研究をさまたげぬために加蠟仮価という当て字ものこしておくべきです」

と、玄白、淳庵の提案に賛成した。そして、加蠟仮価の下に（軟骨と翻す）という註《ちゅう》を入れ、この問題も解決した。

しかし、その説明文の末尾にある一節を「（軟骨は）多く骨より生ず」と訳したが、これは誤訳で、原文は「一般に成長して骨となる」であった。

このような誤訳は随所にみられるが、総体的にみて大意はほとんど正しく翻訳され

ていた。そして、かれらはふたたび町奉行所に申出て、骨ヶ原《こつはら》刑場で腑分けを実見し、翻訳が実際の人体と相違ないかをたしかめたりした。

暑い夏をむかえた。翻訳事業は、未完成ながら一応のまとまりをみせはじめていた。

玄白は、その整理に没頭し、次の会合では良沢たちに翻訳を一刻も早くすすめるようながした。かれは、翻訳を完成し、出版することをあせっていた。その性急な性格と良沢をふくめた同志の協調をたもとうとする意欲が、事業を推進させた原動力でもあった。

「玄白殿は、せっかちな方でございますな。われらは馬のごときもので、玄白殿に鞭《むち》で尻《しり》をたたかれ走らせられているように思われます」

最年少の甫周が軽口をたたき、淳庵も笑い出した。

しかし、玄白は真剣な眼をして答えた。

「男というものは、草木のごとくいたずらに朽ちてよいものではございませぬ。淳庵殿も甫周殿もお若く壮健であられるが、それにくらべて私は病弱であり、齢《よわい》も四十歳に達しました。やがてはこの人体をきわめる医道も大成する時があるにちがいありませぬが、それまで生きていることはおそらく至難と思われます。死生は、あらかじめ定めがたきものです。先に業をおこす者は人を制し、おくれて業をおこす者は人に制せられると申します。それ故に、私は急ぎに急ぎ申すのでござる。貴殿たちがこの翻訳事業を完成したころは、私は泉下《せんか》にあるにちがいありませぬ。その折は、草葉の蔭《かげ》で貴殿らの壮挙を見守りたいと存ずる」

玄白よりも十歳年長の良沢は、玄白の言葉に耳をかたむけていた。かれは、体も丈夫だったが玄白の言葉どおり死生は定めがたい。翻訳事業を成しとげるまでは、かれも死にたくはなかった。

「玄白殿はまだ四十歳ではござらぬか、年老いた者の口にするような抹香《まっこう》くさいことを言われるにはまだお若い」

淳庵が、可笑《おか》しそうに眼をかがやかした。

その後、玄白は、死期をおそれるように翻訳の進行をうながすことをやめなかった。

甫周は、そうした性急な玄白に「草葉の蔭」という渾名《あだな》をつけ、

「草葉の蔭殿の性急さには弱りますな」

などと言って、ひそかに淳庵と顔を見合わせて苦笑していた。

二月の大火につづいて、その年の八月二日には、大暴風雨が江戸の町々をおそった。

その日早朝から降り出した雨は、夕方近くになると強い南風もくわわって猛威をふ

るいはじめた。そして、日没後風はさらに激しくなり、雨もはてしなく瓦《かわら》や雨戸に吹きつけてくる。良沢の家も不気味にきしみ、雨音につつまれて、あたかも滝壺《たきつぼ》に身を置いているような不安にさらされた。

そのうちに中屋敷の樹木が倒れはじめ、住居の瓦が飛び散る音がおこった。雨戸は強風にたわみ、良沢は息子の達《たつ》をはげまして雨戸に板材をむすびつけたりした。

良沢にもこのような大暴風雨は初めての経験だった。もしも家が破壊され風が家の中を吹きぬければ、ターヘル・アナトミアをはじめマリンの仏蘭辞書などの貴重な書籍が吹きとばされてしまう。かれは、それらの書物や資料を集めてかたく梱包《こんぽう》し、一晩中眠ることもしなかった。

夜半をすぎた頃《ころ》、風も幾分おさまってきた。そして、夜が白々明ける頃には、雨勢もおとろえた。

朝をむかえ、かれは雨戸をあけて庭を見た。そこには想像以上の光景がひろがっていた。大きな樹木が幹から折れ、石燈籠《いしどうろう》も倒れている。垣根《かきね》はあとかたもなく吹き飛ばされ、多くのくだけた瓦が散乱している。また屋敷の外を流れている堀《ほり》の増量した水があふれ、庭を泥海《どろうみ》に化していた。

良沢は、資料が無事であったことに安堵《あんど》しながらも惨澹《さんたん》とした庭を呆然《ぼうぜん》とながめていた。

またその月の十七日にも大暴風雨があって、その相つぐ強風によって多くの人家が倒壊し、伊奈《いな》郡代官の支配する関東方面の百姓家は四千軒も破壊された。世情は不安定で、人々は、さらに大きな災害に見舞われるのではないかとおびえていた。

秋風が立ちはじめた頃、平賀源内が江戸へ帰ってきた。その留守宅は二月の大火で焼失していたので、親交のある幕府侍医千賀道有の邸《やしき》へ身を寄せた。その報《しら》せを受けた玄白は、類焼見舞いをかねて淳庵をともない、千賀邸におもむいた。

平賀源内は、玄白らの来訪を喜び、酒を出して歓談した。

玄白は、翻訳事業への介入をおそれていたが、源内の最大の関心事は鉱山開発事業であった。かれは、長崎《ながさき》から大阪までの旅の途中、西国の鉱山を手あたり次第踏査し、大阪にきてからも摂津《せっつ》多田の銀・銅山を調査し、輩下の友七、専治に命じて大和《やまと》の吉野山から大峰《おおみね》山にわたる金山の試掘計画もくわだてたりしていた。

「大山師になったのだ」

と、源内はほこらしげに言った。そして、ふと思いついたように、

「オランダ医書の翻訳は、いかがなされている」

と、たずねた。

「おぼつかない足どりながら、徐々に一歩一歩前進しております」

玄白は、注意深い口調で答えた。

「それは結構なことだ。私の方は、今のところなんと言っても鉱山事業だ。大阪では、鉱内の水抜工事も研究した。これからは、千賀殿や岩田三郎兵衛殿のお力も借り、秩《ち》父《ぶ》の中津川村にゆく。鉄山を開発するのだ。その後は、秋田藩の依頼で封内《ほうない》鉱山を調査する仕事がひかえている。これもすべて長崎で採掘、精錬法の知識をオランダ人から得たおかげだ」

源内は、眼をかがやかせながら煙草《たばこ》をうまそうにふかした。

玄白は、源内が鉱山事業に心をうばわれていることを知って安堵し、千賀邸を辞した。そして、その後間もなく、源内が秩父に出立したという話をつたえきいた。

九月下旬に入った頃、ターヘル・アナトミアの基本的な翻訳は終了し、整理段階に入った。かれらは、しばしば会合し、翻訳のあやまりを正すことにつとめた。

かれらの表情は、明るかった。

千住骨ヶ原《せんじゅこつがはら》刑場で腑分けを実見した帰途、ターヘル・アナトミアの翻訳を志してから、一年半が経過している。オランダ語にわずかながら知識のあるのは前野良沢のみで、わずかに淳庵、甫周が辛うじてＡＢＣ《アベセ》二十六文字を知っている程度であった。そうしたかれらのとぼしい語学力から考えて、ターヘル・アナトミアの抄訳は不可能に近く、たとえそれがはたせたとしても長い歳月を要することが予想されていた。それが、わずか一年半で一応のまとまりをみせたことは、かれらにとっても意想外の喜びであった。

「よくぞやり申しましたな」

「われらが私心を捨てて力を合わせ、精魂をかたむけつくしたからでござる」

かれらは、眼に涙をにじませながらたがいに労苦をねぎらい合った。

十月に入って初めての会合の日に、杉田玄白は、一つの提案を口にした。

「この翻訳書は、出版しなければならぬものでござるが、突然の出版はなんとなく危険に存じております」

「どのような理由でそのようなことを申されるのです」

甫周が、いぶかしげに問うた。

「まず考えられることは、医家の驚きでござる。わが国の医学は支那《しな》からつたえられたもので、オランダ医学などは耳にしたこともない医家ばかりでござる。そうした中に突然ターヘル・アナトミアの翻訳書をさし示したらどのようなことになるか。おそらくかれらは、ひとしく驚愕《きょうがく》し、とるに足らぬ怪しい妄説《もうせつ》として排し、手にとるものもいないのではありますまいか。そうした障害をあらかじめ避けるためには、翻訳書の刊行に先がけて、人体図のいくつかを日本文の名称をふして刊行したらいかがかと存ずる」

玄白が、淀《よど》みない口調で言った。

「人体図のみを？」

淳庵がつぶやいた。

「その通りでござる。医家たちの関心をひくために、まず解体図を報帖《ひきふだ》のように世にしめすのでござる」

玄白は、断定的な口調で言った。

かれは、その瞬間良沢が眉《まゆ》をしかめたのに気づかなかった。良沢は、報帖という言葉が玄白の口からもれたことに愕然としていた。それは、開店披露《ひろう》や新商品の発売を一般に知らせるため配る札で、厳粛な学問の成果をあらかじめ宣伝の具に使おうとする玄白に不快感をいだいたのだ。

玄白は、さらに言葉をついだ。

「それに、私には後藤梨春《ごとうりしゅん》殿が紅毛談《おらんだばなし》を刊行しお咎《とが》めを受けたことが脳裡《のうり》からはなれませぬ。翻訳書が禁令にふれるかどうか、とりあえず人体図のみを出版して、その反応をうかがってみることが得策と存ずるが、いかがでござろう」

玄白は、気づかわしげに良沢たちの顔を見まわした。

良沢は、報帖という言葉に神経をいらだたせていたが、幕府の反応をうかがうためにも人体図を刊行してみたいという提案に、あらためて玄白の用意周到な性格をみたように思った。

「それは結構な御配慮と存ずる」

淳庵の言葉に良沢も同意し、うなずいた。

「御賛同いただき、かたじけない」

と、玄白は頭をさげると、

「しかし、御公儀からどのような思いがけぬお咎めをうけるか、予想もつきませぬ。そこで、人体図を刊行するに際して責任の所在を明らかにいたしておきたい。このような提案をしたのであるから、私が責任をとり万一にそなえるべきだと存ずる。若狭《わかさ》小浜藩《おばまはん》の侍医として責任をとるのが妥当と思う。むろん藩主酒井忠用侯《ただもちこう》の御諒承《ごりょうしょう》も得、もしもお咎めをうけた折には、小浜藩のみにとどめて良沢殿、甫周殿に累《るい》のおよぶのをふせぐことが良策と思うが……」

玄白の顔には、悲壮な表情があらわれていた。

良沢は、玄白の深い配慮に驚くとともに責任を背負いたいとねがう勇気に敬意をいだいた。報帖などという言葉を口にするのは不快だが、かれの洞察力《どうさつりょく》と決断力に感嘆した。

「それでは、私も玄白殿と同藩でござります故《ゆえ》、刊行者に名をつらねましょう」

淳庵《じゅんあん》が、眼を光らせて言った。

「むろん貴殿にはお願いいたすつもりであった」

玄白は、淳庵の顔を見つめた。

かれの提案に、良沢も甫周《ほしゅう》も反対する理由は見出《みいだ》せなかった。むしろそれが最善の方法であり、一同力を合わせて刊行に努力すべきであると思った。

刊行の準備が、玄白を中心にあわただしくはじまった。責任者は、杉田玄白、中川淳庵とし、人体図を模写する者としては同じ若狭の国の処士熊谷儀克《くまがい》がえらばれた。また玄白の門人である有阪其馨《ありさかきけい》が発刊実務を担当し、小浜藩と玄白の門人によって刊行の責任の所在を明確にする体制がとられた。

版元は、江戸室町《むろまち》三丁目にある須原屋《すはらや》に決定し、熊谷儀克の手で図の作成がすすめられた。

刊行に際してその人体の図をどのような名称にすべきか、意見が交された。が、それよりもまずターヘル・アナトミアの翻訳書の書名を定めるのが先決ということになって、その名称について思案した。それは、かれらにとって楽しい一刻《ひととき》であった。翻訳は成り、それの総仕上げとして名称をつけようとしている。苦難の連続であっただけに、良い名をつけたかった。

「ターヘル・アナトミアは人体を解き、その内容をしるした医書でござります故、解体という語を使ってはいかが」

「それでは、解体書にいたそうか」

「新しい説であることをふくめて、解体新書としては……」

玄白の案に、淳庵が、

「それは良い書名でござりますな。解体新書とは言葉のひびきもよく、世に出す新しい医説の書としての意味を端的にしめした結構な名称と存じます」

と、はずんだ声をあげた。

玄白が、すぐに筆をとると紙に「解体新書」としるしてみた。その文字の配列は、いかにも翻訳書の書名にふさわしいものに思えた。書名の決定によって、人体図は、「解体約図」と簡単にきまった。

初雪の舞う季節になった。

玄白は、「解体約図」にターヘル・アナトミアの解体図を参考にしたもの以外に他の西洋医書の人体図も積極的にとり入れ、門人の有阪其馨を通して須原屋に絵図をはこびこませた。そして、第一枚目に、ターヘル・アナトミアの翻訳に成功し、それを「解体新書」として刊行する予定であり、それに先がけて「解体約図」を発行するとしるした。そして、詳細を知るためには、「解体新書」を読んでほしいとむすんだ。

また刊行に協力した玄白の門人有阪其馨は、袋紙に「解体約図」の意義を次のようにしるした。

此図は我玄白先生、阿蘭陀《おらんだ》腑分《ふわけ》の書打係縷阿那都米《たあへるあなとみい》一部の趣意を取り、直《ぢか》に割見《さき》る所と質合《ただしあは》せ省略して所レ著《あらはすところ》なり。小冊といへども実に三千年以来同文の国諸名家所レ未レ説也《いまだとかざるところなり》。

門人　信濃《しなの》　有阪其馨識《しるす》

有阪は、この文中で「直に割見る所と質合せ」と書いているが、それは玄白たちが骨ヶ原刑場でおこなわれた腑分けを実見してターヘル・アナトミアの図の正確さを知ったことを意味するもので、世の医家たちの信頼を得るためであったのである。

安永二年の年が、明けた。

正月匆々《そうそう》、須原屋から待望の「解体約図」が刊行された。それは三枚の紙に描かれ

た人体図で封皮につつまれ、「解体約図　全」と大きな表題がつけられていた。第一枚目には、

若狭　侍医　玄白　杉田翼　誌

同　淳庵　中川鱗《りん》　校

処士　元章　熊谷儀克　図

という文字が印刷され、末尾には、版元として「書肆《しょし》　江戸室町三丁目須原屋市兵衛板」という文字がしるされていた。

玄白たちは、息をひそめて「解体約図」の反応をうかがった。まずかれらが最もおそれたのは、幕府の態度であった。発禁になった後藤梨春の「紅毛談」は、オランダ商館長一行から聞き知ったオランダ風俗等を軽い筆で書きとめたもので、それにくらべて「解体約図」は、オランダ医書を本格的に翻訳した「解体新書」の副産物として生れたものである。「解体約図」中には翻訳書「解体新書」の発刊も予告しているので、キリシタン禁制を最も重要な政策の一つとしている幕府が鋭い眼《め》をその書に向けることは十分に予想された。また一般の医家も、従来の中国医学を否定する「解体約図」の内容に驚き、一斉に強い非難の声をあげることも危惧《きぐ》された。そして、それらの医家の声にうごか

されて、幕府も苛酷《かこく》な処置をくわえてくるかも知れなかった。

玄白たちは、不安にみちた眼をして良沢の家にあつまった。

「なにか不穏な空気がきざした気配はございませぬか」

玄白が、良沢に気づかわしげな表情で問うた。

良沢は、頭《かぶり》をふった。かれの耳にも、なんの反応らしいものはつたわってこない。かれらは、今にも捕吏が家の中に荒々しく踏みこんでくるような予感におびえていた。


「解体約図」の刊行は、幕府の堅持する鎖国政策と対決する性格のものであった。

天文《てんぶん》十二年八月ポルトガル人が種子島《たねがしま》に来航以来、異国との交通が開始され、貿易と並行してキリスト教が宣教師によってもたらされた。豊臣秀吉《とよとみひでよし》は貿易を奨励したが、キリスト教の布教は排し、徳川家康《とくがわいえやす》は布教も黙認した。が、家康の死後、幕府はキリスト教信者の増加が治安をみだすおそれがあるとして重圧を強化し、島原の乱がおこるにおよんで、キリスト教を禁制とした。そして、貿易も長崎の出島《でじま》を制限区としてオランダ人、唐人のみにかぎって許可するにとどめた。

幕府は、キリシタン絶滅に全力をかたむけ、同時に洋書の輸入も厳禁した。それは、幕府の政治形態を安泰にさせるための処置であったが、同時に諸外国からの圧力を排除することを目的とする政策でもあった。西欧各国は、植民地拡大に狂奔していたが、南アジア、アフリカ大陸などで成功した植民地化の方法は、例外なくキリスト教の布教による人心把握《はあく》を前提として推しすすめられてきた。つまりキリスト教の滲透《しんとう》が、植民地拡大の有力な武器として活用されている節があったのだ。

そうした判断を得ていた幕府は、多大な利益をもたらす貿易を犠牲にしても、西欧諸国の日本に対する野心を封ずるためにキリシタン禁制を堅持するとともに、宗教色の濃い西欧思想の流入をふせぐ方法として洋書の輸入も厳禁していた。しかし、八代将軍吉宗《よしむね》の時代から、西欧の科学知識に対する関心が急速にたかまり、宗教に無関係な洋書の輸入が他の文物の紹介とともに緩和されはじめた。それによってターヘル・アナトミアをふくむ洋医書も導入されたのだが、国家基盤を根底からくつがえすキリスト教に対する恐れから、洋書に対する監視は依然としてきびしかった。

「解体約図」は、翻訳を一応終えた「解体新書」中の解剖図のみを日本文の名称を添えて刊行したものであった。かりに「解体新書」を節足動物にたとえれば、「解体約図」は触角の意味をもつもので、幕府の反応と医家たちの反応をさぐる性格をもっていた。

玄白は、幕府の咎めを恐れ、夜も眠ることができなかった。が、一ヵ月経過しても、幕府の動きはみられず、ようやく愁眉《しゅうび》をひらくことができた。

玄白らは安堵《あんど》し、医家たちの反響に注目した。

当然予想していたことではあったが、医家たちの態度は、冷淡だった。無名の医家である杉田玄白らの発刊した解剖図を黙殺しようとする空気が支配的であったのだ。

そうした中で、衣関甫軒《きぬとめほけん》の来訪は、玄白を力づけた。

玄白は、或《あ》る日玄関に立った貧しい服装をした青年の姿を不審そうに見つめた。青年は、東北訛《なま》りの強い言葉で来訪の目的を述べた。その眼には、燃えるような熱っぽい光がみちていた。

青年——衣関甫軒は、奥州一関《おうしゅういちのせき》藩田村侯の侍医建部清庵《たけべせいあん》の塾生《じゅくせい》で眼科の勉学に専念していた。建部清庵は漢方医であるが、オランダ流医学に強い興味をいだき、若いころ江戸に遊学した折に官医桂川《かつらがわ》家に入門することを乞《こ》うた。が、桂川家では門下生をとらぬしきたりであったので入門を許可せず、清庵はむなしく一関に帰郷した。

しかし、清庵のオランダ流医学に対する関心はたかまる一方で、たまたま江戸に医学修得のためおもむく門下生衣関甫軒に、オランダ流医学に対する疑問をしるした質問書をわたし、江戸のオランダ流医家の回答を得てくるよう依頼した。

甫軒は、六十歳に近い老師の念願をはたすため江戸の町々を歩いたが、それはすべて徒労に終った。が、帰省の日がせまったころ、かれは江戸にオランダ流医学を講ずる者がいるという話を耳にした。

甫軒は、師の念願をはたすことができると思ったが、医家たちは、

「たしかにそのような話を耳にしてはいるが、いずれのだれやら……」

と、首をかしげるのみであった。

やむなく甫軒は一関にかえり、その話を師の清庵につたえた。清庵はよろこび、質問書にさらに加筆したものを、ふたたび江戸におもむく甫軒に託した。それは、明和七年六月中旬のことであった。

江戸に出た甫軒は、「オランダ流医学を講ずる者」をもとめて、医家たちを歴訪した。しかし、それは単なる噂《うわさ》にすぎぬらしく目的の医家にめぐり会うことはできなかった。

二年余が経過し、師から託された質問書はボロボロになっていた。

安永元年（明和九年）秋をむかえた頃《ころ》、甫軒は、江戸の医家の間に妙な噂が流れているのを耳にした。それは、オランダ医書を小人数の医家が寄りあつまって訳出につとめているらしいという風聞であった。

甫軒は、その噂の源をさぐることにつとめたが、実体はつかめなかった。かれは、

失望し、それも浮説にすぎなかったのだと思ったが、年が明けて間もなく、かれは須原屋を版元にして「解体約図」という解剖図が発刊されるという話を耳にした。それは、オランダ医書を翻訳したもので、その書の責任者が杉田玄白という小浜藩医であることを突きとめた。

甫軒はこの人物こそ師の疑問をといてくれる医家であると信じ、玄白の家を訪れてきたのである。

玄白は、甫軒のさし出した建部清庵のしるした一書をひらいてみた。読みすすむにつれて玄白の顔に、感動の色が濃くあらわれた。

田舎の医家と軽んじていたが、清庵のオランダ流医家に対する批判は、江戸の著名な医家たちよりも数段まさった洞察にみちていた。玄白は、清庵のゆたかな知性に驚嘆した。

清庵は、オランダ流医家に対する不信を率直に述べ、長崎《ながさき》奉行についていった槍持《やりもち》とか挟箱《はさみばこ》かつぎが長崎に一年ほど滞在し江戸へもどってくると、オランダ流外科医などと称して得意然としている。このような傾向は唾棄《だき》すべきで、医家たちは本格的にオランダ医学を学ぶ態度をとるべきではないかと指摘していた。さらにオランダ医学の不審点に対する質問を個条《かじょう》書きにしるし、

「……日本にも学識ある人出《いで》て阿蘭陀の医書を翻訳して漢字にしたらバ、正真の阿蘭陀流が出来、唐の書をからず外科の一家立ち、その外婦人小児科抔《など》の妙術も出《いづ》べし」と、オランダ医書翻訳こそ西洋医学理解の基本であることを強調していた。

また翻訳事業については、

「江戸表にハ広き事なれバ、先達而《て》此道《このみち》を建立《こんりふ》したる人あるか、又阿蘭陀医書を翻訳したる人あるべし。若《も》し左様の書あらバ、早速見たきもの也。かやうの大業は都会の地にて豪傑の人起り唱出さゞれバ成就《じやうじゆ》せぬ事なり」

とも書きしるしてあった。

玄白は、このような識見に富んだ医家のいることに感動し、懇切な返書をしたためて清庵の疑問にこたえた。その文中で、かれは、清庵に先生という敬称をもってこたえ、前野良沢らとターヘル・アナトミアの翻訳にとりくみ、すでにその大業も一応のまとまりをみせていることをつたえた。そして、回答書とともに、刷りあがったばかりの「解体約図」を添えて甫軒にわたした。

甫軒は、大いによろこび一関へ急ぎもどった。

清庵は狂喜し、

「約図拝見、覚えず狂呼口を呿《ひら》いて合はず、舌は挙がりて下らず、瞠若《だうじやく》たる老眸《らうぼう》、頻《しきり》に感泣仕候《つかまつりさうらふ》」

と、感動のはげしさをつたえ、さらに西洋医学に対する疑問点をしたためた書簡を送ってきた。

玄白と清庵の間に書簡がしきりにかわされたが、玄白にとって清庵との交りはたとえようのない励しになっていた。

十一

玄白の家には、「解体約図」の刊行にともなって多くの客が訪れてくるようになった。

「解体約図」は、従来の中国医学を基礎とした人体組織を完全に否定するもので、新しい洋医学の内容を正確につたえるものとして世評が徐々にたかまっていた。そして、多くの西洋医学に関心をいだく医家たちが、「解体約図」に翻訳代表者としてしるされている玄白のもとにむらがり集ってきたのだ。

そのような多忙の生活をおくりながらも、玄白は、出版を予定している「解体新書」の草稿の整理につとめていた。

かれは、出版についてその形態をどのようにすべきか思案していた。ターヘル・アナトミアの翻訳は、前野良沢《まえのりょうたく》の語学力なしには到底果し得ないものだった。と言うよりは、良沢の翻訳環境を玄白らが整えたにすぎないといった方が適切だった。玄白は、最大の功績者であり翻訳の中心人物であった良沢の存在を、翻訳書である「解体新書」の中でどのような形をもって遇すべきか思いまどった。かれは、同藩の同志である中川淳庵《なかがわじゅんあん》にも相談し、「解体新書」の序文を良沢に執筆してもらうことに定《き》めた。そして、さっそく良沢の承諾を得ようとして、翌朝寒風のふく道を築地《つきじ》鉄砲《てっぽう》洲《ず》中津《なかつ》藩《はん》中屋敷にある良沢の家に急いだ。

良沢は、在宅し書見中であった。

玄白は、対坐《たいざ》すると「解体約図」の反響がかなり大きく、奥州《おうしゅう》一関の建部《たけべ》清庵《せいあん》との文通もつたえた。

「ところで、解体新書の刊行について種々考慮した末、翻訳の盟主である貴殿に序文をしたためていただくのが最良の方法であると考えました。これは、淳庵殿の意見もきき定めたことでござります」

玄白は、おだやかな表情で言った。

良沢は、うなずきながらきいていたが、玄白の言葉がきれると、

「それは、御辞退申し上げたい」

と、即座に言った。思いがけぬ返事に、玄白は呆気《あっけ》にとられて良沢の顔を凝視した。

玄白は、良沢の意を解しかねた。自分としては、最高の礼をはらったつもりだったが、良沢は、それでも不満なのかと思った。

「それでは、どのようにいたすべきか、御教示下さい」

玄白は、白けた気分でたずねた。

もしかすると良沢は自分の名のみをしるした訳書として刊行する意図をもっているのではないか、と玄白は勘ぐった。たしかに翻訳は良沢の語学力によって推しすすめられたものだが、協力者としての玄白らの苦心を無視されることは堪えがたかった。

良沢は、眼《め》をとざして黙思していたが、玄白の顔に眼をむけると、

「私の氏名は、翻訳書に一字たりとも記載していただきたくないのでござる」

と、きっぱりした口調で言った。

玄白は、唖然《あぜん》とした。自分の憶測がはずれたことを知ったと同時に、良沢がなんらかの理由で機嫌《きげん》をはなはだしくそこねていることにも気づいた。

「なぜでござります」

玄白は、おそるおそるたずねた。

「実は明和《めいわ》六年に長崎《ながさき》へ遊学の途次、筑紫《つくし》の太宰府《だざいふ》天満宮《てんまんぐう》に参拝いたしましたが、その折社前で一つの祈願をいたしました」

良沢は、枝の枯れ研《と》がれた庭の樹木に眼をむけた。そして、重々しい口調で、

「私は、長崎へオランダ語修得に出かける心がまえとして、神に誓いを立てたのでござる。オランダ語の研鑽《けんさん》を深めることができますようにと祈るとともに、その修得は決して名をあげるためではない。もしもこの学業を聞達《ぶんたつ》の餌《え》となすところあらば神明これを殛《つみ》せよと祈願いたしたのでござる。以上のような理由で、私は翻訳書に名をのせていただくことを御辞退いたしたい」

と、言った。二人の間に、沈黙がひろがった。

玄白は、畳に眼を落し、良沢は庭に眼をむけていた。

「それでは、いかようにお頼みしてもかなわぬことでございますか」

玄白の言葉に、良沢は、

「神明にそむくことはできませぬ故《ゆえ》……」

と、庭に眼をむけながら答えた。

玄白は、しばらく口をつぐんでいたが、

「とりあえず今日は辞去させていただきますが、淳庵殿らとも相談の上、いずれお願

いにまいるかも知れませぬ」

と言って、頭をさげると腰をあげた。

良沢は、玄白を玄関まで見送りに出た。雪片が風にふかれて落ちはじめていた。その中を玄白は、門の方へ去っていった。

良沢は、自室にもどると顔をしかめた。

太宰府天満宮に祈願したことは事実だが、「みだりに聞達の餌となすところあらば、神明これを殛せよ」と祈ったことはない。それは、玄白の乞いを辞退する口実につかったにすぎないが、売名のために学業をおこなうのではないという気持は自分のかたい信念であることに変りはない。

祈願の内容を口実にしたのは、玄白の感情を傷つけることをおそれたからで、かたくなな良沢としては最大限の配慮であった。

かれは、ターヘル・アナトミアの翻訳書――「解体新書」の刊行に不賛成だった。少くとも時期尚早《しょうそう》と信じていた。翻訳は一応成ったが、良沢にとってその内容は決して満足すべきものではなかった。さらに長い歳月をついやして訳を練り、完訳をはたして後に初めて刊行すべきものだと思っていた。

しかし、玄白は、「草葉の蔭《かげ》」と渾名《あだな》されても辟易《へきえき》する風はなく、ひたすら出版することのみに心をかたむけていた。訳語の中には不明のものも多いのに、玄白は妥協を強《し》いてこじつけに近い訳出をしてかえりみようとしない。学究肌《はだ》の良沢には、そうした翻訳経過が大いに不服だった。

それに、玄白がしきりに刊行を急ぐ態度にも強い疑問をいだいていた。

玄白は、「解体新書」の刊行が医家の眼をひらかせる大業だという大義名分を口にしていたが、それならば、一層の努力をかたむけて完訳したものを世に問うべきだと良沢は思っていた。

なぜ玄白が、さらに訳を練る必要のある「解体新書」の刊行を急ぐのか。良沢は、その行為が玄白の名誉欲のあらわれとしか思えなかった。

玄白は、「解体新書」の刊行に先立って世に出した「解体約図」を、

「解体新書の報帖《ひきふだ》として……」

と、言った。開店披露《ひろう》や新商品の売出し宣伝の目的でまく報帖などという商人の使用する用語を、学術的な言葉の比喩《ひゆ》としてつから玄白が、良沢には俗物のように思えてならなかった。

〈玄白殿は、名声を得る手段としてターヘル・アナトミアの翻訳事業に参加した。それ故にこそ刊行を急ぐのだ〉と、良沢は、庭に舞う雪片に眼をむけながら思った。

玄白は、雪の中を家にむかって歩いた。扱いにくい男だ、とかれは何度もつぶやいた。

かれは、良沢が口にした天満宮への祈願を、序文をことわる口実だということに気づいていた。完全主義者である良沢が、「解体新書」の不十分な翻訳に不満をいだいていて、それが自分の氏名の掲載を固辞した原因だということも察していた。

「愚しいことだ」

玄白は、腹立たしげにつぶやいた。

良沢を満足させるような翻訳をはたすには、さらに長い歳月を必要とするだろう。それよりも、たとえ不備な点は少々あっても「解体新書」を一日も早く世に出して、医家たちに利益をあたえるのが自分たちの社会的義務だと思った。

たしかに玄白には、「解体新書」を刊行することによって名声を博したい気持はあった。ターヘル・アナトミアの翻訳事業は、オランダ医書を日本で初めて訳業に成功させた壮挙であり、たちまち玄白らの名は全国に喧伝《けんでん》されるにちがいない。その待望の日が、眼前にせまっているのだ。

そうした喜びにひたっていた玄白にとって、良沢の固辞は冷水を浴びせかけられたような衝撃だった。

――良沢殿は、医業よりもオランダ語研究を重視している。それ故に完全な翻訳をねがっているのだ。しかし、私は、あくまで医家だ。翻訳は、新しい医学知識を得るための方便にすぎず、人体がいかなる構造をもつものかを公《おおや》けに発表することが医家である自分の悲願なのだ。

かれは、雪の降る中を歩きながらつぶやきつづけていた。

玄白は、良沢を無視して「解体新書」の整理に没頭した。すでに「解体新書」は、かれ個人のものになりはじめていた。

かれは、「解体新書」をととのった形で出版するために、その体裁について思案した。その結果、語学力のすぐれた第一級の人物に、「解体新書」の翻訳の正確さとその歴史的意義を明記した序文を執筆してもらうことが必要だという結論に達した。それには、良沢が適任者であったが、かれの意をひるがえすことは不可能であった。

当惑した玄白の耳に、その年オランダ商館長一行とともに大通詞《おおつうじ》の吉雄《よしお》幸左衛門が出府してくるという話がつたわってきた。

玄白は、その偶然を喜んだ。吉雄幸左衛門は、オランダ通詞の中でも最も語学力にすぐれ、オランダ流医家としても第一人者であり、幸左衛門に序文を執筆してもらえば、「解体新書」の社会的信用は絶対的なものになる。

幸左衛門とは、長崎屋を訪れて顔見知りの間柄《あいだがら》にあり、懇請すれば承諾を得る可能性は十分にあった。

しかし、玄白は良沢を仲介者とすべきだと思った。良沢は、玄白よりもはるかに幸左衛門と親密な間柄にあって、長崎遊学中も頻繁《ひんぱん》にまじわり、ターヘル・アナトミアも幸左衛門の世話で入手したという。良沢が序文の執筆を乞《こ》えば、幸左衛門がこばむことは全くないはずだし、それに良沢に斡旋《あっせん》をたのむことによって、玄白が独断で序文を依頼したという非難もうけずにすむ。

玄白は良沢に会うのも不快だったが、円滑に事をはこぶためには良沢に幸左衛門への斡旋をたのむのが良策だと判断した。

桜の蕾《つぼみ》がほころびかけた頃《ころ》、オランダ商館長ダニエル・アルメノールト一行が華やかな行列をくんで江戸へ到着し、三月十五日には江戸城で将軍家治《いえはる》の引見をうけた。随行の大通詞は、つたえきいたとおり吉雄幸左衛門で、弟の小通詞吉雄作次郎を同道していた。

玄白は、良沢の家を訪れ、

「解体新書の序文について最も執筆するにふさわしい貴殿に固辞され、あれ以後思案をかさねましたが、この度江戸にまいられた大通詞吉雄幸左衛門殿に、序文をいただくのが最善の方法と思いいたりました。貴殿は吉雄殿と殊《こと》のほか御昵懇《ごじっこん》の由《よし》ですが、なにとぞ貴殿より御依頼いただけませぬか」

玄白は、真剣な表情で言った。

良沢は、玄白の才覚に感心した。自分に依頼された序文の執筆は、名声を得ることはせぬと天満宮に祈願したことを理由に辞退したが、幸左衛門への斡旋をこばむ根拠はない。それを計算に入れた上で、玄白は、自分に斡旋をたのみにきたのだと思った。

「承知いたした。幸左衛門殿におねがいいたそう」

良沢は、約束した。

数日後、良沢は玄白と落合って日本橋本石町《ほんごくちょう》の長崎屋におもむいた。幸左衛門は、良沢たちを喜んでむかえ入れた。

良沢は、長崎遊学の折の好意を謝し、幸左衛門となつかしそうに言葉をかわした。

「実は、お願いがあって参上いたしました。玄白殿、貴殿から御願いの筋を……」

と、良沢は、玄白をうながした。

玄白は、浄書した「解体新書」をとり出し、幸左衛門の前に差し出した。

幸左衛門は、いぶかしそうに和紙の綴《つづ》りをとり上げると、

「解体新書……」

と、つぶやき、綴りをひらいた。

「御説明申し上げます。それは、クルムスの著しましたターヘル・アナトミアを国語に訳しましたもので、解体新書と名づけました」

玄白が、咳《せ》きこむような口調で言った。

「ターヘル・アナトミアを？」

幸左衛門が、眼をみはった。

玄白が、膝《ひざ》を乗り出すと、翻訳までの経過を説明しはじめた。まず骨ヶ原《こつがはら》刑場で腑《ふ》分《わ》けを実見した帰途、ターヘル・アナトミアの翻訳を志し、良沢を中心に玄白、淳庵、甫周《ほしゅう》の四名が月に数回会合して訳業をすすめたいきさつを述べた。

「われらは、良沢殿を師とも盟主とも仰いで二年間をついやし、ようやく解体新書としてまとめることができたのでござります」

玄白の眼には、光るものが湧《わ》いていた。

幸左衛門は、驚きの色を顔にあふれさせ、良沢と玄白の顔を言葉もなくみつめていた。

「われらは、それをひろく世の人に知ってもらうべく、刊行の準備をすすめておりますが、巻首に先生の序文をかざらせていただければ、これ以上の光栄はないと存じます。御繁忙の折まことに恐縮には存じますが、なにとぞ御序文を御執筆いただきたく伏して御願い申し上げます」

玄白は、深く頭をさげた。

「それでは、お預りして拝見させていただきます」

幸左衛門は、驚きの色の消えぬ表情でうなずいた。

その日は辞去し、数日後、良沢は、ふたたび玄白と連れ立って長崎屋におもむいた。部屋に入ってきた幸左衛門は、「解体新書」の草稿と序文を玄白に渡すと、眼をしばたたき無言で良沢と玄白の顔を見つめた。

「輝かしき御壮挙でござる。よくぞ果された。御苦心のほど、いかばかりであったか、お察し申し上げる」

幸左衛門の眼から、不意に涙があふれ出た。

良沢も眼をしばたたき、玄白は、膝をかたくつかんで肩をふるわせていた。幸左衛門は、一読してその訳業が正確なものであると激賞した。そして、この書が、天下後世に益すること大であると、感涙しながら二人をたたえた。

良沢の胸に、あらためて翻訳の苦しみがよみがえった。大通詞の中で最も語学力に秀《ひい》でた幸左衛門の賛辞だけに、かれは眼頭が熱くなるのを意識した。

長崎屋を辞した良沢と玄白は、無言のまま歩きつづけた。

ふと玄白が足をとめると、

「良沢殿、あの茶店で休息いたしませぬか。幸左衛門殿の序文を一刻も早く拝見いたしたいのでござるが……」

と、堪えきれぬように言った。

良沢も思いは同じで、玄白とともに茶店に入っていった。

腰をおろすと、玄白が序文を良沢に渡し、それをのぞきこんだ。

まず「解体新書を刻するの序」という表題の下に幸左衛門が長崎奉行所の訳官であることをしめす印が捺《お》されていて、長い文章がしたためられていた。

幸左衛門は、冒頭にオランダ語の修得がいかに至難であるかを書きしるし、洋学に関心をもつ多くの学究の徒が、業の困難であることに恐れをなし例外なく勉学を放棄し、また他の者は皮相《けう》的な見聞を得たのみで得々としているとなげいている。そうした中で、良沢のみは稀有な人物だと賞讃《しょうさん》し、良沢との交流にふれていた。

「これより先、中津《なかつ》の官医、前君（野）良沢なる者、余《よ》を崎陽《きやう》（長崎）に問ふ。余これを視《み》るに豪傑の士なり」として、良沢が真の学究者であり、長崎遊学後も学問に精励し、その学業の進歩がいちじるしいと激賞していた。そして、今年、商館長一行と江戸にくると、良沢が玄白をともない訪れてきて「解体新書」をしめし、序文の執筆を依頼したことをしるしていた。

読後の感想は、訳が詳細で明確であり、訳語をしらべてみると少しのあやまりもない。これも良沢らの篤学《とくがく》故だと断じ、「覚えず泫然《げんぜん》として涙下る。遂に喟然《きぜん》として書を廃し歎《たん》じて曰《いは》く、ああ至れるかなこの挙や。」

と、感動の大きさを書きとめていた。

さらに幸左衛門は、自分の語学が良沢、玄白の両者より劣ったものであるのに名利《みょうり》を得ていたことを恥じ、序文をしるすことの僭越《せんえつ》さをしるしている。

ああ至れるかなこの挙や。千古以来、いまだ二君の如《ごと》き者あらざるなり。ああ、向《さき》に以《もっ》て名を釣り利を弁《むさぼ》る者となせしは、吾過《われあやま》てり過てり、二君 上《こひねが》はくはこれを勉《つと》めよと。

二君再拝して曰く、これ我が功に非《あら》ざるなり、誠に先生の徳なり。敢《あへ》て請《こ》ふ、先生の一言を得て巻首に弁《べん》し、永く以て栄となさんことをと。余謝して曰く、章《う》（吉雄幸左衛門）や惰夫《だふ》、幸ひに諸君の彊《きやう》を以て曹丘となり、我この盛挙に与《あづか》るを得るに生くるなり。深く以て慙恧《ざんじく》す。鄙辞《ひじ》を以て穢《あ》をその側に形《あらは》すが如きは、章何ぞ以て敢てせん。況《いは》んやこの書の行はれて、日月を掲げば、則《すなは》ち天下自らその貴重なるを知るなり。章何ぞ以てこの書を光価せんやと。二君可《き》かず、遂に余の二君を識《し》る所以《ゆゑん》の由を記し、以て序となす。

安永二年癸巳《みづのとみ》の春三月

阿蘭《おらんだ》訳官西肥
吉雄永章　撰《せん》
印　印

と、結んであった。

読み終った玄白は、眼《め》に涙をたたえ、顔を紅潮させ、幸左衛門の文章を見つめていた。そして、序文を良沢から受取り丁重にたたむと「解体新書」の草稿の上に置いた。

良沢は、茶を飲みながら路《みち》をへだてた商家の塀《へい》ごしにみえる桜の花に眼を向けていた。かれの顔からは、いつの間にか歓喜の色は消えていた。むしろ、冷えびえしたうつろな表情があらわれていた。

かれは、幸左衛門の序文に白々しいものを感じていた。序文は、例外なく賛辞に帰するのが世の習いであり、幸左衛門もそれにならったのだろうが、文章の興奮の度があまりにも激しすぎる、とかれは思った。訳語を調べてみると少しの誤りもないという趣を、幸左衛門は、「これを彼に挍《かう》するに、一も差忒《さとく》することなし」と書いているが、はたしてそれが事実か、と良沢は疑問をいだいたのだ。

幸左衛門は、たしかに大通詞の中で卓越した語学力をもった天才的人物であった。が、良沢たちが二年間をついやし訳出したターヘル・アナトミアを、わずか数日間で幸左衛門が「解体新書」と比較し訳語を検討する力があるとは到底思えない。おそらく幸左衛門は、安易な個所《かしょ》を二、三えらび出して訳出し、その正確さに驚いたにすぎないのだろう。

さすがに幸左衛門は、「解体新書」の訳業が自分の到底はたし得ぬ域に達したものであることを正直に告白している。それならば、「一も差忒することなし」などとは言えぬはずで、良沢は幸左衛門の序文が矛盾にみちているとしか思えなかった。

良沢は、幸左衛門の序文が、多くの序文と同じように実のない儀礼に堕《だ》したものに感じられて不快だった。そして、その序文を涙をながし喜んでいる玄白を滑稽《こっけい》にも思った。学業には、このような虚礼は必要ない、とかれは胸の中でつぶやいた。

春の突風が吹きつけてきて、桜の花びらが砂塵《さじん》とともに店の中へ舞いこんできた。

吉雄幸左衛門から序文を得たので、杉田《すぎた》玄白は、「解体新書」出版の本格的準備に入った。

序文の執筆をかたく辞退し、「解体新書」にも名をしるすことすら拒否した前野良沢との交流も、いつの間にか絶えてしまっていた。玄白は、翻訳を志した同志でありながら、良沢と自分とのターヘル・アナトミアを翻訳する目的が異っていたことをはっきりとさとった。

良沢は、医家として人体の構造をきわめたいという気持はいだいていたが、オランダ語研究者の立場から完全な翻訳を意図した。つまり良沢はターヘル・アナトミアを翻訳することによって、語学力を身につけ、将来もオランダ語研究に専念しようとする姿勢をしめしている。しかし、玄白は、良沢とは対照的にオランダ語研究などに興味はなかった。かれには、「解体新書」のみを世に出せば、それでよかったのだ。人体の正確な構造を世の医家たちにしめし、それによって医学の世界に新しい眼をひらかせることができれば……とねがっていた。かれには、その一書の出版がかなえば、オランダ語研究などというわずらわしいことに自ら手をつける気持はなかった。

出版の準備は、玄白を中心にすすめられた。

その頃、「解体新書」の草稿が成ったことが江戸の医家たちの間にもつたわり、多くの者たちが玄白の住む新大橋の小浜藩《おばまはん》酒井侯《こう》の中屋敷に訪れてくるようになっていた。無名の医師であった玄白の名は、ようやく江戸の医家たちに知られるようになっていたのだ。

玄白の身辺は、急に多忙になった。かれは、草稿の整理につとめながらも愛想《あいそ》よく来訪者に接していた。しかし、独身のかれには、来訪者を十分もてなすことはできなかった。自然に、妻帯をすすめる声が、かれの周囲におこった。四十一歳にもなっているのに、ひとりで侘《わ》び住いをつづけているかれの身を案じてくれたのだ。

玄白は、病弱のため結婚することも断念していたのだが、「解体新書」の草稿がまとまったことが好影響をもたらしたのか、その冬は風邪もひかずに春をむかえることができた。気力も充実し、健康にも自信がもてるようになっていた。

嫁の候補者は、身近にいた。

玄白には、有阪其馨《ありさかきけい》という唯《ただ》一人の門人がいた。玄白の其馨に対する信望はあつく、「解体約図」にも識語を書かせて印刷の事務を一任したりした。その其馨の縁戚《えんせき》に二十九歳の登恵という女がいた。

登恵は下野国《しもつけのくに》喜連川藩《きつれがわはん》の藩士安東家の息女として生れたが、不幸にも幼時に両親をうしなった。孤独な身になった登恵は、同藩の家老の家で養育をうけ、十九歳の折に江戸に出た。そして、伊予国大洲《いよのくにおおず》藩主加藤左近将監泰衜《さこんしょうげんやすみち》の母の侍女《じじょ》として、十年間をすごした。

苦労を積みかさねてきた登恵は、温順な性格で賢明だという評判も高く、玄白は、周囲の者たちの強いすすめで登恵を妻としてむかえることを決心した。有阪其馨も大いに喜び、登恵は大洲藩邸を辞し、五月に華燭《かしょく》の典をあげた。

評判通り、登恵は立派な女だった。玄白の身のまわりを世話すると同時に、来訪者にも酒食をすすめてあたたかくもてなす。それによって、玄白は雑事から解放され来訪者も一層増した。

かれらの中には、「解体新書」出版の準備に従事させてほしいと申出る者もいた。草稿の整理に苦しんでいた玄白はその申出を喜び、協力を依頼した。それは、嶺春泰《みねしゅんたい》、烏山松円《からすやましょうえん》、桐山正哲《きりやましょうてつ》、石川玄常《げんじょう》の四名であった。

嶺春泰は、高崎《たかさき》藩医の子として生れた医家で、漢方医学に強い関心をいだいていたが、研究熱心なかれは、後学のために、すすんで「解体新書」の出版事務にくわわったのだ。また桐山正哲は、弘前《ひろさき》藩の藩医で、本草学《ほんぞうがく》をまなび、中川淳庵《じゅんあん》の紹介で玄白に近づき、石川玄常、烏山松円らと草稿の整理に協力した。その他、門人の有阪其馨や熊谷《くまがい》元章も、力をつくして玄白を助けた。

玄白は、それらの協力者とともに草稿の推敲《すいこう》・加筆をつづけながら、一つの重要な仕事にも手をつけていた。それは「解体新書」の体裁をととのえるのに必要な作業であった。

ターヘル・アナトミアは、ドイツのダンチッヒ医科大学教授・王立科学学士院会員ヨハン・アダム・クルムスの医書をオランダ語に翻訳したもので、ターヘル・アナトミアの冒頭にも著者クルムスの自序がしるされている。それは、クルムスがこの医書を執筆した目的と、この書をどのように読むべきかを述べたもので、「解体新書」の冒頭にもその自序の訳文を掲載することが好ましかった。

しかし、その自序を読んでみても、オランダ語の知識にとぼしい玄白には訳出することなど望むべくもなかった。ターヘル・アナトミア翻訳の中心であった良沢ならば、ほぼ正確に訳すことはできるはずだったが、良沢は、「解体新書」の出版に背をむけてしまい、玄白の手にすべてがゆだねられている。表面的に争うようなことはないが、二人の間には深い溝《みぞ》ができてしまっている。

そうした離反を、玄白は内心好都合とも思っていた。学問に異常な執着心をもつ良沢と交渉をもつことは、玄白にとってわずらわしかった。翻訳という大目的があったからこそ良沢と付き合いもしてきたが、それが成った現在、ふたたび交際をもつ気は全くなかった。良沢が去ったことによって、「解体新書」は、玄白個人のものになったも同然であった。かれは、良沢の干渉もうけず自由に出版の準備をすすめられることに満足していた。

そうした事情のもとで、今さら良沢に自序の翻訳を依頼することはできなかった。それに、良沢も快く応じてくれるとは思えなかった。

「なんとか自分の力で訳出してみよう」

と、かれは決意した。

しかし、語学力のとぼしいかれには、到底はたし得ぬ無謀の試みであった。単語も不明のものだらけで、その上文章を訳す力もない。たちまちかれは、窮地におちいった。

しかし、かれは、物に深くこだわることの少ない性格であった。他に寛容であると同時に、自らにも寛容であった。

かれにとって最も重要なのは、「解体新書」を一刻も早く世に出すことであった。本文の翻訳は、良沢の手で完全に近い域にまで達しているし、自序の訳文にあやまりがあっても「解体新書」の意義をそこなうことはないと判断した。そして、その無謀な試みにいどんだ。

かれは、自分のうかがい知ることのできる単語を手がかりに、訳文を書きつづった。

そして、一応自序の訳出を終えた。それは、当然のことながら正確な翻訳とは程遠いものであった。誤訳の連続というよりは、原文の意味とは異った文章が多く、玄白の語学力の貧しさが露骨にむき出しにされていた。

しかし、玄白は、その自序の訳文の末尾に、「若狭《わかさ》侍医杉田翼　謹訳」としるし、印を二個捺した。それは、かれの図太い神経をしめすものであると同時に、訳文の責任の所在をしめそうとしたかれの誠実さによるものでもあった。

玄白は、さらに「解体新書」の体裁をととのえるために、ターヘル・アナトミアの附図《ふず》の正確な転写をくわだてた。それには、秀《すぐ》れた絵師に依頼する必要があった。

すでに安永二年も十二月を迎えていた。

その頃《ころ》、秋田藩の依頼で銀・銅・亜鉛などの鉱山事業を指導していた平賀源内が、江戸にもどってきていた。そして、玄白が絵師をもとめていることを知ると、

「恰好《かっこう》な人物がいる」

と言って、小田野直武という人物を推薦してきた。

源内の話によると、かれが秋田藩の角館《かくのだて》におもむいた時、宿屋で屏風絵《びょうぶえ》を見た。

源内は、絵画にも造詣《ぞうけい》が深く明和六年に長崎へ遊学した折に西洋画法を修得した。そうして、「西洋婦人像」などの新しい西洋画法を駆使した絵をえがいていた。そうした画才のある源内は、屏風絵の素晴らしさに感嘆し、それが秋田藩士小田野直武の筆になるものであることを知った。

源内は、直武に会うと、懇切に西洋画法を教え、直武もその画法に強い関心をいだいた。そして、直武は、ゆたかな画才の持主である藩主佐竹曙山《さたけしょざん》にもつたえた。そうした関係から、直武は源内の後を追って江戸にきていたのである。

玄白は、源内の好意を喜び、小田野直武に附図の模写を一任した。また扉絵《とびらえ》も、ワルエルダの解剖書にえがかれた扉絵を参考に、自由に絵をえがいてくれるよう依頼した。

草稿は、十一回も推敲をくりかえした末、清書された。文章は漢文で、それは唐人にも見せたいという玄白の意志によるものであった。

玄白は、本文の翻訳に解説の筆もくわえた。かれの本名は杉田翼であったので、「翼按《あん》ずるに……」という文句を入れて自分の考えを叙述した。

例えば、かれは、産科にぞくする個所で胎児が母親の胎内で倒立していることを知った驚きについて記している。

すでに日本でも、明和三年に出版された賀川玄悦《げんえつ》の著した「産論」中に胎児の倒立が記述されていた。玄悦は、彦根《ひこね》藩士三浦長富の庶子として生れたため、七歳で母の実家である賀川家でやしなわれた。両親も死別したので、京都におもむき、貧窮の中で産科医の術をまなび、その熱心な研究によって日本産科医学の基礎を確立した。かれが「産論」四巻を著したのは六十七歳の時で、殊《こと》に胎児の胎内にある姿勢についての叙述は世の医家たちを大いに驚かせ、不審がらせた。

それまでは、胎児は頭を上にして直立しているが、生れる直前に頭を下にすると言われていたが、玄悦はこの説を一蹴《いっしゅう》し、胎児は倒立しているものだと論じたのだ。

玄白は、玄悦の「産論」を読んだ時、胎児倒立説に疑惑をいだいた。その説は、医家たちの夢想もしていなかったことであったのだ。しかし、玄白は、イギリスの産科書の中に胎児の倒立している姿をえがいた附図を発見し、玄悦の説が正しいことを知った。と同時に、オランダ人もそれを知らないようだと推測し、

「最近訳官楢林《ならばやし》氏の所蔵するイギリスの産科書を見たところ、英語はわからぬがその中の附図を見るに、受胎してから臨産まで倒立していないものは一例もない。倒立していないものは、みな難産の場合にかぎるという。オランダ人も、この現象を理解

していないようで、そのことについてはふれていない。賀川玄悦の説を私は疑っていたが、玄悦は正論を説いた立派な医家である。学者というものは、簡単に疑ったりしてはならぬことをあらためてさとった」

と言った趣旨のことを、自省の意味もふくめて漢文で書きとめたりした。

ようやく「解体新書」の本文の清書も終り、後は小田野直武の絵の完成を待つばかりになった。

直武は、大きな仕事を負わされたことを迷惑がっていたが、丹精こめて二十一枚の附図の模写を完成し、扉絵も描き上げた。その精緻《せいち》な図は、玄白を大いに喜ばせた。

玄白は、それらをまとめて江戸室町《むろまち》三丁目の書肆《しょし》である須原屋《すはらや》市兵衛に手渡した。

「解体新書」の印刷・製本が出来上ったのは、その年（安永三年）の八月であった。

玄白は、中川淳庵や門人らと須原屋に駈《か》けつけた。

「解体新書」は、本文が四冊、序と附図が一冊計五冊で、本文は巻之一が二十二枚、巻之二が二十三枚、巻之三が二十四枚、巻之四が二十六枚計九十五枚であった。

玄白は、感動に眼をうるませて五巻の書を愛撫《あいぶ》し、飽きずにページを繰りつづけた。

刷りも鮮明で図も見事に印刷され、さすがに江戸屈指の出版元らしい出来栄えであった。

須原屋では、出版を祝って酒肴《しゅこう》を出した。酒の弱い玄白であったが、喜んで杯を手にした。そして、杯を口にはこびながら新しい書物の山に眼をそそいでいた。

翌日は、暑かった。

玄白は、門人とともに須原屋におもむいた。すでに大八車には玄白の譲り受けてもらう「解体新書」がのせられ、その上に須原屋としるした布がかけられていた。

玄白たちは、車にしたがって歩いた。骨《こつ》ヶ原《はら》刑場で腑《ふ》分《わ》けを見た帰途翻訳を志してから三年五カ月——。闇《やみ》の中を手さぐりですすむような努力の結果が、書物の山になったことが信じがたい夢のようであった。

大八車が、酒井侯中屋敷の門をくぐり、玄白の居宅の前で梶棒《かじぼう》をおろした。妻の登恵が走り出てきて、門人らとともに書物を押しいただくように部屋の床の間にはこんだ。部屋の中には木版刷りの墨のかぐわしい匂《にお》いがみちた。

登恵や門人が手をつき、玄白に祝いの言葉を口々に述べた。玄白は、書物を背にして嬉《うれ》しそうに眼をしばたたいていた。

中川淳庵、桂川甫周《かつらがわほしゅう》もやってきて、酒宴がひらかれた。かれらは「解体新書」を感慨深げにページを繰りつづけた。

本文の巻之一から巻之四の冒頭には、「解体新書」訳業の関係者の氏名が左のようにしるされていた。

若狭　杉田玄白翼　訳
同藩　中川淳庵鱗《りん》　校
東都　石川玄常世通　参
官医東都　桂川甫周世民　閲

その部分に眼を落した淳庵、甫周の顔には、一様に複雑な表情がうかんでいた。ターヘル・アナトミアの翻訳事業に従事したのは、杉田玄白、中川淳庵、桂川甫周とそして前野良沢《りょうたく》の四名であった。翻訳を手がけた頃、オランダ語の知識をもっていたのは良沢のみで、玄白はＡＢＣ《アベセ》……すら知ってはいなかった。そして、その後の翻訳も、良沢の語学力をたよりにすすめられた。そうした事情から、玄白らは、良沢を翻訳事業の盟主とも師とも仰いだのだ。

当然「解体新書」の著者名の筆頭には、良沢の名がしるされていなければならなかった。

中津《なかつ》　前野良沢熹《よみす》　訳

と、印刷されるべきであったが、良沢の名はなく、代りに「訳」の部分に杉田玄白とある。

淳庵も甫周も、玄白から良沢が「解体新書」に氏名掲載を固辞したいきさつをきいていたが、それが木版になってしめされてみると一種の後めたい意識にとらえられないわけにはゆかなかった。

夫人の登恵や門人たちは喜びにひたって明るく談笑していたが、淳庵と甫周の顔はこわばっていた。翻訳の中心人物であった良沢を除外して、三人のみの功績にしたように思えてならなかったのだ。

玄白は、淳庵と甫周の気持を察したらしく、

「訳は良沢殿であるべきだが、筑紫《つくし》の天満宮《てんまんぐう》に祈願して名を公《おおや》けにしたくはないと仰《おお》せられた故《ゆえ》、如何《いかん》ともなしがたかった。ただ吉雄《よしお》幸左衛門殿が、序文の中で、この書の翻訳が良沢殿の力に負うところ大なりとして激賞しておられるので、世の人も良沢殿の功績を高く評価するにちがいありませぬ。その点、幸左衛門殿に序文をお願いし、良沢殿を第一の功績者としてしるしていただいたことは、幸いだったと思っております」

と、神妙な口調で言った。

「たしかに玄白殿の仰せられるとおりです」

と、淳庵も甫周も、序文の文章を眼《め》で追いながらうなずいていた。

二人の表情も、玄白の言葉でやわらいだ。

やがて石川玄常らも祝いに駈けつけてきて、酒席は一層にぎやかになった。

空が急にかげって、庭の繁《しげ》った樹葉がさわぎはじめた。そのうちに大粒の雨滴《うてき》が落ちてくると、たちまち庭は激しい雨音にみちた。

風も加わって、樹の枝はゆれ、庭が雨で白く煙った。門人たちが、あわてて雨戸をしめて歩いた。

室内は暗くなったが、その中で酒宴はにぎやかにつづけられていた。


翌日、玄白は使を出して、中川淳庵と桂川甫周を自宅に招いた。

淳庵も甫周も、玄白がなにを相談しようとしているのかを察していたらしく、玄白が口をひらくと問いかえすようなこともせず黙思するように耳をかたむけていた。

玄白は、「解体新書」の出版が公儀のおとがめをうけることを最もおそれていた。

かれは、後藤梨春《ごとうりしゅん》が西洋の風物をしるした「紅毛談《おらんだばなし》」を出版し、おとがめを受けたことが胸に焼きついていた。洋書の輸入と読書は、宗教書以外ゆるされてはいるが、それも鎖国政策を基本政策とする幕府の黙認にすぎない。まして、洋書の翻訳書を公けにすることは、「紅毛談」以上の圧迫をうけることが十分に予想された。

玄白は、そうした支障をおそれて、「解体新書」の出版に先立ち、解剖図のみをまとめた「解体約図」を世に出し、幕府の反応をうかがった。幸い幕府からのおとがめはなく、「解体新書」の出版準備をすすめたが、玄白は、その整理の段階でも幕府を刺戟《しげき》することのないよう慎重な配慮をはらっていた。

その一例に、符号の改変があった。

ターヘル・アナトミアの説明文の上方には、♀、☾、♁などの符号が印刷されていたが、玄白は、その中に†と‡という二つの符号があることに気づいていた。「紅毛談」がおとがめをうけたのは、同書中にオランダ語のABC《アベセ》二十六文字がのっていたことが原因だとされている。幕府は、些細《ささい》なことを理由に罪をかぶせようとしてくる。

玄白は、その二個の符号は危険だと直感した。†も‡も、キリストの十字架を連想させる。キリシタン禁制に神経過敏な幕府が、その二つの符号をとりあげてきびしい処罰を浴びせかけてくるおそれは多分にある。と言うよりは、世のみせしめのために重大な犯罪行為として玄白らに重罪を科すことが容易に想像できた。

玄白は、ただちに十と丰の符号を排して、△と△という新しい符号にとりかえた。そのような慎重な修正もくわえたが、このまま出版をすれば幕府のおとがめをうける可能性が十分にあった。そしてとがめをうければ、自分たちだけではなく、小浜藩《おばまはん》侍医《じい》として藩侯にも同罪の累《るい》がおよぶことも考えられた。

さらに序文を書いた吉雄幸左衛門にも扉絵・附図《ふず》をえがいてくれた秋田藩士小田野直武らにも罪が科せられるおそれがある。

「慎重に事をはこばねばなりませぬ」

と、玄白は、沈痛な表情でつぶやいた。

淳庵《じゅんあん》も甫周も、深くうなずいた。部屋には紫色の大きな布をかぶせた「解体新書」が積み上げられているが、それがかれらの社会的生命を断つことにもなりかねない。

「それで、私も日夜考えあぐねましたが、おとがめをうけずにすむ方法は、ただ一つしかないことに思い至りました」

玄白の言葉に、淳庵も甫周も顔をあげ玄白の顔を見つめた。

「それは、思いきってまずこの書を御奥《おんおく》へ献上するようつとめることです」

玄白は、断言するように言った。

淳庵と甫周の顔に、驚きの色がうかんだ。玄白は、幕府の中枢部《ちゅうすうぶ》、しかも将軍家治《いえはる》に「解体新書」を献上しようという。家治への内献が可能になるには、厳重な審査がともなう。それは、最もおそれている深い淵《ふち》に自ら身を投ずるようなものであった。

「驚かれるのも当然だと思いますが、この書をすすんで御奥へ差し出せば、この書が純粋な医道の発明を目的としたものであるという印象をあたえることと存じます。ひそかに出版するより、正々堂々と世にしめす方が得策だと信じます」

玄白は、真剣な眼を光らせて言った。

危険は大きいが、玄白の考え方は正しいと淳庵は思った。そして、甫周の意見をただすと、甫周も、

「玄白殿の言われるとおりかも知れませぬ」

と言って同意した。

「御賛同いただき、まことにかたじけない。さて御奥への献上についてでござるが、甫周殿に御努力いただかねばならぬ」

玄白は、表情をゆるめ甫周の顔に眼をむけた。

甫周は苦笑し、

「おそらくそのようなことになると存じておりました」

と、言った。

甫周の家は医家の名門で、父甫三国訓《ほさんくにのり》は、桂川家三代目の当主であった。甫三は第九代将軍家重《いえしげ》に仕え、宝暦十年に奥医師、明和三年に法眼《ほうげん》となった。そして、ついで将軍になった家治にも仕え、その信頼もあつかった。

甫三は、オランダ医学に深い関心を寄せていた。かれは、官医として特にオランダ人との対談をゆるされ、オランダ商館長一行が江戸に出府の折には長崎屋《ながさきや》を訪れて医術の知識を得ることにつとめていた。また、甫三は、開放的な性格であったので、多くの洋学に興味をもつ者たちがその家にあつまった。良沢も玄白も甫三の家を訪れたことがあり、その邸《やしき》は学徒たちの集会場にもひとしかった。かれは、学徒たちの面倒をよく見て、平賀源内の「火浣布略説《かかんぷりゃくせつ》」に序文も寄せていた。

玄白が甫三に献上の仲介をとってもらおうと思ったのは、法眼としての地位と、その協力を惜しまぬ度量の大きい性格によるものであった。

玄白は、早速甫周らと家を出ると、築地《つきじ》中通りの桂川家の邸におもむいた。

甫三は、玄白らの来訪を喜び、「解体新書」完成の労をねぎらって酒肴を出してもてなしてくれた。

玄白が、持参した「解体新書」を差出し、

「なにとぞ御奥へ内献方御願い申上げたく参上いたしました」

と、懇請すると、

「よろしい、御引受け申す」

と、即座に承諾してくれた。

甫三にしてみれば、自分の息子の甫周も閲者として名をつらねている。もしもその書がおとがめをうければ、甫周のみならず桂川家の名も傷つく。それをふせぐためには、玄白の考えどおり御奥への献上をはたし、他からの干渉を封ずる必要があると思った。

また甫三は、医家としてキリシタン禁令にふれぬことを前提に、積極的にオランダ医学を導入しなければ医道の進歩はないとかたく信じていた。その突破口としてすぐれた訳書である「解体新書」を将軍に嘉納《かのう》してもらう必要があると判断したのだ。

甫三は温厚な人柄《ひとがら》で、他人から敵視されるようなこともない人物だった。そうした性格と、医道発明のためにすぐれた書であると熱意をこめて「解体新書」を推挙したことによって、すべてが円滑にはこび、短時日の間に将軍家治への内献が決定した。

玄白らの喜びは、大きかった。

かれは、淳庵とともに桂川家を訪れると、

「まことにありがたきことでござります」

と、感涙した。家治への献上に成功したことは、「解体新書」出版に支障が完全に除去されたことをしめしていた。

しかし、玄白は、さらに周到にも第二の方法に手をつけた。それは、京都の重立った公卿《くげ》への献上であった。

幸い、玄白の従弟に吉村辰碩《しんせき》という医家がいて、公卿三家の信任を得ていた。玄白は辰碩に依頼し、関白太政大臣近衛内前《だじょうだいじんこのえうちさき》、左大臣九条尚美《ひさよし》、武家伝奏広橋兼胤《かねたね》にそれぞれ「解体新書」を一部ずつ進献した。これに対して三家からめでたい古歌の染筆をうけ、また東坊城家《ひがしぼうじょうけ》からは七言絶句の詩賦《しふ》を下賜《かし》された。

さらに玄白は、万全を期して幕府の老中らへの献上をくわだて、松平右近将監武元《うこんしょうげんたけもと》、松平右京大夫輝高《うきょうのだいぶ》、松平周防守康福《すおうのかみやすふく》、阿部伊予守正右《あべいよのかみまさすけ》、板倉佐渡守勝清《さどのかみかつきよ》、田沼主殿頭《とのものかみ》意次《おきつぐ》に一部ずつ贈呈した。

玄白は、これらの処置を終え、深い安堵《あんど》を感じた。「解体新書」の出版は公然とみとめられ、不安は全くなくなったのだ。

「解体新書」は、ようやく一般にも流れ出ていった。

出版の反響は、予想以上に大きかった。そして、それは漢方医たちによる激烈な非難ともなってあらわれた。

「解体新書」の内容は、従来の医学を否定したものであった。医学は中国からつたえられ、それを基礎に多くの医家たちが新説をくわえ、日本独自の医道を推しすすめてきた。そして、それはむろん人体構造を根底においたものであった。しかし、玄白訳の「解体新書」は、中国医学の五臓六腑《ごぞうろっぷ》説とは全く異った記述にあふれていた。山脇《やまわき》東洋の「蔵志」によってその説に大きな疑問が投げかけられたが、「解体新書」は全面否定の態度をとっている。

それだけでも漢方医たちに大きな衝撃になったが、訳者の玄白が巻頭の凡例《はんれい》にしるした文章の自信にみちた態度もかれらを強く刺戟し激怒させた。

玄白は、その凡例で本書の大要と編集方法についてしるした後、強い語調で本書の価値の高いことを書き記していた。

「凡《およ》そこの書を読む者は、宜《よろ》しく面目を改むべし」と、きめつけるような文章ではじまり、漢方医学にきびしい批判を浴びせかけている。そして、内臓、骨節が実際の人体と位置が少しでもちがえば、治療も不可能であるのに、漢方医家たちが従来の五臓六腑説を信じきっていることは滑稽《こっけい》であると断じた。

また、中には腑分けを視《み》る者もいるが、従来の医説にまどわされて実態をつかむことができないことをなげき、

「あに閔《あはれ》ならずや。惜しいかな、世に豪傑の士ありと雖《いへど》も、汚習、耳目を惑はして、いまだ雲霧を披《ひら》きて青天を見る能《あた》はざるなり」

と、慨嘆している。

さらに玄白は、自分に特殊な才はないが、ただこの「解体新書」翻訳によって実際の人体構造を知り得たことだけは誇っているとむすんでいた。この一文には、玄白の自信が強烈な迫力で吐露されていた。

漢方医たちは、無名の玄白の態度に反撥《はんぱつ》し、狂人として罵倒《ばとう》した。或《あ》る医家は、玄白を名声欲にかられた奇をこのむ愚劣な男と評した。また他の医家は、昔からつたえられはぐくまれてきた貴い医説を踏みにじり、いやしい紅毛人のとなえる説を信じきった秩序をみだす輩《やから》と冷笑した。

玄白は、それらの非難に堪えた。

安永三年の正月、登恵は月足らずの男児を出産していた。

出産前、交際も断たれていた前野良沢から一本の樹木が送られてきた。それは、良沢が長崎から持ち帰った苗を育てたもので、安産を祈る樹木であった。玄白は、良沢にそのような心優しい一面があったのかと感謝した。

しかし、その男児が生れた時、かれは激しい驚きに顔色を失った。体は異常なほど小さく、手足も細く骨が薄々とした皮膚に浮き出ている。全身も妙に白っぽく、泣き声も途切れがちで登恵の乳を吸う力も乏しかった。

玄白は、病弱な自分の血が子にそのままの形で露出したのだと思った。妻の登恵と結婚したことは幸いだったが、新生児の無残な姿を眼にした玄白は、自分には結婚する資格がなかったのかも知れぬと結婚したことに後悔の念すらいだいた。

その頃《ころ》、玄白は、「解体新書」の刊行を控えて草稿の準備に没頭していたが、初めて得たわが子の弱々しい姿に接したかれは、仕事をすすめる意欲もうすれた。

家の中には、暗い空気がよどんだ。嗣子《しし》ともなるべき男子出生を喜んだ門人たちも、子の姿を見るにおよんで玄白に声をかけることも稀《まれ》になり、家への出入りもひかえがちであった。

ただ登恵のみは、小さな皮と骨のみの子を抱いて、ゆたかな乳房を子の口に押しあて、しきりに乳を飲まそうとつとめていた。登恵の顔には、子を死から救い出そうとする悲壮な表情がうかんでいた。玄白も門人たちも、子の死を予感していた。近々のうちに、子は生きる力も失せて冷い小さな屍《しかばね》になると信じこんでいた。

しかし、嬰児《えいじ》は、細々と生きつづけた。乳を吸う力は弱かったが、登恵の必死の努力に根負けしたように生きる気力をたもちつづけていた。

玄白は、ようやく愁眉《しゅうび》をひらくようになった。そして、門人たちの間にも笑いが時折おこるようにもなった。

それから一年――

子は、幾分肉付きも増して体も幼児らしくなった。が、依然として体つきは脾弱《ひよわ》で、絶えず熱を出したり風邪をひく。そうした虚弱児であることが影響しているのか、知能のおくれもはっきりしてきた。

子は、這《は》うこともせず、坐《すわ》らせても大儀そうにすぐ身を横たえてしまう。反応も淡く、あやしても笑うことはなく、ただぼんやりとうつろな眼を開け閉じしているだけであった。

玄白は、しばしば子を抱いて部屋の中を歩きまわった。不幸な生れ方をした子が、自分の化身でもあるように思えて不憫《ふびん》でならなかったのだ。

その年の暮れに、長女扇《せん》が生れ、かれは二児の父になった。その女児は長男とは対照的に四肢《しし》の発育も十分であった。

そうした中で、玄白は漢方医たちの激烈な批判に反論を開始した。

玄白には、一つの心配事があった。それは、平賀源内のことで、源内は秩父《ちちぶ》の中津《なかつ》川《がわ》で鉄山の開発につとめていたが、鉄質が悪く遂にその事業を放棄してしまっていた。才にまかせて多方面に活躍し、しかもそれぞれに顕著な成果をあげてきた源内には、初めてと言っていい挫折《ざせつ》であった。器用な源内のことであるし、屈することなく他の事業に手を染めるにちがいなかったが、奔放な源内の性格を危ぶんでいた玄白は、その鉄山事業の失敗が源内の破滅を暗示するように思えてならなかったのだ。

それに比して、玄白は「解体新書」の翻訳事業を成しとげ、訳者としての名声もたかまっていた。かれは、漢方医たちの激しい批判に対抗するため「狂医の言」の著述にとりくんだ。それは、自らを狂医とし、親しい漢方医との対話という形をとったもので、いかに「解体新書」の内容が正確なものであるかを説いた啓蒙《けいもう》書でもあった。

しかし、漢方医たちの反撥はしずまらず、玄白は、そのわずらわしさをまぎらすためにヘーステル著の外科書の一部を翻訳しはじめた。ターヘル・アナトミアの翻訳事業に参加したことによって、かれも曲りなりにオランダ語の訳読をすることもできるようになっていたが、単独で訳出するにはかれの語学力は非力であった。

かれは、根気もなく、その医書の一部を訳出したにとどまって、再び翻訳に手を染めることはしなかった。

安永五年、玄白は酒井侯中屋敷を出て浜町に転居した。

漢方医家たちの批判も徐々にしずまり、それにつれて玄白の名はたかまっていった。人の出入りもはげしくなり、新しい蘭方医《らんぽうい》である玄白に、患家からの招きも多くなってきた。

かれは、多忙な日々を送るようになった。

しかし、前々年の正月に生れた長子の発育状態は依然として芳《かんば》しくなく、医業をつがせることは早くも絶望的と判断された。立って歩くことはできるようになったが、その動きは鈍く病気がちであった。しかも、精神的に欠陥があることは動かしがたい事実となり、一歳下の長女の扇が片言でよくしゃべるのにくらべ、簡単な言葉を発することもできなかった。

玄白も登恵も、長子の寝顔を涙をうかべて見つめていることも多かったが、そうした欠陥があるだけに、玄白も長子に接する態度は溺愛《できあい》であった。

そうした折に、ふと前野良沢のことを思い浮べることがあった。長子が生れる直前、良沢は使いの者に長崎で安産に効果があるといわれる一本の樹の苗を送りとどけてきた。思わぬ良沢の好意に、玄白も門人に礼を言わせにやったが、玄関に応対に出たのは妻女の珉子《びんこ》だけで良沢は姿も見せなかったという。

玄白は、同志の中川淳庵、桂川甫周としばしば会っていたが、かれらも良沢とは会っていないという。

風聞によると、良沢は病と称して人の招きにも一切応ぜず、その姿をみた者もいないという。

玄白は、良沢が安産の樹木を送ってくれたのは一種の気まぐれにすぎなかったのか、と釈然としない思いにとらえられていた。

十二

良沢《りょうたく》は、玄白の耳にしたように家にとじこもったまま外出することもしなかった。

かれが「解体新書」訳業の中心であったことは一部の者にも知られたらしく、かれの家を訪れてくる者は多かった。かれらは、

「オランダ語修得を志しております故《ゆえ》、なにとぞ御教示いただきたく……」

と、異口同音に玄関へ出た妻の珉子に挨拶《あいさつ》するのが常だった。

良沢は、妻からそうした伝言をきくたびに腹立たしさを感じて、

「会う気はない」

と、苛立《いらだ》った声をあげる。

かれは、十年前に長崎屋を訪れて大通詞《おおつうじ》西善三郎にオランダ語修得を懇願した折、無駄《むだ》なことだと西にすげなく断わられたことが、今になってよく理解できるように思っていた。

良沢の学力は、オランダ語の訳読に関するかぎり江戸ではむろん卓越した存在で、長崎の通詞をもふくめて比肩する者のいない域に達している。それを良沢自身も十分に自覚し、ターヘル・アナトミアの訳業によってそれを天下に実証し得たという自負も強かった。しかし、それまでには、十年間の歳月と身をすりへらすような研鑽《けんさん》を要した。それは、自分に生来そなわった訳業に適した比類のない豊かな才能と、幼児から成人するまでの不幸な境遇によってつちかわれたゆるぎない根気の故だとも思っていた。

そうした天賦《てんぷ》の才と根気にめぐまれた者が、はたして自分以外にこの世に存在するか、とかれは自らに問うた。それは、否《いな》だった。

杉田《すぎた》玄白、中川淳庵《じゅんあん》、桂川甫周《かつらがわほしゅう》の三人は、ターヘル・アナトミアの訳出によって人体構造をたしかめようという熱意に燃え、オランダ語にとりくんだ。殊《こと》に玄白と淳庵は異常なほどの情熱と根気で訳出したが、かれらに天才的な語学の才能があるとはみとめがたかった。わずかに淳庵にすぐれた才の萌芽《ほうが》がみられる程度であった。

そうした困難な仕事であるのに、「解体新書」の刊行を知って来訪してくる者は、オランダ語修得を軽い気持で考えているのだろう、とかれは思った。かれらは、すでに教育方法も確立している漢学の塾《じゅく》にでも入るような気持で門をたたいているにきまっている。

良沢自身、他人に教授するどころか、自ら勉学しなければならぬ身であったし、気まぐれに訪れてくる者に応対する時間的余裕はなかった。

かれは、珉子に、追い返せときびしく言い、困惑した彼女は、

「病中でございます故、お眼《め》にかかることができません。あしからず御容赦下さい」

と、挨拶するようになっていた。

外部との交渉を断ったかれが世間の噂《うわさ》を耳にするのは、息子の達《たつ》の口からもれる言葉のみであった。

達は、医学の一般的知識を得ることにつとめていて、良沢が玄白らとともにターヘル・アナトミアの翻訳に苦しい歳月を送っていたことも知っていた。が、その業が成って、「解体新書」として出版された時、訳者に父の名が全くみられないことをいぶかしんだ。二十歳にもみたぬ若いかれは、父が訳業の中心人物であることを察してい

ただけに、大いに不服だったのだ。

達の耳にも、刊行された「解体新書」が将軍、公家《くげ》、老中たちに献上され、訳者としての杉田玄白の名が医家たちのみならず一般庶民の間でも急に顕著なものとなっていることがつたわってきた。そうしたことを、達は、食後などに父につたえたが、良沢はうなずくだけで表情も変えない。

「父上の名は、なぜあの訳書にしるされてはいないのですか。父上があのオランダ医書の翻訳をなされたのに、訳は玄白殿になっております。私には理解できませぬ」

ある夜、達は堪えきれぬように言った。

良沢は、無言で杯を口にはこんでいた。

「漢方医家たちは、蛮夷《ばんい》の書として激しく排斥《はいせき》しておりますが、心ある医家の中には新しい医の道がひらかれたと感嘆をしておられる方も日増しに多くなっております。江戸市中でも評判になっていて、玄白殿の名はとみにあがっております。あの解体新書に訳者としての父上の名がないのは、玄白殿らの故意にしたはかりごとではないのですか」

達は、口惜《くや》しそうに言った。

「そのような荒々しいことを口にするものではない。私の名がしるされていないのは、私が辞退した故だ」

良沢は、達をたしなめた。

「辞退？　なぜでございます」

達は、いぶかしそうに良沢の顔を見つめた。

「私の学は、名を得るためのものではない。世には、自分の学び得たものをすぐに出版したがる傾向がある。その根底には、名声を得たいという欲望がひそんでいることが多い。それが私には意に染まぬから、あえて名をしるすことを固辞したのだ」

良沢は、おだやかな眼をして酒を口にふくんだ。

「出版することが、名を得るためのいやしい業だとおっしゃられるのですか」

達は、理解に苦しむように良沢の顔を見つめた。

「いや、そうとばかりは思わぬ。われらも、医道をまなぶことができるのは書物のおかげで、それ故出版というものは尊い意義をもつ」

「それならば、なぜ父上はあの書に名を出すことを辞退なされたのですか」

「それは、あの書が完全な訳書ではないからだ。私の力は、まだそこまではいたっておらぬ。いわば未完訳稿ともいうべきものを出版すること自体が、私の意に反することなのだ」

達は、容易に納得しない。

「異人の書いた書物を完全に訳すことなどできるはずはないと存じます。それよりも、医の新しい道をしめすものでありますなら、不完全なものでも世に出すべきではないのですか」

「そのように考えられたのが、玄白殿だ。それも一理ある。医家として当然の態度ともいえる。しかし、私はちがう。異書の完全訳はできるはずもないと言うが、私は完全な翻訳を志している。それが、私の道だ。私もすでに五十四歳で、いつ死が訪れるか知れぬ老いの身だ。はたして自分の望みが達せられるか否かわからぬが、余生をそれに賭《か》ける」

良沢は、きっぱりした口調で言った。

「しかし……」

達は、きびしい父の表情に口をつぐんだ。

珉子が、新しい銚子《ちょうし》をはこんできた。

「父上は、そのようなお人だ。学の道をきわめようとつとめておられる父上のような方を親にもって幸せと思わぬか、達」

珉子の言葉に、達は、釈然としない表情をしながらも、

「はい」

と、答えた。

良沢一家にとって、ターヘル・アナトミアの翻訳は長女の死の悲しい記憶にもつながっている。良沢が翻訳事業に身をささげていた時病死しただけに、一家にとってその事業の存在は大きな意味をもっていた。達が、刊行された「解体新書」に良沢の名がしるされていないことをいらだつのも、その死を代償にして生れた書であるという思いが強かったからだった。

長女の死以後、妻の珉子は短歌をまなぶようになり、良沢も妻にならって歌を作る。長男の達と次女の峰子はすこやかに育っていたが、良沢夫婦は、歌をよむことによって子をうしなった痛手をいやそうとしていた。

ターヘル・アナトミアの翻訳に専念していた間、良沢は藩務を怠りがちであった。定められた仕事ははたしたが、それ以外のことは特別の招きがないかぎり自らすすんで引受けることはしなかった。

藩の者たちは、そうした良沢に冷い眼をむけていたが、オランダの解剖医書を翻訳することに精を出していることを知って批判も公《おおや》けのものにはならなかった。

やがて、かれらはその解剖医書が「解体新書」として刊行されたが、その書に良沢の名がしるされていないことに気づき、急にかれに対する非難がたかまった。翻訳は小浜藩医《おばまはんい》の玄白と淳庵が推進者であり、良沢は単なる協力者にすぎないらしいと思いこんだのだ。

かれらの中には、藩主奥平昌鹿《おくだいらまさか》に良沢が家にとじこもって藩務を怠りがちであることを訴える者もいた。

三十歳をすぎたばかりの昌鹿は、家臣の訴えをにこやかな表情できいていた。かれにとっても、「解体新書」の訳者が他藩の医師玄白であることが口惜しかったが、洋学に深い理解をしめす昌鹿は、学究肌《はだ》の良沢に好意をいだいていた。

「まあ、よいではないか。藩務に精励するのも藩医の勤めなら、広く天下後世の民に益する学業にはげむのも勤めではないか。あれは、オランダ語の化物だ。あのような者が一人ぐらいいてもよい。放って置け」

と、かれは、笑って家臣の訴えを制した。

そのうちに、昌鹿は、良沢がオランダ医書の入手に苦心していることを家臣からつたえきいた。それは、諸病の原因、治療法等を書いたボイセンというオランダ医家の著した「プラクテーキ」という医書で、価格も高く、貧しい良沢の入手できる書物ではなかった。

それを知った昌鹿は、すぐに使を出して「プラクテーキ」を入手させ、良沢に下賜《かし》する旨《むね》をつたえた。

突然の招きに、良沢は驚き、ただちに藩主昌鹿のもとにおもむいた。かれの眼の前に、紫の袱紗《ふくさ》につつまれた桐《きり》の箱が置かれた。箱の蓋《ふた》には、蘭書《らんしょ》雲飛一巻と墨書され、昌鹿の印章が捺《お》されてあった。そして、その箱の中にボイセンの「プラクテーキ」がおさめられていた。

かれは、感激し、それを押しいただいて昌鹿のもとを退出した。

良沢は、藩主昌鹿が日頃から良沢を「オランダ語の化物」と呼んでいることを知っていた。それは決して蔑称《べっしょう》ではなく、家臣の訴えを制する口実に良沢を化物として特別あつかいにせよという好意から発したものであることを十分に察していた。またオランダ語の研究にひたすらはげむ良沢の姿勢に、感服している名称にもちがいなかった。

良沢は、名を熹《よみす》、字《あざな》を子悦、号を楽山といっていたが、昌鹿の好意に感動したかれは、オランダ語の化物という昌鹿の言葉をつかって、蘭化と号することに定めた。

その言葉のひびきもよく、かれはその号を得たことに深い満足をおぼえた。

良沢は、ターヘル・アナトミアの翻訳後の仕事として、藩主からさずけられたボイセンの「プラクテーキ」の翻訳にとりくんだ。

良沢の専門は内科であるだけに、内科書である「プラクテーキ」の訳読は、大いに興味があった。かれは、「プラクテーキ」の文章を読みすすむうちに、自分の学力がかなり高度なものになっているのを実感として感じとった。ターヘル・アナトミアの翻訳を開始した頃は、闇《やみ》の中を手探りするような失望感を味わわされたが、「プラクテーキ」は、仏蘭辞書を手がかりに新出語の意味をさぐりながら小刻みに読みすすむことができる。それは、ターヘル・アナトミアの翻訳に苦心した間に、いつの間にか身についた訳読力のためにちがいなかった。

「プラクテーキ」には、癲癇《てんかん》、卒中、麻痺《まひ》、感冒、咽喉《いんこう》カタル、肋膜炎《ろくまくえん》、喘息《ぜんそく》、肺結核、幼児結核、吐血、発熱、丹毒、食欲過度、嘔吐《おうと》、水腫《すいしゅ》、赤痢《せきり》、疝痛《せんつう》、下痢、腎臓《じんぞう》病、月経閉止、月経過多、子宮病、恋病い、難産、黄疸《おうだん》、蕁麻疹《じんましん》、回虫、足痛、壊血病、天然痘《てんねんとう》などの病気が項目別にわけられ、その発病原因と治療法が簡潔な文章でしるされていた。

かれは、文字をたどりながら納得することもあったが、その治療方法に首をかしげることも多かった。未知の薬物がどのようなものであるか見当もつかず、実際の治療にどのように応用してよいか理解することができなかったのだ。

しかし、かれはそれでも十分だった。かれは医家であったが、それよりも一層オランダ語研究者であった。かれは、オランダ書を訳読することに意義を感じていた。それは、同志とともにおこなったターヘル・アナトミアの翻訳事業と異って孤独な仕事であった。かれは、終日机に対し、夕闇が文字の判読を困難にするまで机の前をはなれなかった。

かれの唯一《ゆいいつ》の楽しみは、酒であった。かれは、訳読を終えると、妻の手料理に箸《はし》をうごかしながら酒をふくみ、食事をする息子の達と娘の峰子の姿をながめる。それは、かれに一日の仕事を終えた安息をあたえていた。

一年たらずで、かれは「プラクテーキ」の精読を終えた。

しかし、かれには、その書の翻訳を出版する意志はみじんもなかった。全文を訳してかなり正確な訳書にできる自信はあったが、前野良沢訳として出版することが、かれには気恥しく思えた。訳文中には、自分も気づかぬあやまりが必ずあるにちがいなく、訳出に自信をもてぬ個所《かしょ》も所々にある。そうした内容のものを刊行することは、自分の意に忠実ではないと思うのだ。

収入は、藩医としてさずけられる定まったものだけで、生活は貧しかった。患家を得ようという気持もうすく、ただオランダ語と接することに喜びを見出《みいだ》している。一時オランダ語の教授を乞《こ》うて門をたたいた者たちの訪れも絶え、かれは、家族とともにひっそりと日をすごしていた。

十三

「解体新書」が出版されてから、四年目の春をむかえた。

ようやく漢方医家たちの非難も消え、杉田《すぎた》玄白の蘭方医《らんぽうい》家としての名声は華々しく多くの学徒が入門を乞《こ》い、天真楼塾《じゅく》の名はひろく知られるようになっていた。

その頃《ころ》、玄白の塾に二人の入門者があった。それは、一関藩の侍医建部《たけべ》清庵《せいあん》の塾生であった。

清庵は、玄白が「解体約図」を世に出した頃から玄白の壮挙をたたえ、その後「解体新書」の刊行によって一層親密の度を増していた。清庵は老齢の身で江戸へ出てくることもできなかったが、二十歳以上も若い玄白に絶えず書面を送って、尊敬の念を率直にしめしていた。そして、かれは、自分の息子の建部勤と門人の大槻《おおつき》元節を江戸におくって玄白の塾に入門を乞うたのである。すでに清庵は、第四子亮策《りょうさく》を玄白の塾に入門させていて、亮策の帰郷と交替に勤を江戸へ出したのだ。

玄白は、十六歳の勤と二十二歳の元節を喜んでむかえ入れた。亮策は帰郷し、勤と元節は天真楼塾でオランダ医学の修学をはじめた。

玄白は、瞳《ひとみ》を輝かせて勉学にいそしむ建部勤に注目した。言葉に強い一関なまりがあるが、玄白や先輩、同僚に対する態度は礼儀正しく、誠実さが面《おもて》にあふれている。それは父清庵のきびしい訓育のためであるとともに、血の正しさをしめしているようにも思えた。勤は気品もあって、玄白はこのような子をもつ建部清庵が羨《うらやま》しくてならなかった。

玄白の子は五歳になっていたが、依然として病弱で知能の発育もおくれていた。玄白は、わが子が可愛《かわい》くてならなかったが、子の成長を見まもってきた玄白は、到底家をつがせることは不可能だとはっきりさとっていた。

ふとかれは、建部勤を養子にしては……と思った。建部清庵には、家職をつぐべき立派な亮策という息子もいるし、五子の勤を養子に出し得る事情にある。親密な友である玄白が懇願すれば、清庵は喜んで勤を玄白の養子にしてくれるだろうと思った。

玄白が妻の登恵にこのことを相談すると、冷静に長子の素質を見ぬいていた登恵は、聡明《そうめい》な勤をむかえ入れることに賛成した。そのため、玄白は建部清庵に書簡をおくり、勤を養嗣子にむかえたいという希望を申しおくった。

これに対しての清庵の返事は、その申出を喜びながらも固辞する旨《むね》の内容であった。清庵は、わが子の勤が玄白の養嗣子となるような器ではなく、その任に堪えることはできないと書き送ってきた。その手紙の筆致は、固辞の意志が強く表現されていたものであったので、玄白は、勤が成長してからあらためて申し出た方がいいと判断した。

かれは、勤の勉学をあたたかい眼《め》で見まもっていたが、勤とともに入門した大槻元節の豊かな才能にも注目していた。

元節は陸中《りくちゅう》の中里で生れ、名を茂質《しげかた》といったが、八歳の折に建部清庵から元節の名をさずけられ清庵のもとで医学をまなんだ。性格は堅実で、確信をもったことしか口にせぬ実証を重んじる男だった。そして、元節は、師清庵の子息である勤とともにオランダ医学の修得に強い情熱をもやしていた。

玄白は、この二人の学習ぶりに眼をみはり、良き弟子を得たことを喜んでいた。

天真楼塾は、江戸のオランダ医学を学習する塾として有名になり、玄白の名声はさらにたかまった。

それとは対照的に、稀代《きたい》の才人といわれた平賀《ひらが》源内《げんない》の凋落《ちょうらく》ぶりははなはだしかった。

かれは、二年前エレキテル（摩擦起電機）の復元に成功し、天下の耳目をあつめていた。

かれは、仏説を引用して地上の火とはちがう天地万物の根源である火があるとして、それを天火と称し、エレキテルは「硝子《せうし》を以《もつ》て天火を呼び、病を治し候器物」であるととなえていた。そして、欧米でエレキテルが完成した頃上層階級の見世物になったことを知って、かれも大名などにエレキテルの実験をしてみせるようになった。

その実験は、大反響をまきおこし、紙が電気で飛ぶさまや火花の発するのを大名たちは驚嘆し、源内はその都度多額の謝礼をうけた。そして、田沼意次《おきつぐ》の愛妾《あいしょう》などの見物もあって、源内は演出をこらし金を得ることにつとめていた。

しかし、安永七年に入るとエレキテルの評判も急激に下落した。エレキテルがそれほど人々を驚かすこともなくなり、見物にくる者が少くなったためであった。かれはあせり、芸人をつかって余興をさせたりして客をあつめることにつとめたが、そうした興行師に似た源内の行為に批判の声がたかまり、エレキテルの実験も非難の的になっていた。

そうした源内のもとに、長崎《ながさき》から荒井庄十郎《しょうじゅうろう》という男が訪れてきた。

庄十郎は、病死したオランダ大通詞《おおつうじ》西善三郎の養子であった男で、長崎の通詞の中心人物である吉雄《よしお》幸左衛門の甥《おい》でもあった。かれは、西と吉雄からオランダ通詞としての指導をうけ、稽古《けいこ》通詞の職にもあったが、江戸へ出る希望をいだき、吉雄幸左衛門の紹介で源内をたよってきたのである。

毎年春には通詞がオランダ商館長に随行して江戸にやってくるが、その滞在期間も一ヵ月ほどで、公務にしばられているかれらから教えをうける機会もかぎられていた。そうした中で、著名な大通詞西善三郎と吉雄幸左衛門から親しく教えをうけた通詞の庄十郎が出府してきたことは異例のことであった。

しかし、源内には庄十郎を活用する力がなかった。源内は、幕命で長崎にオランダ語修得の目的で留学したことがあるが、珍奇な西洋文物をあさることに終始し、地味な努力を必要とするオランダ語の勉学につとめることもなかった。かれは、エレキテルの実験が興行的価値をうしない、それによる経済的な窮迫もあって、庄十郎を寄寓《きぐう》させることにも苦痛を感じていたのだ。

源内は、庄十郎の処置に困惑し、玄白にかれの出府してきたことをつたえた。名声とそれにともなう富にめぐまれはじめていた玄白に、庄十郎の身を託そうとしたのだ。

玄白は、思いがけぬ申出を喜んだ。庄十郎を引き受けることによって、かれを活用し天真楼塾の内容を充実させようとくわだてたのだ。

かれは、「解体新書」完成の同志であった中川淳庵《じゅんあん》と連絡をとり、塾に庄十郎を招いた。そして、淳庵とともに庄十郎から会話を習った。淳庵は庄十郎の教えを受けることに熱心だったが、玄白は、ただ耳をかたむけているだけで会話の勉強につとめる気配はなかった。かれは、「解体新書」の出版とともにオランダ語研究の意志を放擲《ほうてき》してしまっていたのだ。

かれの最大の関心事は、オランダ流医家としての成功と門人の育成にあった。すぐれた門人が多数輩出すれば、それが自分の医家としての成功につながることも知っていた。かれは、門人たちに庄十郎の会話の授業をうけさせた。初めて接する専門の通詞の口にするオランダ語の発音とその解釈に、門人たちは興奮した。殊《こと》に一関から江戸に出てきていた大槻元節と建部勤は、夢想もしない機会を得て庄十郎の口からもれる言葉を一語もききもらすまいとして耳をかたむけ、紙に筆を走らせていた。

玄白は、顔に笑みをうかべて庄十郎に教えをうける門人たちを満足そうにながめていた。

杉田玄白は、有望な弟子にかこまれて満ちたりた日々をおくっていた。長崎からやってきた稽古通詞荒井庄十郎も、熱心に塾生に会話を教えてくれる。庄十郎の存在は、玄白の天真楼塾の声価を一層たかめるものになっていた。

玄白は、庄十郎を紹介してくれた源内の行動に不安をいだくようになっていた。稀《け》有《う》な才人といわれ天下にその名を知られていた源内に対する評価は、いつの間にか痛ましいほどに低落していた。そのきっかけになったのは、かれが復元に成功したエレキテル（摩擦起電機）の存在であったと言っていい。

かれは、オランダ大通詞西善三郎の所持していたエレキテルを入手したが、それはこわれたもので実用不能のものであった。そのため、かれは、弥七《やしち》という腕の良い細工職人を使い、オランダ商館長に随行して出府してきたオランダ人たちに意見を乞うたりして、ようやくその復元を果したのである。

源内は、エレキテルを展示実験することによって金銭を得ることにつとめたが、興行師的なかれの行為に非難が集中しはじめ、さらに決定的ともいえる打撃をかれにあたえたのは細工職人弥七の背信行為であった。

弥七は、源内がエレキテルによって利益を独占していることをひそかにねたんでいた。修理・復元したのは細工師としての自分の技術によるものであるのに、源内が多額の金を得ていることに強い不満をいだいていた。

かれは、金銭欲の強い友人にそそのかされ、エレキテルを自らの手で作り上げ、それを見世物にして友人と利益を分けようと考えた。そして、その資金を豪商たちから借りようとしたが、自分の名では不可能と思い、源内の名をかたった。

その企ては成功し、弥七はかなりの額の資金をつかんだ。そして、かれは、ひそかにエレキテルと同一のものの製作にとりくんだが、知識のないことが致命的で、作り上げたものは火花を放つこともない失敗作だった。

それをつたえきいた源内は、自分の名を詐称《さしょう》されたことに激怒し、弥七をエレキテル偽造者として訴えた。さらに弥七が豪商たちから金銭を詐取したこともあきらかになって、弥七は捕縛された。

弥七は、吟味の後入牢《じゅろう》を申しわたされ獄につながれたが、その後、かれは獄内で病いにおかされ死亡した。

それを知った世人は、弥七の獄死を源内の派手な行動の犠牲になったものと解し、源内を非難した。源内の異常なほどの名声欲と派手な行為が、世人の顰蹙《ひんしゅく》を買うようになっていたのだ。

かれは、他人との合作などで小説めいたものや浄瑠璃《じょうるり》の執筆もつづけていたが、濫《らん》作《さく》による荒さが目立ち、かれの声価も下落していた。

かれは、神田《かんだ》大和町の貸家に住んでいたが、安永八年夏、神田久右衛門町一丁目のかなり大きな家を買いもとめて移り住んだ。その地所は、佐地半兵衛の所有になるもので、半兵衛からの借地であった。

家の大きさからみて、凋落した身の源内が買うことは到底不可能であるはずであったが、その居宅は妙な因縁話がつきまとっていたため意外な安値であった。その家には、以前に金貸しをしていた浪人が住んでいたが、はっきりした理由もなく家で切腹し、果てた。それにつづいて神山検校《けんぎょう》という盲人が移り住んだが、検校も目薬を売ると同時に金貸し業をいとなんでいた。かれは、貸金に法外な高い金利をつけ、その上悪どい取立てをおこなうことで金銭をたくわえることに熱中していたが、あまりの苛《か》酷《こく》な行為がもとで投獄され処刑された。また金を借りた者の怨念《おんねん》のためか、かれの子供も井戸に落ちて死亡した。

その家は、検校の遺族によって売りに出されていたが、買い求める者はなかった。近隣の者たちの間では、盲目の検校の亡霊が夜になると家の中にあらわれ、「金はどこにある」と、家の中をさがしまわるという噂《うわさ》が流れていた。そうした事情で買い手はつかず、源内が安い価格で買いとることができたのである。

かれは、西洋知識に親しんでいたのでそのような噂話を一笑に付していた。が、その居宅でかれは悲惨な事件を引きおこしてしまったのだ。

源内は、自分の華々しい名声が地におち、才能もむなしく空転するばかりであることをはっきりとさとっていた。

洋学研究者として天下にその名をとどろかせたかれも、所詮《しょせん》は西洋知識を生かじりしただけで身についたものはない。かれの西洋文物の紹介は、大名、豪商、庶民を驚嘆させたが、それに有頂天になったかれは、山師と称され、世人を驚かすだけの軽薄な人物と解されるようになっていた。

源内の耳に、杉田玄白のこともむろんつたわってきていた。玄白は、「解体新書」の訳者としてその学問的業績が高く評価され、かれのひらいた天真楼塾はオランダ医学研究の中心と目されるにいたっている。その門には、多くの医学徒がむらがり、オランダ医学研究者としての玄白の名は不動のものになっている。さらに、患家から玄白に診療を乞う者も多く、経済的にも豊かな身になっていた。

源内は、玄白をうらやんだ。自分の方が洋学に早くから接してきたし、老中田沼意次の知遇もうけて長崎遊学の機会もあたえられた。洋学に関しては、かれの方が玄白よりもはるかに先輩であった。しかし、玄白との差は埋めようもないほど大きくへだたったものになっている。それは、源内が洋学を地道に研究することなく俗世的な名声を得ることに熱中してきた報いであった。

かれは、玄白の名声を耳にするたびに激しいいらだちを感じた。が、それを今になってくつがえすことができないことは、かれにも十分にわかっていた。

自暴自棄の生活が、つづくようになった。かれは、依然として大言壮語を口にしていたが、それは人の耳に虚勢としてしかきかれなかった。かれの輝きをおびていた眼にも、卑屈な光がうかぶようになっていた。かれは、あせっていた。

十月下旬、かれは耳よりな話をきいた。

それは、一大名が別荘と庭園をあらたにつくる計画を立てているという話で相談を受けた勘定奉行伊豆守《いずのかみ》松本秀持の用人松本重郎兵衛が、中間《ちゅうげん》の丈右衛門をつかって請負人をさがさせているという。

そのうちに丈右衛門は、富松町に店を張る秋田屋という米屋を請負人に指名した。そのため秋田屋の息子久五郎が仕様書をつくり、それを大名に提出しようとした。が、松本重郎兵衛と親しく久五郎を門人のようにあつかっていた源内は、その仕様書を眼にする機会を得た。

仕様書をみた源内は、その内容を冷笑した。そして、大名に直接申出て、自分なら三分の一以下の費用で立派につくってみせるとつたえた。

順調にすすんでいた請負い話は、源内の申出でたちまちみだれた。大名に請負人を斡旋《あっせん》した松本重郎兵衛をはじめ丈右衛門、久五郎はそれぞれの立場を失って、激怒した。かれらは源内を畏敬《いけい》していたが、仕事を横取りしようとする源内の卑劣な行為に堪えられなかったのだ。

源内は、讃岐《さぬき》出身の要助を利用して売薬業をおこなおうとしていたが、資金の調達に苦しんでいた。そうした折だけに、かれは大名の別荘建築の請負い仕事を引受けて金銭を得ようとしたのだ。

源内は、重郎兵衛らの抗議にも屈せず請負人になることを画策したので、争いは一層激化した。そうした事情を知った周囲の者たちは心配し、円満に解決することをねがって両者を慰撫《いぶ》することにつとめた。その結果、秋田屋久五郎と源内が共同請負人となって別荘の建築と造園をすすめることになった。

十一月二十日夜、和解のために源内の家へ松本重郎兵衛の中間丈右衛門と請負人久五郎がやってきた。丈右衛門たちは、いまいましいと思ったが、さからえば仕事をすべてうばわれるので、笑顔で挨拶《あいさつ》し、源内が出した酒を飲みはじめた。

久五郎は、酒もかなりまわった頃《ころ》、源内に、

「なぜあのような安い価格でできると言うんですか。おさしつかえなければ仕様書をみせて下さいな」

と、頼みこんだ。源内の性格から考えて、それがはったりにちがいないと思ったの

だ。

源内は、承知すると席を立ち、隣室から仕様書を持ってきた。久五郎と丈右衛門は、仕様書を見つめた。たしかに価格は、久五郎らの作成した仕様書の三分の一程度であった。

源内は、久五郎たちの質問に応じ、各項目について詳細に説明した。建築も造園の方法も独創にみちていて、その仕様書が決して非現実的なものでないことをあきらかにした。

久五郎らは、あらためて源内の非凡さを知らされ、感嘆した。そして、急に態度をあらためると源内に指導してくれるようたのんだ。

重苦しい空気がやわらぎ、かれらは明るい表情で談笑した。

酒の弱い源内も上機嫌《じょうきげん》になり、久五郎らにすすめられるままに杯をかさねた。

久五郎と丈右衛門はかなり酔い、源内のすすめもあって泊ることになった。そして、源内は隣接した私室に敷かれたふとんに身を横たえ、深い眠りに入った。

翌朝、源内は咽喉《のど》のかわきで眼をさました。なれぬ酒を飲んだので頭が痛く、起き出すと厠《かわや》に入って放尿した。ふとかれは、大事な仕様書を久五郎らに見せたままであったことに気づき、部屋に入った。酒席はそのままで、久五郎と丈右衛門がふとんをかぶって眠っている。

かれは、明るみはじめた室内をさがしまわったが、意外なことに仕様書がない。かれは、にごった頭で共同請負人の久五郎らが仕様書をかくし取ったのではないかと疑った。表面的には和解したが、久五郎らが心の底では自分に恨みをいだきつづけているのだと思った。

憤《いきどお》りがふき上げ、かれは、

「久五郎、起きろ」

と、荒々しく久五郎の体をゆすった。

久五郎が身を起し、丈右衛門も眼をさました。

「仕様書がない。お前は知っているだろう」

源内の激した声に、久五郎は頭《かぶり》をふった。

「盗んだな。出せ」

源内の声は、興奮でふるえていた。

久五郎は、顔色を変え、

「なんですって、盗んだ？　そんなものは知らぬ」

と、はげしく反撥《はんぱつ》した。

しかし、源内は容赦せず、なおもはげしく久五郎を責め立てた。その荒々しい怒声に、中間の丈右衛門も顔をひきつらせ、源内を敵意にみちた眼で見つめた。豊かな才能にめぐまれ、老中田沼意次の信頼も得て華々しく活躍していた源内の往時の姿は、そこにはなかった。商人と中間を相手に唇《くちびる》をふるわせてわめきつづけるかれの姿は、あまりにも無残であった。

「知らぬと言ったら知らぬ」

久五郎は、吐きすてるように言った。そして、源内の顔をさげすみにみちた眼で見やると、

「盗みかくすような者なら、きかれたって言うものかい。偉そうなことをぬかしているが、おれがもし盗んだとしたら、一体どうすると言うんだ。え？　どうすると言うんだよ」

と、肩をいからせた。

その言葉に、源内は頭に血が逆流するのをおぼえた。

「なに？　どうするだと……。その時は、こうしてやるっ」

源内は叫ぶと、隣室に走りこみ、床の間におかれた刀を手にとった。そして、それを抜くとまず久五郎の頭にふりおろし、さらに丈右衛門に切りつけ、右手の拇指《おやゆび》を切

りおとした。久五郎の頭から血がふき出し、丈右衛門は悲鳴をあげた。

かれらは、血だらけになって家をとび出した。

源内は、それを追ったが、途中で足をとめると家に引返した。興奮がさめ、かれは部屋の中に腰をおとした。畳にも壁にも血が飛び散っていて、それが玄関の方へ点々とつづいている。

かれは、頭に深傷《ふかで》を負わせた久五郎が必ず死ぬにちがいないと思った。喧嘩《けんか》口論による殺人は、「下手人」の罪として斬首《ざんしゅ》される定めになっている。

思わぬことを仕出かしてしまった、とかれは深く悔いた。自分がみじめでならなかった。

切腹しよう、とかれは思った。妻子のいないことがせめてもの救いだった。自分一人が死ねば、それですべてが解決する。しかし、商人と中間を相手に諍《いさか》いをしたことで、命を自ら断つことが情なかった。

かれは、悄然《しょうぜん》と身辺の整理をはじめた。そして、手箱のふたをあけた時、そこに盗まれたと思いこんでいた仕様書があるのを発見した。酒に酔ってしまったために、その仕様書を手箱に入れておいたのを忘れていたことにはじめて気づいたのだ。

かれは、頭《こうべ》を垂れた。久五郎が盗んだと誤解し深傷を負わせた自分が腹立たしかった。

切腹の決意は、一層かたくなった。

玄関に人声がして、部屋に門人たちがあわただしく走りこんできた。そして、血の散った部屋の中で頭を垂れて坐《すわ》っている源内を見つめた。

源内は、小刀に手を伸ばした。門人たちが、源内を押しとどめた。

そのうちに町役人がやってきて、源内に縄《なわ》を打った。

源内の罪状は、あきらかであった。深傷を負った久五郎が死亡したので、御定書どおり下手人に相当する罪が科せられた。

かれは、吟味をうけた後、小伝馬町《こでんまちょう》の牢獄《ろうごく》の揚り屋に送られた。揚り屋は畳敷きであったが大牢とさして変りのないもので、衣類改めがおこなわれた後、牢番が揚り屋にむかって、

「揚り屋」

と声をかけると、暗い牢内から牢名主《ろうなぬし》が、

「へーイ」

と、答える。

それにつづいて鎰番《かぎばん》の同心が、

「牢入りある。曲淵甲斐守《まがりぶちかいのかみ》様御掛りにて、讃州《さんしゅう》浪人平賀源内」

と言うと、

「おありがとう」

と、牢名主の声がして、源内は獄に入れられた。

牢内は、地獄であった。新規入牢者は囚人たちから儀式化している苛酷な折檻《せっかん》をうけるが、源内の名は一般にひろく知られていたので軽度ですんだ。しかし、華々しい生活を送ってきた源内にとって、牢内の生活は堪えがたいものであった。

揚り屋は、御目見《おめみえ》以下の直参《じきさん》、陪臣《ばいしん》、僧侶《そうりょ》、医師、山伏などが収容され、一般庶民を入れる大牢よりも条件はよい。そして、源内も三畳を一人で占めることをゆるされたが、寒気はきびしく全身が麻痺《まひ》する。食事は、朝夕二度で飯と手桶《ておけ》に入れた汁《しる》、それに香の物が添えられる。が、牢内には汚穢《おわい》にまみれた厠があって悪臭がみちていた。

寒気が一層きびしく、牢内の手桶の水も凍る。囚人の中から寒さにおかされ死亡する者が出るようになった。源内の体は、衰弱していった。奢侈《しゃし》になれたかれの体は、牢内の惨《みじ》めな生活に堪えられなかったのだ。

……入牢して間もない十二月十八日、源内は病死した。五十二歳であった。

十四

源内の遺骸《いがい》は、妹婿《いもうとむこ》の権太夫《ごんだゆう》が引きとり、千賀道有の菩提寺《ぼだいじ》総泉寺に埋められた。道有は、将軍侍医で源内と親しく、その死をいたんだのである。

源内の町人殺傷と入牢《じゅろう》につぐ獄死は、世人を驚かせた。

玄白は、畏友《いゆう》であった源内の悲惨な死に同情した。源内は、蜜《みつ》をもとめる蝶《ちょう》のように目まぐるしく西洋知識を得るために飛びまわっていたが、その間にも玄白に多くの恵みをあたえてくれた。湯島の物産会では玄白を引立ててくれたし、「解体新書」の図をえがいた小田野直武も源内の紹介によるものであった。また稽古《けいこ》通詞《つうじ》荒井庄十《しょうじゅう》郎《ろう》を玄白のもとにさし向けてくれたことも、天真楼塾《じゅく》の充実に寄与するところ大であった。

派手な生活をしてきた源内だけに、玄白はその死が無残に思えてならなかった。かれは、源内の墓碑を私財で建てることを決意し、実行に移した。

翌年建てられた碑には、「智見《ちけん》霊雄居士《こじ》」という戒名がきざまれ、玄白が自ら筆をとった銘文もしるされた。その銘文は、

「処士平賀君。諱《いみな》ハ国倫《くにとも》、字《あざな》ハ子彝《しい》、鳩渓《きゅうけい》ト号シ、風来山人ト称ス」

にはじまり、その末尾には、

「嗟《ああ》非常ノ人、非常ノ事ヲ好ミ、行ヒ是《こ》レ非常、何ゾ非常ノ死ナル　鶿斎《いさい》　杉田《すぎた》翼撰《せん》」

としるされていた。しかし源内が獄死人である理由で、やがてその銘文はすべて墓碑からけずられてしまった。

源内の死を、前野良沢《りょうたく》は息子の達《たつ》の口からきいた。

「江戸市中では、その話で持ちきりです」

と、達は言った。

「そうか、そんな死に方をされたか」

良沢は、深く息をついた。

かれにとって、源内のような性格の男は最も忌《い》むべき存在であった。

将軍の侍医千賀道有と親交をむすび、それを手がかりに老中田沼意次《おきつぐ》に接近し、その信頼を得て活動範囲をひろげた。源内は、権力者とむすぶことによって栄達をはかったが、そのような画策が、良沢には唾棄《だき》すべきものに感じられた。

さらに源内は、洋学者として当代随一の存在だと自負し、世人もそれをみとめている風があったが、良沢は一笑に付していた。源内は、たしかにたぐい稀《まれ》な才人であったが、学究の徒とは程遠い器用な男であるにすぎない。西洋知識を生かじりして、西洋文物を紹介し、世人を驚かすことに異常な熱意をしめした。その中には火浣布《かかんぷ》、寒熱昇降器等の器具があるが、復元したエレキテルを見世物にし金銭の入手につとめたことでもわかるように、それは学問のためではなく名利欲《みょうり》を満足させようとして活用したにすぎない。

また源内は、西洋画、浄瑠璃《じょうるり》、狂文の執筆にも手をそめたが、それも自らの名を巷間《こうかん》にひろめるための欲望であるように思えた。

その源内に凋落《ちょうらく》のきざしがあらわれた。世間は甘くなかったのだ。そして、それは源内の殺傷事件につながり、獄死をも招いた。当然の末路である、と良沢は思った。

玄白は、源内の死に同情したが、良沢は冷淡だった。

「源内殿は、生前いろいろと批判もありましたが、その死を知った者たちは、一様に惜しい人物をうしなったとなげいております。父上は、源内殿とお付合いがおありだったのではないのですか」

達が、無表情な良沢の顔をさぐるような眼《め》でみつめた。

「会ったことはあるが、言葉をかわしたことはない」

良沢は、重い口調で答えた。

「父上は、源内殿の死をいたむお気持はないのですか。玄白殿は、ひどく悲しまれておられ私財を投じて墓碑を建立《こんりゅう》するという話もありますし、侍医道有殿は、菩提寺に源内殿のなきがらを葬《ほうむ》られた由《よし》ですが……」

達は、いぶかしそうに問うた。

良沢は、しばらく口をつぐみ、杯を口にはこびつづけていた。

「達。お前は人の死をどのように思う」

良沢は、達の顔に眼をむけた。その顔には、きびしい表情がうかんでいた。

「人の死は、その人間がどのように生きたかをしめす結果だ。どのように死をむかえたかをみれば、その人間の生き方もわかる」

良沢は、そこで言葉をきると、杯をゆったりと口にはこんだ。

「そういたしますと、父上は、源内殿の非業《ひごう》の死がその生き方の当然の報いだと申されるのですか」

達が、たずねた。

「報いだなどとは言わぬ。結果だと言っておるのだ。源内殿の生き方を外からながめていると、私には、それが本道をはずれたもののように思えてならぬ。源内殿は、官にとり入り栄達をもとめた。洋学をきわめると称していたが、その心の底には俗心がひそんでいた。めぐまれた才をもつお方だったが、その才が源内殿にあのような死に方をさせることになった。このように考えるのは、酷かな」

良沢は、沈思するような眼をした。

達は、口をつぐんだ。オランダ語研究に専念し、名利を排する父らしい言葉だと思った。

「父上は、頑固《がんこ》なお方でございますな」

達がつぶやくように言うと、良沢の表情がゆるんだ。

息子の言うように、自分はたしかに頑固な人間であるらしい。そのかたくなな性格が「解体新書」の刊行に背をむけさせ、オランダ語研究に専念させているのだろう。

そして、それは家族に貧しい生活を強《し》いる結果を生んでいる。

しかし、妻の珉子《びんこ》をはじめ子供たちは、そうした良沢の生き方を理解し、ことさら不満もいだいていないらしい。珉子は、良沢を笑みをふくんだ眼でながめ、息子の達は呆《あき》れながらも良沢に尊敬にみちた眼をむけてくる。めぐまれた家庭をもって幸せだ、と良沢は思った。

かれは、娘の峰子に眼をむけた。

「解体新書」の翻訳事業にとりくんでいる間に長女の病死にあってから、かれの峰子に対する愛情は一層つのった。峰子は、珉子のきびしい躾《しつけ》をうけて礼儀正しく、聡明《そうめい》であった。珉子の手助けもするようになり、明るい眼をして良沢を見つめる。その眼には、父に対する畏敬があふれるように光っていた。

そうした息子と娘を得たことを幸せに思う反面、かれは玄白の長子のことを思うことがあった。

生れた男子は虚弱で智能の発育もおくれているという。その子は、すでに七歳になっているはずだが……と良沢は表情をくもらせた。

玄白は、名声を得、経済的にも豊かな生活を送っているが、子にはめぐまれていない。

良沢は、玄白に同情した。

天明《てんめい》元年、玄白は五人扶持《ぶち》の加増をうけ、三十五人扶持の禄《ろく》をうける身になった。

その頃《ころ》、妻の登恵は身重になっていた。玄白は、男子の出生を望んだ。長子は八歳になっていたが嗣子《しし》とするには不適当であった。

しかし、やがて生れた子供は女で、かれの希望はうちくだかれた。女児は八曾《やそ》と名づけられた。

病弱な玄白は、かねてから養嗣子と目していた一関藩侍医建部《たけべ》清庵《せいあん》の第五子勤を正式に家へむかえ入れようと思った。三年前の安永七年に、勤は玄白の天真楼塾に入門してきたが、その後の精励ぶりは目をみはるものがあり、玄白も妻の登恵も強く養子にしたいという意志をいだいていた。

玄白は、あらためて勤の父清庵に書状を送り、勤を養子にしたいという強い希望をつたえた。それに対して返書がきたが、またも「任に堪えず」といった辞退の旨《むね》の内容であった。

しかし、玄白は屈しなかった。そして、勤の素質が非凡であり、勉学心も旺盛《おうせい》であると賞讃《しょうさん》し、自分の業をつたえるのは勤以外にないと書き送った。

書簡が何度もかわされ、遂に清庵は玄白の乞《こ》いをうけ入れた。

玄白の喜びはひとしおで、勤由甫を伯元と改称し、養嗣子とすることに決定した。

そして、伯元は、

「天明二寅《とら》年五月十五日、願之通《ねがひのとほ》り仰《おほ》せ付けられ、私儀二十歳にて養子ニ相成申候」

という由緒書《ゆいしょがき》を藩侯に提出し、ゆるされた。

天真楼塾は、喜びにわきかえった。伯元は年は若いが、礼節をわきまえた人物で門人たちとも親しく付き合っていた。学才にもめぐまれ、門人たちは、師玄白の養嗣子に伯元がえらばれたことを喜んだのだ。

玄白の家では、養嗣子披露《ひろう》の酒宴がひらかれ、笑い声が邸内にみちた。妻の登恵も正装して客や門人たちの応対につとめていたが、その顔には時折、淋《さび》しそうな表情がかすめすぎていた。

八歳の長女扇《せん》は人の訪れに興奮してはしゃぎまわっていたが、九歳の長男は、家の中のにぎわいがなにを意味するのか理解できぬらしく、廊下に立ってぼんやりと宴席をながめている。登恵は、子供たちを奥の部屋に連れて行ったが、長男を見つめる眼に涙があふれ出た。母親として、子供の不憫《ふびん》さが堪えられなかったのだ。

二十歳の伯元は、凛々《りり》しく玄白の業をつぐにふさわしい若者にみえた。客も門人も、正坐《せいざ》し折目ただしく客に挨拶《あいさつ》をする伯元を見惚《みと》れていた。玄白は、これで難事も解決したと思った。自分の代で断たれようとした家名が、伯元によって受けつがれることに深い安堵《あんど》を感じていた。

そうした喜びにあふれた玄白のもとに、悲報がつたえられた。それは、伯元の実父建部清庵の死去の報《しら》せであった。清庵は七十一歳の老齢で、嗣子亮策《りょうさく》にみとられてこの世を去ったのである。

幸い亮策はオランダ流医師として家督をつぐに十分な人物であった。そして、父の死後名を清庵とあらため、一関藩主田村侯《こう》に仕える身になった。

翌天明三年正月十五日、杉田伯元は初めて小浜《おばま》藩主に御目見《おめみえ》がゆるされた。

しかし、翌年正月十一日、玄白の家では悲しげな泣き声がみちた。十一歳の長男が、病死したのだ。不運な定めを背負って生れた長男は、突然病床にふすようになり、玄白の治療も効なく死亡したのだ。

玄白は涙を流し、妻の登恵は遺体にしがみついて肩をふるわせ泣いた。長男の遺体は、菩提寺に葬られた。新春にその生命を閉じたので、春了童子という戒名が墓にきざまれた。

伯元は、玄白夫婦の悲しみを見まもっていた。そして、その悲しみをやわらげるためにも、養父母である玄白と登恵に誠意をもって仕えねばならぬとあらためて心に誓った。

十五

平賀源内が獄死した安永八年、前野良沢《りょうたく》は厄介《やっかい》な仕事を引受けた。それは、ラテン文の翻訳であった。

良沢がオランダ語翻訳の第一人者であることは知られていたが、それが幕府に幼稚な錯覚をあたえた。幕吏は、オランダ語とラテン語の区別を知らず、横文字であるものは同類の西洋語であるにちがいないと判断し、ラテン語で書かれた西洋画の賛の翻訳を将軍家治《いえはる》の名によって中津《なかつ》藩主《はんしゅ》奥平昌鹿《おくだいらまさか》を通じ良沢に命じたのである。

良沢は、終始温情をしめしてくれる藩主の命にそむくこともできず、当惑しながらもその翻訳にとりくんだ。当時、ラテン語は実際には使われることも皆無であったので、長崎《ながさき》の通詞たちですらそれに対する知識はなかった。が、かれは、オランダ語のラテン語辞書を手に、その訳出にいどんだ。

それは極めて無謀な作業で、翻訳は遅々として進まなかった。

その頃《ころ》、例年のようにオランダ商館長アレンド・ウィルレム・ヘイト一行が江戸に出てきて定宿《じょうやど》の長崎屋に投宿した。一行中には、オランダ人が随行していて、疑問点を問うのに好都合であったが、良沢は長崎屋に足を向けることはしなかった。かれは、ターヘル・アナトミアを独力で翻訳したことに大きな自信をいだいていた。他者に頼ることを常としていれば、自然に依頼心が身にしみついてしまう。それを極力避けなければ、新たな世界に踏み出すことは不可能だと察していた。

苦しい日々がつづいたが、年の末にはその難業を成しとげることができた。それは誤訳の散見するものであったが、日本人としてまとまったラテン文を翻訳した最初のものであった。

かれは、題言に、

「大君命徴臣熹《よみす》翻訳西洋画賛。熹謹閲之《これをけみす》。……」

と前置きし、わが国ではラテン語を知る者なく、自分の学もはなはだ未熟であるが、君命を固辞することもできず意に染まぬ訳をする結果になった。後日再考し、また識者による改正を望むとしるし、藩主を通じて訳文を幕府に提出した。

この一事によっても、良沢は、医家としてよりオランダ語研究者として扱われ、かれ自身も自らをその範疇《はんちゅう》に入れていた。すでにかれは、「管蠡《かんれい》秘言」「翻訳運動法・測曜璣《き》図《ず》説」などの訳出をはたしていたが、それらは自然哲学ともいうべきもので、医家としての道から大きくはずれたものであった。

良沢とは対照的に、杉田玄白は、医家の道を着実にすすんでいた。かれは、ターヘル・アナトミアの翻訳をすすめている間、強い個性をもつ良沢をはじめ中川淳庵《じゅんあん》、桂川甫周《かつらがわほしゅう》の和をはかりながら訳業を成功にみちびいたが、そのことでもあきらかなように、多くの人間を統率する非凡な能力にめぐまれていた。

そうしたかれの長所が、弟子の育成という面にいかんなく発揮され、多くのすぐれた弟子が天真楼塾《じゅく》で熱心に医学修業にはげんでいた。しかも、それはオランダ流医術であるので清新の気があふれ、その中心となる思想は「解体新書」に盛られた実証主義であった。

大槻《おおつき》元節は、塾生中最も卓越した学徒であった。

かれは、「解体新書」に強い感銘を受けていた。従来、人体の内部が中国からつたえられた五臓六腑《ごぞうろつぷ》説と信じて疑わなかったかれにとって、「解体新書」は大きな衝撃になった。それは、旧説を根底から突きくずすものであり、しかも、実際の腑分けによってその記述の正しさが立証されている。かれは、「解体新書」が新しい医学のすすむべき道をしめす道標であることを確認し、天真楼塾に入門したことを幸いに思った。

学究肌《はだ》のかれは、「解体新書」の原著であるターヘル・アナトミアにも強い関心をいだいた。その原著は、天真楼塾の最も貴重な書物として丁重に保管されていて、玄白は、時にその書物を塾生たちに見せた。そこには、奇妙な文字らしきものが横にならんでいて、塾生たちは、ただ感嘆してそれを見つめた。

或《あ》る日、元節は、玄白の部屋を訪れると、オランダ語研究に手を染めてみたいと申出た。

「私は、解体新書によって眼《め》を開かれました。しかし、それからさらに奥深く入って医の道をきわめたいと存じます。先生は横文字と取り組み、解体新書を訳出なされましたが、私も先生にならい横文字を解したく存じます。なにとぞ御教示の程お許し下さい」

かれは、真剣な表情で言った。玄白の顔に微笑がうかんだが、その笑いはすぐに苦笑に変った。

「よき心がけだ。私も嬉《うれ》しく思う。しかし、物事には成るものと成らぬものがある。お前は、いつかは江戸遊学を終えて一関藩に帰らねばならぬ身だ。簡単に横文字などと申しても、それは決して江戸にいる間に修得など出来るものではない」

玄白の顔は、こわばっていた。その言葉は、元節に対するものだけではなくかれ自身にも向けられたものであった。

ターヘル・アナトミアの翻訳事業を進めている間、玄白もオランダ語を少しでも理解しようと努力した。が、それもむなしく、かれは良沢の訳出した文章を記録し、整理するにとどまった。「解体新書」刊行後、かれがオランダ語研究から遠ざかったのも、オランダ語の理解が至難であることをさとったためで、今後もそれに接する気持はうしなわれていた。

「よいか元節、気持はわかるが、オランダ語をきわめることは、長い年月他事をかえりみず全身全霊をかけてつとめても、成るか成らぬかという難業だ。そのことに打ち込めば、それだけ時間をついやし、肝腎《かんじん》の医の道を学ぶことがおろそかになる。お前は医術をきわめて、一関に帰らねばならぬ。そのようなことを考えず医術を専一に修業せよ」

玄白は、断定的に言った。

元節は、頭《こうべ》を深く垂れた。師の言葉が胸を刺し、かれは納得すると部屋を出た。

しかし、日がたつにつれて元節は落着きをうしなった。旧師の建部《たけべ》清庵《せいあん》は、元節が江戸へおもむく時、

「西洋医術の深奥《しんおう》をきわめよ」と、強い語調で言った。その旧師の期待にそうためには、オランダ語の研究にも手を染めねばならぬと思い直したのだ。

しかし、玄白の忠告もあるので、公《おお》けにオランダ語の修得にふみ切ることはできなかった。

かれは、思案の末、塾の先輩である有阪其馨《ありさかきけい》にひそかに頼みこんでA、B、C二十六文字を習いはじめた。其馨も、その熱心さにこたえ、自分の知るかぎりのオランダ

語を教えこんだ。

元節の進歩はいちじるしく、一カ月ほどの間にA、B、C二十六文字の綴字《つづりじ》の法も修得し、母音子音の配合から発音の法を知るまでに達した。それは、常人が一年も要してようやく習熟できることで進歩の早さに其馨は驚嘆した。

其馨は、ひそかに玄白のもとにおもむくとそれまでの経過を報告し、

「元節は、異常な才ある男です。私にももはや教えるべきものはありませぬ」

と、言った。

玄白は、思案するように眼を閉じていた。かれは、元節が豊かな才能にめぐまれた弟子であることを見抜いてはいたが、オランダ語の修得は到底無理だと思いこんでいた。しかし、其馨の言によると、元節は生れつき語学の才をそなえているらしい。

玄白は、喜びが胸にみちるのを感じた。もしも元節がオランダ語研究者になれば、天真楼塾の内容は充実し、オランダ流医術はさらに進歩するだろう。自分に欠けたものが元節によって埋められるかも知れぬ、とかれは思った。

その日、玄白は、元節にオランダ語修得を許可し、出来るかぎりの助力を惜しまぬとつたえたが、

「ただしオランダ語を学ぶことによって医の道をおろそかにしてはならぬ。医の道の

ためのオランダ語修得であることを忘れぬように……」

と、つけ加えた。

元節は喜び、師の言にしたがうことを誓った。

玄白は、早速元節に元オランダ稽古《けいこ》通詞《つうじ》荒井庄十郎《しょうじゅうろう》と密接に接触するよう指示した。庄十郎は、源内が殺傷事件を起し獄死してからは桂川甫周に引き取られ、その邸《やしき》に寄食していた。

元節は、庄十郎から語学の手ほどきを受けるようになった。しかし、稽古通詞であった庄十郎には、会話は出来ても訳文の知識がとぼしく、教えを受けることも尽きてしまった。

そのことを元節からきいた玄白は、ためらうことなく、

「前野良沢殿に教えを乞《こ》え」

と、元節に命じた。

玄白にとって、良沢は扱いにくい存在であった。ターヘル・アナトミアの翻訳が成ってから、玄白は良沢との交りも意識して避けていた。かたくなな性格の良沢に親密感はいだいていなかったし、交際をつづけることもわずらわしかった。

しかし、元節をオランダ語研究者とするには、良沢に師事させる以外に方法はない。

合理性を重んじる玄白は私情を排して元節を良沢に師事させ、その知識を吸収させせようとはかったのだ。

かれは、筆をとると良沢に書簡をしたためた。まず無音に過ぎた無礼をわび、元節の素姓と入門後の勉学ぶりを書きとめた。そして丁重な文章で、元節に教示をして欲しいと依頼した。

障子が細目にひらく音がした。妻の珉子《びんこ》が廊下に膝《ひざ》をついている気配が、背後に感じられた。珉子は黙ったままでいるが、良沢にはその用件がわかっていた。

良沢は、書見台から眼をはなし庭をながめた。新緑が庭一面にひろがっていて、両側に寄せられた障子に緑葉の反映が淡くひろがっている。

「また来たのか」

良沢がつぶやくように言うと、

「はい」

という珉子の声がした。

良沢は、唐突に自分の年齢を思った。俗に人生五十年だというが、すでにそれから八年が過ぎている。髪の白さも増し、しかもそれは枯れたように艶《つや》がうしなわれている。

玄関に五度も訪れてきている大槻元節という玄白の門人は、二十四歳だと玄白からの書簡にしるされていた。人の訪れは、語学に明け暮れるかれの気分をみだす。まして弟子をとることなど、時間の浪費としか考えられなかった。

かれには、死がいつ訪れるか知れぬという不安が強く胸にわだかまっていた。それだけに、かれは自分に残された時間を専《もっぱ》らオランダ語研究にそそぎこみたかったのだ。

玄白が元節という門人を寄越した理由は理解できたが、利用価値がある時のみに行動をおこす玄白が不快だった。が、同時に玄白が自ら語学の知識の足らないことをはっきりと自覚し、門人に良沢の門をたたかせようとする度量の大きさにも感心した。好意的な見方をすれば、自らの無学を恥じることなくさらけ出して、門人を育てることを第一義的に考えているとも解釈できる。

「どんな男だ」

良沢は、庭に眼を向けながら珉子にたずねた。

「奥州なまりの言葉を使います実直そうなお方です。病いでお眼にかかれませぬと申しますと、御快癒《ごかいゆ》の頃《ころ》を待ち参上つかまつりますと言って帰ってゆかれるのが常でございます」

珉子は、答えた。

良沢は、妻がいつの間にかその青年に好意をいだいていることに気づいた。珉子は、良沢の気心もよく知っていて、夫の好む人物を見ぬくこともできる。おそらく好しい青年なのだろう、とかれは思った。

「またお断りいたしますか」

珉子が、言った。

良沢は、しばらく黙っていたが、

「今日の訪れで何回目だ」

と、たずねた。

「五回目でございます」

珉子が、抑揚のとぼしい声で答えた。

「そうか。ところで今日は、私の病いはどのようかな。大分癒《い》えているようか」

良沢は、いたずらっぽい眼を珉子にむけた。

「そうでございますね。いつもよりは顔色もおよろしいかもわかりませぬ」

珉子も、可笑《おか》しそうに眼をかがやかせた。

「そのようにみえるか。それならば、会ってみるか」

良沢が言うと、珉子は、口もとをゆるめて立ち上り、廊下を玄関の方へ去っていった。

しばらくすると足音が近づき、障子がひらいた。良沢が振向くと、たくましい肩をした若い男が廊下に手をつくのがみえた。

「こちらへ……」

良沢がうながしたが、男は、廊下に手をついたまま名を名乗った。そして、部屋に入ってくると、再び手をついた。

久しぶりに接する未知の男であったが、良沢は一見して不快な気分にはならなかった。男は純朴《じゅんぼく》そうで、その誠実さが顔にあらわれている。一事に専念する人間特有の頑固《がんこ》さを秘めているようにも思えた。

玄白はいい門人を持っている、と良沢は胸の中でつぶやいた。

「あらかじめ申しておくが、私は、貴殿にオランダ語をお教えする時間が惜しい。人に教えるよりも、自ら研鑽《けんさん》せねばならぬ、いわば学業半ばの身だ。しかし、折角の御依頼なので月に二度にかぎってお眼にかかる。それでよろしいか」

「十分でございます」

「それなら、浅学の身ではあるが御教示いたそう。まず青木昆陽《こんよう》先生の和蘭《おらんだ》文字略考を清書し、繰返し読み、そして書くことを心掛けるがよい。それに習熟した折に、拙《せっ》宅《たく》へおいでなさい」

「そのようにいたします」

元節は、再び手をついた。それから短い会話をかわすと、元節は部屋を出て行った。

元節を送り出した珉子がもどってくると、

「大槻様を門人になされたのですか」

と、たずねた。

「いや、門人ではない。月に二回会って話をするだけだ」

良沢は答え、書見台に眼を落した。

元節が天真楼塾にもどって、良沢にようやく面会を許されたことを報告すると、

「会ったか」

と、玄白は笑った。

「病いと称しておるが、どんな具合だった」

と、玄白がきくと、

「先生の奥さまは、気分がよいから会うと申されましたが、先生はお元気のようでございました。体も大きく眼光炯々《けいけい》としていて、威圧され、恐しく思いました」

元節は、額の汗をふいた。

「そうか」

玄白は、かすかな笑いを顔に浮べてうなずいていた。

その後、元節は、良沢の家を月に二回訪れることを繰返していたが、良沢は元節の才能と学に対する熱情に心を動かされた。そして、自分の知識を元節に教え、元節もそれにこたえて一心に勉学にはげんだ。

元節の知識は、次第に豊かなものになった。良沢の開拓した道を、元節は着実に一歩一歩すすんだのである。しかし、元節の江戸遊学は一関藩主によって許されたもので、その期間は三年と定められていた。良沢と会ってから、わずか一年しか期間がなかったのだ。

良沢は、元節の境遇を哀れに思った。自分の知るかぎり、元節は最も語学の才に恵まれた人物に思えた。

元節は、初歩的な勉学を終えて、翻訳にも手を染める段階にまで成長してきている。かれは、ヘーステルの外科書を持参して、大胆にも翻訳しようとする意図すらしめしている。その翻訳は、玄白が「解体新書」刊行後手をつけ、語学力のとぼしさから放《ほう》擲《てき》したものだが、元節は、師玄白の意を体して、良沢に熱心な質問を浴びせかけてくる。良沢は、自分の学が元節によって継承されるようにも思えてきた。

かれは、元節を江戸にとどめ、オランダ語研究に専念させたかった。

或る日、元節が良沢のもとにきている折、たまたま仙台藩医工藤球卿《くどうきゅうけい》が訪れてきた。工藤は西洋医学に関心をもつすぐれた医師で潔癖な性格が良沢の意にかない、数少い知友の一人であった。

良沢は、工藤に元節を紹介し、

「工藤殿。この大槻という書生は、貴藩の支藩である一関藩の藩医で、私に蘭学《らんがく》を学んでいる。きわめて熱心に学にはげみしかも才にめぐまれている。ただ惜しいことに、遊学の期限がせまっている。学業半ばにして一関に帰ることは、まことに残念だ」

と、表情をくもらせた。

元節は、いつも冷ややかな良沢の思いがけぬ温情にみちた言葉に感動し、頭を垂れた。

工藤は、元節の眼に光るものが湧《わ》いているのを見て、深くうなずいた。

「先生がそのように言われるところをみると、この書生の学才が並々ならぬものであることが理解できます。私に、お任せいただきたい。一関藩主田村侯にお願い申し期限を延ばしていただくようつとめてみます」

と、工藤は言った。

その後、工藤の懇請がいれられ、藩主から元節に期限延長の許可がつたえられた。その頃、元節は玄沢《げんたく》と名を改めた。それは、郷里一関の近くに黒沢という地があり、黒は玄に通じることから玄沢と医家らしい名にしたのである。

天明二年五月、遊学期限がきれた玄沢は一関に帰り、妻帯した。かれにとって蘭学の志は強く苦悩したが、それを知った藩主は江戸勤務を命じた。

かれは、その年の八月、嬉々《きき》として江戸にもどった。

良沢のオランダ語に対する理解は、かなり高度のものになっていた。生来のすぐれた語学の才能にくわえてたぎるような情熱がもたらした成果で、その語学力は他者の遠くおよばない域に達していた。

かれは、オランダ語の読解力を駆使して蘭書を読むことに喜びを感じていた。ターヘル・アナトミアの翻訳では、未知の人体構造を解き明かせたことに興奮したが、他の領域での新知識を得ることにも熱中した。かれは、蘭書をえらんで異国から取り寄せる境遇にはなく、たまたま入手した蘭書を手あたり次第に読む結果になっていた。それらは医書とは異った分野の書物が多く、必然的に医の道から遠ざかることにもなっていたのだ。

「解体新書」刊行後三年目に著した「管蠡秘言《かんれい》」は、「管をもって天をうかがい、蠡《ひさご》(貝殻)にて海の量を測る」ようなせまい見識ではあるがと題しているが、それは蘭書を読んで得た知識をもとに旧来の説を排した宇宙論であった。

例えば、生存する地は宇宙の中の一点にすぎぬ塊で、形が玉のように円形であるので地球と称し、赤道、南・北極等があると書きとめている。

地球については、中国から伝来した説によると、「地ハ方ニシテ棊局《ききよく》ノ如《ごと》シト云《い》ヒ、或《あるい》ハ地ノ下ニ四ツノ柱アリト云フ」などとされているが、それは過ちであると指摘している。そして、「地球ノ周リ、凡《およ》ソ一万三千八百四十六里」「地面ヨリ其《その》中心ニ至リテ、凡ソ二千二百余里」とし、それは「北星ヲ窺《うかが》フテ測リ知ル所ニシテ、其《その》術尤《もっと》モ切実ナリ」とその測定根拠にまでおよんでいる。「大州」の条には、中国・インドの人たちは、中国、天竺《てんじく》のみが大国で、それ以外は附随《ふずい》した小国と思いこんでいるが、世界は広く亜細亜《アジア》、欧羅巴《エウロパ》等六大州で構成されていると説いている。

またアメリカ大陸発見についてもふれ、「……今ヨリ二百八十余年前(我邦明応二年ニアタル。乃《すなはち》後《ご》土御門《つちみかど》帝ノ御宇《ぎよう》也《なり》)、欧羅巴ノ内、意太利亜《イタリヤ》国ノ人閣龍《コンリヨン》(コロンブスのこと=筆者注)ナル者アリ。……海中尚《なほ》国土アルベキヿ《こと》ヲ量リテ、西海ニ舟行ス」

と記し、数カ月の航海後、大西洋を横断して別世界に到着した。それが、「イスパニヨラ」「クウバ」「アメリカ」「センドミンガ」であったという。

その他、海、泉、川、湖、雲、霧、雨、露、火山、地震、空気、天体、星等を自然科学の発達したヨーロッパの知識にもとづいて説き、天体の運行についての叙述も正確で詳しい。

「南極、北極間ノ正中ヲ赤道ト名ヅク。日輪（太陽）此《こ》ノ道ヲ行《や》ルトキ、昼夜平分ナリ。極南、極北ニヨリテ行ルトキハ、赤道以北ノ地ハ昼長ク夜短カク、赤道以南ノ地ハ半年許《ばか》リ常ニ夜ナリ。日輪南ニヨリテ行ル時ハ、悉《ことごと》クコレニ反スルナリ」

月の欠けて見える原因についても科学的に説明し、日蝕《につしよく》の現象については、「地球ハ日ト月トノ間ニアリ。……時アリテ日輪ノ道ト地上ヨリ見ル所ノ直当ト、三トモニ同ジ線ニ合スルトキハ、日食ト名ヅクル也」と、的確に記している。

良沢は、さらに、「翻訳運動法・測曜璣《きず》図説」によって力学的な解説をし、ニュートンの学説まで紹介している。

このように良沢は、オランダ書をもとにした記述を精力的に推しすすめていた。そうした良沢に、大槻《おおつき》玄沢はその知識を少しでも吸収しようとつとめていた。

しかし、良沢は、あくまでも自分の学業に専念していて、玄沢に教授することは生活の些細《ささい》な一部でしかなかった。乞われる範囲で教えるだけのことで、門人育成などという考え方は微塵《みじん》もなかった。かれは、依然として人と接することを極力避け、ただひとり学にいそしむことを念願にしていたのだ。

安永九年七月二十四日、藩主奥平昌鹿《おくだいらまさか》が三十七歳の若さで病歿《びょうぼつ》した。良沢は、その死を悲しんだ。藩医でありながら医の道をおろそかにし、ひたすらオランダ語研究に没頭することができたのは昌鹿の温情によるものであった。

長崎への遊学を許し、ターヘル・アナトミア購入の費用を出してくれたのも昌鹿であった。つまりターヘル・アナトミアの翻訳事業は、昌鹿の助力なしには得られなかったのだ。またボイセンの「プラクテーキ」を下賜《かし》してくれたのも昌鹿で、良沢にはその恩を忘れることができなかった。

昌鹿の死とともに昌男《まさお》が藩主となった。良沢は、藩医として昌男に仕えながらも貧しさに堪えて訳業に日を送った。

そうした良沢とは対照的に杉田玄白の存在は、一層華々しいものになっていた。

養子に迎え入れた杉田伯元は、天明三年一月十五日、藩主酒井侯に御目見《おめみえ》がゆるされ、翌四年九月九日には三人扶持《ぶち》となって藩主にかかえられた。伯元の身分が公《おおや》けに確立したことは、玄白の喜びでもあり天真楼塾《じゅく》の慶事でもあった。玄白は、オランダ流医家として伯元の大成することを願った。

また玄白は、玄沢が良沢に師事してオランダ語研究者として着実な歩みをつづけていることに満足していた。玄白は、医家であると同時に「解体新書」の訳者としても知られている。純粋な医家の継承者である養子の伯元と蘭学研究者を得たことは、天真楼塾に二本の太い支柱が据《す》えられたような心強さを感じた。

玄沢は、良沢から口授された知識を整理し増補することにつとめ、天明三年九月「蘭学階梯《かいてい》」の述作をまとめた。それは、良沢のオランダ語に対する知識を広く世に紹介したもので、オランダ語の発音、一般的な学習方法の概略をしるしたものであった。この書物は、良沢の語学力の一端を公けにしたもので、オランダ語研究の門戸をひらく糸口にもなった。

玄白の門は、そうした喜びにみちていたが、世情は暗澹《あんたん》としていた。

その年の七月、浅間山《あさまやま》が大震動とともに噴火し、麓《ふもと》の宿場《しゅくば》に赤熱《しゃくねつ》した石が降って焼きつくした。その後上州吾妻郡《あがつまごおり》の吾妻川に熱湯がふき出し、川に沿って点在する二十二カ村の人畜、家屋を押しながすという惨事にも発展した。

また奥羽《おうう》一帯に大飢饉《だいききん》がひろがり、餓死者が相つぎ、その影響をうけて江戸でも米価が高騰した。

さらに翌天明四年には、前年以上の飢饉が奥羽をおそった。殊《こと》に南部、津軽《つがる》の被害は甚大で、食物は絶え、人々は餓死者の死体を食い、幼児を殺して飢えをしのぐような無残な行為がみられた。秋になると、飢饉に附随する疫病《えきびょう》の大流行がみられ、完全に死に絶えた村落も多かった。

そうした悲惨な話が江戸市中にもながれ、人々は恐れおののいたが、不安な人心をねらってか町々に夜盗の出没が口から口につたえられた。そのため、夜間に出歩く者も稀《まれ》になった。

また十二月二十六日夜には鍛冶橋《かじばし》の近くにある遠江横須賀藩《とおとうみよこすかはん》の屋敷から発した火が強風にあおられ、南は新橋、北は京橋にいたるまで焼きはらい、さらに火は東南にのび、数千戸を灰に化した。

このような災害が頻発《ひんぱつ》した年だったが、江戸城内でも事件が発生した。

老中田沼意次《おきつぐ》の嫡男意知《ちゃくなんおきとも》は前年十一月一日に若年寄に推されていたが、三月二十四日、佐野善左衛門政言から突然刃傷《にんじょう》をうけた。意知は深傷《ふかで》を負って翌二十五日に死亡し、政言は翌月三日山河下総守《しもうさのかみ》の立会いのもとで切腹した。この事件は、権勢をほしいままにしていた田沼意次の嫡男の殺害であるだけに、世人に大きな衝撃をあたえた。

そうした不穏な空気の中で、大槻玄沢は、六月に郷里の一関へ帰った。老いた父玄《げん》梁《りょう》の病いが篤《あつ》いとの手紙を得たからであった。玄沢は、治療につとめたが、それもむなしく一カ月後に父は死亡した。その悲しみの中で、翌月、かれは家督をつぎ一関藩医となった。

かれは、そのまま一関にとどまっていたが、翌天明五年二月、藩主田村侯の出府に随行して江戸にもどった。

郷里で一年近くを過した玄沢は、その間に長崎《ながさき》遊学を考えるようになっていた。江戸には前野良沢という日本随一のオランダ語学者がいて教えをうけるのに事欠くことはない。が、長崎は西洋にひらかれた唯一《ゆいいつ》の門戸であり、出島《でじま》にはオランダ商館が立ち、多くのオランダ通詞《つうじ》がいる。オランダ語をきわめるためには、長崎におもむいて著名な通詞から知識を得る必要があると思ったのだ。

しかし、かれには長崎遊学に必要なたくわえがなかった。往復の旅費も並大抵の額ではなく、遊学するからには長崎に半年間はとどまりたい。その間の逗留費《とうりゅうひ》にくわえて通詞らとの交際や蘭書の購入などにかなりの金を要するはずだった。

玄沢はためらったが、遊学の意はつのって、江戸にもどると師の杉田玄白にその希望をもらした。

「それはよいことだ。お前はまだ若い。行け。そして学にはげめ。長崎に行けば、学業もいちじるしく進む」

杉田玄白は、顔を紅潮させてその申出を喜んだ。

しかし、玄沢の表情は冴《さ》えなかった。師事している前野良沢は十五年前中津藩主奥平昌鹿から経済的援助を得て長崎へ遊学したときいているが、家督を相続したばかりの玄沢には藩主に助力をもとめることはできない。三万石の小藩の藩医である貧しい玄沢には、遊学費を捻出《ねんしゅつ》する方法がなかった。

玄沢の表情に気づいた玄白は、

「金のことを気づかっているのだな」

と、問うた。

玄沢は、頭《こうべ》を垂れた。

「そのようなことはなんとかなる。私も決して豊かではないが、出来るだけのことはする」

玄白は答えた。

玄沢は師の言葉にはげまされ、前野良沢にも自分の望みを告げると、良沢も賛成してくれた。

そのうちに、思いがけぬ助力者があらわれた。それは蘭学に深い関心をしめしていた福知山藩主朽木龍橋《くつきりゅうきょう》で、遊学費を提供することを申出てくれたのだ。それによって、玄沢の長崎遊学が決定し、玄白や前野良沢の子の達《たつ》らが歓送の詩・句を贈り、玄白の養子伯元が途中まで同行することになった。

十月七日早朝。玄沢は玄白に別れを告げ、下男をともなった伯元と塾を出た。有阪其馨《ありさかきけい》、中川仙守《せんしゅ》らがかれを見送り、一行は翌日藤沢《ふじさわ》の宿に達した。そこで玄沢は伯元と別れ、ただひとり東海道を長崎へと向った。

十六

宝暦五年以後、相つぐ飢饉《ききん》、大火、洪水《こうずい》、疫病《えきびょう》の続発で社会不安はたかまっていた。殊《こと》に天明の大飢饉は庶民生活を激しくおびやかし、各地で米騒動が起った。それに対して幕府は、米の買占めを禁止し問屋の独占機構をくずすなどの政策をとったが、地方からの米の入荷量は少く、その高騰《こうとう》はやまなかった。

飢饉にあえぐ農村では田畠《でんばた》を捨てる者が多く、それらは流民化《るみんか》して続々と江戸へ流れこんできた。が、江戸でも雇人をつかう武家や町家が物価の高騰に苦しんで家計は窮迫し奉公人を解雇している状態であったので、江戸市中には無宿人の数が日増しに多くなっていた。

幕府は、これらの難民を救済するため江戸市中に六万坪におよぶ無宿小舎《ごや》をつくり、流民を収容して食物をあたえ、両国広小路《りょうごくひろこうじ》に施行《せぎょう》小屋をもうけて粥《かゆ》を給したりした。が、このような糊塗《こと》的な政策は根本的な解決とは程遠く、社会混乱は一層激化した。

庶民のあせりは怒りとなって、それが食糧不足をたくみに利用して巨富を得ることに専念する豪商たちにむけられると同時に、無能無策の幕府への非難にもなっていた。幕政を牛耳っていたのは老中首座の位置につく田沼意次《おきつぐ》であったが、庶民は、世情が悪化した原因は意次の政治姿勢にあるとして、かれに対する反感は激しかった。

下級武士から異常な出世をつづけて老中にまでのぼった意次は、常軌を逸した処世術を身につけていた。かれは、保身のために将軍の信頼を得ることにつとめ、権力者への接近と懐柔に効果的な手を打つことをくり返していた。そのため、かれへの嫉《ねた》みもあって、贈賄《ぞうわい》をしきりにおこなっているという声が幕府内をはじめ庶民の中にまで定説として広く流布されていた。

かれは、経済を重視し、オランダ貿易にも熱意をしめして積極的な政策を推しすすめていたが、相つぐ天災による経済混乱を鎮静させることはできなかった。そして、かれは、自分に対する幕府内と庶民の憎しみが増すにつれて一層保身につとめるようになっていた。

将軍は第十代の家治《いえはる》であったが、意次は将軍継承問題が自分の身を危うくするか否《いな》かの岐路になると判断し、積極的な介入をこころみていた。それは、かなり以前から画策されていたことで、かれにはまず家治の継承者と予定されていた家基《いえもと》の存在が邪魔であった。家基は、意次に反対する譜代大名たちの期待を一身にあつめていて、家基が将軍になることは意次の立場を不利なものにするにちがいなかった。そのため意次は、次代の将軍が自分と関係の深い者であって欲しいと願うようになっていた。

その家基が、安永八年に十七歳の若さで急死した。江戸近郊に鷹狩《たかが》りにおもむいた帰途、急に駕籠《かご》の中で苦しみ出し帰城後悶死《もんし》したのである。それは意次を喜ばせたが、家基の死が意次の手による殺害であるという説が流れた。鷹狩りに随行していった池原雲伯という典薬が意次と親しく、かれの命にしたがって毒を盛ったのではないかというのだ。

その噂《うわさ》を裏づけるように、意次の活動は急に積極的になった。かれは、自己の勢力を安定させるために、親しい関係にある一橋治済《ひとつばしはるなり》の長男豊千代を次の将軍に据《す》えようと画策し、遂に天明元年豊千代を継承者とすることに成功した。

このような強引な施策は、幕府内のみならず庶民の憤《いきどお》りを一層つのらせた。

そうした中で、良沢《りょうたく》は、黙々と著述につとめ、「仁言私説」についで「輿地《よち》図編小解」を著していた。「仁言私説」は、「慈悲深し」という意味のオランダ語 barmhartig の同義語を多く並べたもので、オランダ語研究者に対して好指標となる著述であった。

また「輿地図編小解」は、フランスの地理学者サンソンの著した世界地理の書物を抄訳したものであった。これは、むろんフランス語によって書かれたものであるが、良沢は、地理に対する旺盛《おうせい》な好奇心からフランス語にも大胆にふれたのである。

さらに大槻《おおつき》玄沢が長崎遊学に出発した天明五年には、「和蘭訳筌《おらんだやくせん》」を著した。これは、オランダ語教科書を訳出したもので、文法をはじめ文章の訳し方を多くの短文を例に訳出している入門書であった。この一書は、オランダ語学習者にとって有益なものので、良沢もその書の序に、

「(オランダ語を学ぼうとする者は、一心に勉学して) 是《これ》ヲ読ミ、掩巻暗誦《えんくわんあんしょう》シテ語路貫通シ、文意精熟センコトヲ要ス可《べ》シ」

と、書きとめている。

その著述が成った翌天明六年は、あわただしい年であった。

長崎に遊学した大槻玄沢は、オランダ大通詞《おおつうじ》本木栄之進《えいのしん》らについて勉学し知識を深

めて五月に江戸にもどってきた。

かれには、一つの朗報が待ち受けていた。かれは仙台《せんだい》藩の支藩である一関藩の藩医であったが、その学識と才能が本藩の認めるところとなって仙台侯の医員に推され、禄高《ろくだか》百二十石で江戸に定住することをゆるされたのである。

経済的にも安定し、しかも蘭学の勉強に有利な江戸にとどまることを許された玄沢の喜びは大きく、京橋一丁目に仮宅後、八月には本材木町に居をさだめて学塾《がくじゅく》芝蘭堂《しらんどう》をひらき独立した。

その頃《ころ》、幕府内では大きな変革がおこっていた。

田沼意次は、一橋治済の長男豊千代を将軍の座につかせようとしていたが、その焦《あせ》りが思わぬ不運をまねくことになった。その月、将軍家治は病いに倒れたが、意次のもとに出入りしている町医の若林啓順と日向陶庵《ひゅうがとうあん》が投薬すると家治は急に苦しみ出し、嘔吐《おうと》をつづけた。家治は毒を盛られたと激怒し、意次に対して思いきった処置をとることを側近に命じたのだ。

処断は敏速にすすめられ、八月二十七日に意次は老中職を免ぜられ、ついで十月五日には二万石を召し上げられた。その後、江戸の役宅、大阪の蔵屋敷についで本領も没収され、閉門の身となってしまった。

田沼意次の突然の失脚は、杉田《すぎた》玄白の周囲にあわただしい混乱をまき起した。

まず将軍侍医として本丸に詰めていた千賀道隆《みちたか》と子の道有が、寄合医に落された。道有は、田沼意次の妾《めかけ》神田橋御部屋様の仮親で、意次の絶大な威光を背景に多額の財と権力を得ていた。平賀源内も千賀父子によって意次に接近し、幕府の助力で事業活動もできたのだが、意次の失脚と同時に千賀父子もその華やかな地位からすべり落ちたのだ。

また「解体新書」の完成に協力した桂川甫周《かつらがわほしゅう》も、意次との関係が深かったため本丸詰の奥医師から寄合医に格下げとなった。

その年の九月、家治は死亡し田沼時代は去った。

そうした混乱の中で、杉田玄白の蘭方医としての地位はさらにたかまっていた。かれは、前年若狭小浜《わかさおばま》藩主にしたがって小浜城に旅をして金二百疋《ぴき》を賜り、帰路京都に立ち寄り古医方の大家である小石元俊《こいしげんしゅん》と親交をむすび江戸にもどってきていた。

門人の大槻玄沢は塾をひらき、養子伯元は天真楼塾の統率者としてオランダ医学の知識吸収に余念がない。玄白は、富も得て精神的なゆとりも見出《みいだ》すようになっていた。

ただかれの胸を痛めていたのは、妻登恵のことであった。登恵は、一年ほど前から病臥《びょうが》する身になっていた。時折気分の良い日には、十二歳の長女扇《せん》や下女に付添われて庭に出たりしていたが、身を横たえている時の方が多かった。

玄白は、登恵を哀れに思った。登恵はつつましい性格で、芝居見物をすすめても応ぜず、外出もしない。ひたすら玄白を訪れてくる客の応対につとめ、さらに天真楼塾に集る門人たちの世話をすることに専念してきていた。

そうした登恵は、客に評判がよく、門人たちからも慕われていた。

玄白は、登恵の身を案じて投薬をつづけていたが、いっこうに恢復《かいふく》のきざしはみられなかった。

かれは、やがて伊与《いよ》という若い女と情を交すようになっていた。名声と富を得た医家として妻以外の女性を持つことは決して不自然ではなく、登恵が病身であることからも養子伯元をはじめ周囲の者たちは、玄白の行為を当然のこととして受け入れた。

また登恵も、女に家をあたえてしばしば足をむける玄白を責めるようなことはしなかった。と言うよりは、自分が病身である故《ゆえ》に夫に十分な世話もできぬことを恥じていた。

その年の十一月、伊与に男子が出生した。

それを知った登恵は、伯元を養子に迎えておいたことを幸せに思った。もしも伯元を養子にしておかなければ、伊与の生んだ男子に家督を相続させることになっただろう。それは、登恵にもさすがに堪えられぬことであった。

……玄白は、五十四歳であった。

その年の秋、京都の古医方の第一人者小石元俊が、門人真狩元策《まかりげんさく》をともなって杉田玄白のもとを訪れ、翌天明七年三月まで江戸にとどまった。

元俊は漢方医であったが、オランダ医学の内容を知ろうと志し玄白の医術論に熱心に耳をかたむけた。

玄白は元俊の熱意にこたえて、かれを門弟の大槻玄沢の家に逗留《とうりゅう》させ、養子伯元をおもむかせて三者で討論させたりした。そして、元俊の漢方医としての知識を伯元に吸収させるため、京都へもどる元俊に伯元を同行させて欲しいと申出て許しを得た。

玄白は、伯元にオランダ医学のみならず漢方医学の真髄を身につけさせ、豊かな知識をもつ医家になることを望んだのだ。

伯元は、京都におもむいて元俊のもとで学び、さらに一般教養を得るため玄白と親しく文通していた柴野栗山《しばのりつざん》について漢学の素養を身につけることにもつとめた。

天明七年は、社会混乱が最高潮に達した。

田沼意次は失脚したが、残存する田沼派の妨害で幕政を統率する者はあらわれなかった。そのため幕府は、物価騰貴をおさえる積極的な政策をとることもできず、庶民の不安はつのるばかりだった。そのうちに米価の高騰に堪えきれなくなった庶民は、町奉行所へ訴願を繰返しおこなうようになったが貨幣流通の停止などの噂《うわさ》が乱れ飛びはじめ、世情は騒然となった。

市民の間に米が枯渇するという噂もひろまって、目前に飢餓が迫っているという不安におののいた庶民は遂に実力行動にふみきった。

まず五月十一日夜、大阪で二百軒におよぶ米穀商をはじめとした商店が打ちこわされたのを手初めに、それはまたたく間に各地にひろがっていった。そして、江戸でも同月十八日本所、深川でおこった米騒動が江戸市中に野火のような早さでひろがり、庶民は鉦《かね》、太鼓を打ち鳴らして昼夜の別なく大店《おおだな》をおそい、食糧その他日用品を強奪した。襲われた店は一万軒にもおよび、打ちこわしは三日間にわたって繰返された。かれらは暴徒にちがいなかったが、打ちこわしにかかる前に店の行燈《あんどん》を消させて出火を予防するなど秩序正しい行動もしめした。

江戸の大打ちこわしは幕府に衝撃をあたえ、在庫米の摘発と各地からの米穀の大量買付に狂奔し、ようやく人心をしずめることができた。

この暴動は、幕府内に依然として勢力を張っていた田沼派に打撃をあたえ、反田沼派の輿望《よぼう》をになう老中松平定信《まつだいらさだのぶ》を前面に押し出す結果を生んだ。そして、六月十九日、定信は三十歳の若さで老中首座につき、幕府を統率することになった。

田沼意次にかわって定信が老中首座に就任したことは人心を安定させるのに効果があり、定信もその期待にこたえて清潔な政治と庶民の生活維持を第一義とした政策の実施につとめる姿勢をしめした。

玄白も、世情が平穏になったことに愁眉《しゅうび》をひらき、定信の相つぐ新政策を歓迎していた。さらに十一月に入って間もなく、親交のあった柴野栗山が幕府に出仕をもとめられて京都から江戸へ招かれるということを養子伯元からの書簡によって知り、その喜びは倍加した。新しい政策を積極的に推しすすめる定信が、栗山のような学者を登用する傾向を好しく感じたのだ。

年が明け、一月七日夜、栗山が江戸についた。玄白の家には登恵が病臥しているので、大槻玄沢の家がその宿に定められた。

翌々日、江戸には珍しいほどの大雪が降り、玄白は栗山を玄沢の家に雪をおかして訪れ、その後もしばしば栗山と会って親交を深めた。

一月二十日、玄白の家に泣き声がみちた。三年余も病臥していた妻の登恵が死去したのだ。門人たちは慈母のように慕っていた登恵の死を悲しみ、殊に十四歳の長女扇は母の遺体にとりすがって泣いた。登恵は、四十四歳であった。

妻の死は玄白を悲しませたが、それはかれに人生の一区切りがやってきたような気持をいだかせた。無名の小浜藩医であったかれは、「解体新書」の訳者として名をあげ天真楼塾を興した。養子に伯元を得、さらに門人大槻玄沢を蘭学者として独立させることができたかれは、すぐれた後継者を得て余生をたのしむ境遇に達したことをさとったのだ。

登恵の死後一カ月ほどして養子伯元が京都からもどってきたので、塾は伯元に一任した。また大槻玄沢に蘭学のこともすべて託し、オランダ語からも完全にはなれた。すでに玄白のもとには診察を乞《こ》う患者の訪れが絶え間なく、かれはいつの間にか江戸屈指の流行医になっていた。身辺は多忙をきわめ、富は日を追うて増していった。かれは、喪が明けると、すでに男子を産んでいた伊与を家に入れて正式に妻とした。長女扇は美しい娘に成長していて、養子伯元と結婚することも定まっていた。

玄白には憂うべきものはなく、臨床医としての仕事に専念するようになった。かれは、さらに華やかな栄進への道を進みはじめたのである。

十七

前野良沢《りょうたく》は、老いた。

かれは、玄白が伊与を後妻として家に入れた天明八年、六十六歳になっていた。豊かな白髪につつまれた頭部にもわずかに地肌《じはだ》がみえるようになり、額の皺《しわ》も深まった。

しかし、背筋は正しく伸び、終日書見台に対してもその姿勢はくずれなかった。訪れる者もなく、家の中は森閑としていた。

藩主奥平昌男《おくだいらまさお》は、前々年の天明六年二十四歳の若さで江戸上屋敷で死去し、島津重豪《しまづしげひで》の次男が六歳で家督を相続、藩主奥平昌高《まさたか》になっていた。幼君ではあったが聡明《そうめい》のきこえは高く、家臣の期待も大きかった。

良沢の藩内での立場は、微妙であった。百石取りの藩医でありながら、医業には背をそむけてオランダ書の訳述のみに専念している。その語学力は、他の比肩をゆるさぬ高度のものらしいと知ってはいたが、藩務をおろそかにしている良沢への反感は強かった。

しかし、かれのすぐれた業績を理解する藩士もいた。その一人に簗《やな》次正（又七）がいた。

次正は、中津《なかつ》藩士生田次左衛門の五男として生れ、十四歳で同藩士簗半兵衛の養子となって家督を相続した。かれは、小野派一刀流の剣術以外に槍術《そうじゅつ》、弓術に長じ、また堀川《ほりかわ》学をまなび兵術にも豊かな知識をもっていた。

安永十年三月十六日、三十一歳になった次正は、多病を理由に永の御暇《おいとま》を願い出てゆるされ、各地に遊んだ。それは、藩主昌男がかれを自由の身とすることによってそのすぐれた資質をさらにたかめさせようとした配慮からであった。

かれは、堀川学を通じて水戸《みと》藩士とも親交があったことから水戸侯に召され、剣道指南をつとめるかたわら兵学をも講じ、水戸侯からその功を賞せられて狩野探幽《かのうたんゆう》の筆になる茶碗《ちゃわん》をたまわったりした。

二年後の天明三年正月、江戸にもどった次正は、同年十一月に中津藩に帰参し、職はすすんで同五年七月には陣道具奉行に抜擢《ばってき》された。かれは、百石取りの藩士であったが、藩侯の信頼も篤《あつ》く文武両道の士として特異な存在になったのだ。

かれは、築地鉄砲洲《つきじてっぽうず》の中津藩中屋敷内に住んでいて、同じ屋敷内に居宅をもつ良沢の家にもしばしば訪れた。良沢は、藩士との付合いも避けていたが、次正は例外だった。

その結びつきは、一節截《ひとよぎり》という管楽器であった。

良沢は、幼い頃《ころ》孤児になって養育された伯父の淀侯《よどこう》医師宮田全沢《ぜんたく》から「人という者は世に廃《すた》れかけた芸能を習い末の世まで絶えざるようにしなければならぬ」という教えを受け、その古風な尺八の修得につとめていた。そして、老年に入ってもそれを捨てず、宗勲流《そうくんりゅう》の秘曲をかなでるまで奥儀《おうぎ》をきわめていた。かれは、時折訳述の合間に一節截を口にあてて奏曲を楽しんでいたが、それを耳にした築次正が教授を乞《こ》うた。

良沢は、廃れようとしている一節截を習おうとする次正に好感をいだいた。藩士をふくめて人々が功利的になっている風潮の中で、なんの実益もない管楽器に関心をしめす次正に人間的な興味をいだいたのだ。

次正は良沢の指示で一節截を買いもとめ、それに「玉うたは」という銘をしるし、良沢の教示をうけて修得につとめ技もすすんだ。そして、良沢もかれと曲をかなでることを楽しみ、その間に交す会話で次正がかなりの学をおさめていることも知った。また次正は、良沢の感化を受けて西洋文明にも関心をしめし、良沢の口にする異国の話に熱心に耳をかたむけていた。

次正は、自然に良沢の息子の達《たつ》とも親しく交るようになっていた。達は、良庵《りょうあん》と号して妻を迎え入れ、父の良沢、母珉子《びんこ》とともに和歌を良くし、同じ趣味をもつ次正とも歌をよみ合っていた。

良沢は、次正の口から高山彦九郎正之《ひこくろうまさゆき》という人物の名をしばしば耳にするようになった。彦九郎は上野国新田郡細谷村《こうずけのくににったごおりほそやむら》の豪農の子で、儒生として総髪、帯刀を許されているという。そして、次正は達にも彦九郎を紹介し、たちまち親密な間柄《あいだがら》になっているようだった。

「彦九郎殿は、驚くほど学識豊かな方でございます。朱子学、崎門《きもん》学、古学、陽明学、国学、和歌、神道《しんとう》など幅広い知識をもっておられ、それに東奔西走、精力的に旅をなされ、各地で学者との交りも深く、まことに魅力ある方です。なによりも感服いたしますのは、蒼穹《そうきゅう》のごとく清らかな心の持主であることです。次正殿には、よき方をお引合わせいただいたと感謝いたしております」

達は、眼《め》をかがやかせて言った。

「学識を得るために旅をしておるのか」

良沢は、問うた。

「それもありますが、彦九郎殿は、尊皇の志あつく朝廷の御衰微をなげかれ、旅先で学者たちにこのことを説いておる御様子です」

達は、声を低めて答えた。

江戸開府以来、幕府は完全に政治を掌握し、朝廷は無意味な存在になっていた。天皇の住居である京の御所も小規模で荒れるにまかされているという。朝廷は公卿《くげ》たちに守られているが、ただかれらは細々と生きているだけに過ぎないのだ。

しかし、その実情を指摘し尊皇を積極的に口にすることは、幕府への批判にもつながる。つまり彦九郎の行動は、強大な権力をもつ幕政への挑戦とも言える。

良沢は、譜代の中津藩に所属する身で幕府に対して反撥《はんぱつ》する気持はなかった。が、自分の信念を通して行動している彦九郎という人物に関心もいだいた。

……天明八年が暮れ、正月二十五日に年号が寛政《かんせい》にあらたまった。

その頃、良沢は、オランダ地理の書物を入手し、その中からカムチャツカ半島の部分の抄訳をこころみていた。

かれは、大国ロシアが千島《ちしま》、蝦夷《えぞ》（北海道）をうかがう動きをしめし、ようやく北方領土の問題がさわがしくなっているのに注目していた。天明五年松本秀持が蝦夷におもむくなどその地の調査開発もおこなわれ、さらに翌年には最上徳内《もがみとくない》が第一次千島探検を実施して千島の調査もすすんでいる。しかし、千島の北方に位置するカムチャツカは、ロシアの北辺基地で、日本にとってはその実情を知る必要があるのに、その手がかりもない。良沢は、国家のためにもカムチャツカの地理風土をあきらかにしなければならぬ使命感をいだいたのだ。

訳述を終えたのは、その年の三月であった。それは、「柬砂葛記《かむさすか》」と題する一巻で、良沢は、冒頭の序に、

「蝦夷ノ属島クナシリヨリ、直路吾《わ》ガ里法ニテ二百五十里許《ばかり》ニ当ツテカムサスカト云《い》フ国アリ」

と、その位置を記し、

「此《こ》ノ国（カムチャツカ）ノ国図、並ビニ山川等ノ記事詳《つまびら》カナルモノ未《いま》ダコレヲミズ。是《こ》ノ冊子ハ和蘭《おらんだ》地理ヲ記セル一二ノ書中ヨリ抄録シテ、コレヲ訳記シ、座右ニ置イテ他日ノ校補ニ供シ、草稿ニ属スルモノナリ」

と、記述の目的を述べている。

「草稿ニ属ス」と書いているが、かれはターヘル・アナトミアの翻訳書である「解体新書」の出版に反対したと同じように、その後の訳書も版元に手渡すことは決してしなかった。それらが出版されれば、多くの人の眼にふれ、かれの蘭学研究者としての名もたかまるはずだったが、かれはあくまで名声を得るようなことに背を向けていた。

かれの語学水準はきわめて高度なものになっていたが、それでもかれは自分の学識の至らなさを恥じていた。不完全なものを出版することは本意ではないし、研究者と

して世にその名が喧伝《けんでん》されることは避けねばならぬことだと信じていた。

かれは、一人の老書生として生涯《しょうがい》を終えればよいのだと思っていた。富も名誉もかれの眼中にはなく、学の進むことをひたすら願って訳述をこころみているだけであったのだ。

「東砂葛記」には、カムチャツカがロシアのシベリイ（シベリア）の東辺から南西に長く突き出た半島であると前書きし、その大きさ、位置について述べている。そして、さらにカムサスカをはじめアワツカ、ボルスカヤレカ、テイギルという大河があること、火山が三つあること、温泉、石油の湧出《ゆうしゅつ》していること、地震、洪水《こうずい》の多いことをはじめ産物、住居、結婚、祭祀《さいし》、人種、衣服、葬儀などについて紹介し、また属島のクリル、ウルップ、ベリングス、ジオメデス、サントラウレンス、アルクットについての簡単な記述もしている。

かれは、それらを清書すると文箱《ふばこ》の中にしまいこんだ。

その年の春、かれの家に慶事があった。次女峰子が幕府の医官小島春庵に嫁《か》したのである。春庵は、奥医師村田長庵昌和の養子で、下谷《したや》和泉橋《いずみばし》通りに居宅をかまえていた。

春庵は温厚な人物で、娘の夫としては好しかったが、良沢は峰子が他家の者となることに悲しみをおぼえていた。

長女は、かれがターヘル・アナトミアの翻訳にとりくんでいる時に病死し、娘としては峰子一人が残っているだけであった。峰子は愛情がこまやかで、老いた良沢の身を絶えず案じて身のまわりの世話をしてきてくれた。その峰子との別れが、かれには辛《つら》かった。

「娘は、いずれは他家へ嫁ぐ定めです。死に別れたわけではございませぬ。春庵殿の家に訪れれば会えるではございませぬか」

妻の珉子は、かれを慰めた。

良沢は、時折家を出ると下谷和泉橋通りに足をむけた。

「おるか」

かれは、玄関に立つと家の中に声をかける。

すぐに足音がして、峰子が走り出てくる。峰子も良沢の訪れを待っているのだ。

峰子の顔には、新しい生活に入った気苦労のためかやつれの色があったが、娘時代とは異った新妻らしい艶《なま》めかしさが匂《にお》い出ていた。それを良沢はまぶしいものを見るような眼でながめながら痛々しく感じたが、同時にそれが峰子の女としての生きる姿なのだとも思った。

夫婦仲はむつまじいらしく、峰子を見る春庵の眼はやさしく、峰子も春庵にいそいそとつかえている。良沢は、そうした二人の姿に安らぎも感じていた。

かれは、妻や息子と和歌をよみ、時には簗次正もそれにくわわることもあった。また次正と、一節截を奏《かな》でて時をすごし、日が没した後酒をくみ交したりした。

かれは、六十七歳になっていたが酒量は少しも落ちず、毎夜、酒を飲むことを楽しみにしていた。しかし、さすがに視力はおとろえ、書見をし文字を書くのが辛くなった。かれは、隠居をして家督を息子の達（良庵）にゆずろうかとも思うようになっていた。

夏が過ぎ、秋風が立ちはじめた。

或《あ》る夜、息子の達と簗次正に案内されて、一人の男が部屋に入ってきた。男は、背が高く骨格も逞《たくま》しい。髪は総髪で眉毛《まゆげ》は太く髭《ひげ》が口のまわりをおおい、顎《あご》にも剛《こわ》そうな毛が密生していた。

男は畳に手をつくと、上野国新田郡細谷村の高山彦九郎正之と名乗った。その声の大きさに、妻の珉子は驚いたように眼をみはった。

良沢は、

「貴殿のことは、次正殿や息子の達からよくきいております」

と、言った。彦九郎は、深く頭をさげた。

良沢は、おだやかな微笑をうかべながら彦九郎の姿をながめた。衣服は垢《あか》じみていて布の破れ目から綿がはみ出し、畳においた刀の鞘《さや》の表面も剝《は》げている。眼光は鋭かったが、その顔には誠実そうな表情があふれていて、かれは一見して好しい人物だと思った。

「次正殿は、彦九郎殿と旅先で知り合ったと申しておられたな」

良沢は、次正に顔を向けた。

「はい。もう九年前になります。安永九年のことでございました」

と、次正は、思い出すような眼をして言った。

その年の夏、次正は血縁の者で浪人している者を神奈川《かながわ》の宿場《しゅくば》まで迎えに出たが、豪雨にたたられて旅宿米屋佐七方に逗留《とうりゅう》した。たまたま富士登山を終えて帰路にあった彦九郎が、その宿屋に入った。

「私は彦九郎殿を見て、これは尋常な方ではないと直感いたしました」

次正が言うと、彦九郎は恐縮したように首筋に掌《てのひら》をあてて笑った。

次正は無聊《ぶりょう》をかこっていたので彦九郎と近づきになりたいと思い、彦九郎の入った部屋をうかがうと、風通しも悪く暑気と湿気がよどんでいるようであった。次正は、

「私の部屋は風もよく通りますので、お涼みにおいでなさりませぬか。それともそちらに参上してお話をうかがわせていただきましょうか」

という趣旨の手紙をしたため、宿の女中に彦九郎のもとへ持参するよう申しつけた。

その誘いに彦九郎は応じて、次正の部屋へやってくると素姓を名乗り親しく会話を交した。

翌日は雨も上り、親類の浪人と会うこともできたので、次正は帰郷する彦九郎と江戸への道をたどった。途中、彦九郎は食あたりがしたらしく気分がすぐれず、川崎《かわさき》をへて六郷《ろくごう》をすぎた頃には腹痛もひどく人家に入って厠《かわや》を使わせてもらったりした。

「良沢先生。その時の簗殿の御親切は、今もって忘れることができませぬ」

彦九郎が言葉をはさむと、今度は次正が恐縮して微笑した。

体の変調に彦九郎は歩行も困難になり、途中何度も休みながらようやく大森村にたどりついた。かれは、次正に門限もあるので先に江戸へ行くようすすめたが、次正は深夜についても差支《さしつか》えはないと言ってはなれようとしない。その上、薬なども買いもとめてきて彦九郎をいたわりながら品川の宿場に入り、茶店で休息をとらせた。そして、さらに駕籠《かご》をひろってきて彦九郎を乗せ、芝に入った。

彦九郎は、芝の芝居町に住む知人の善二郎宅に泊る予定であったが、すでに夜半になっていて家の所在がわからない。次正は夜道を走って探しまわり、ようやく善二郎宅の前に駕籠をみちびいた。

「駕籠代を払おうとしましたら、簗殿はそれには及ばずと言って払って下さり、私が善二郎宅に入るのを見とどけてから帰ってゆかれました。その時からのおつき合いで、江戸にくる度に簗殿のお宅を訪れることになったのです」

　彦九郎は、次正に感謝するような眼を向けた。

「いいお話でございますね」

　珉子の言葉に、良沢もうなずきながら次正と彦九郎の顔をながめた。なごやかな空気がひろがり、彦九郎と次正の前にも酒肴《しゅこう》が用意された。

「それに、私は中津藩にひとしお親しみを感じております」

　杯を口にはこびながら、彦九郎が言った。

「御承知の如《ごと》く、中津藩奥平侯の御先祖は赤松則影《のりかげ》様で、源頼朝《よりとも》伊《い》豆《ず》に挙兵の折頼朝に従って関東にとどまり児玉武蔵守《こだまむさしのかみ》朝行様の御女聟《むすめむこ》になられました。その御《ご》世子《せいし》氏行様の後、吉行、広行、定政様は私の生れた上野国の奥平郷を領しておられたのです。それが後に奥平氏の御名の由来ときいており、奥平様も現存しておりますことから、簗殿が中津藩士ときいてたちまち意気投合したのです」

彦九郎は、淀みのない口調で言った。

良沢は、他藩の者から藩侯のことについてそのように詳細な話を耳にしたことがないので驚いた。と同時に、彦九郎が生地に深い愛着をもった人物であることも知った。

その夜、彦九郎は次正の家に行ったが、再びもどってくると良沢の家に泊った。そして、翌朝、達とともに明るい陽光の中を出て行った。

彦九郎は、その後もしばしば良沢の家に泊っては匆々《そうそう》に家を出てゆくことをくり返した。良沢は、彦九郎のなすままにまかせていたが、そのあわただしい行動に切迫したものを感じ不審もいだいていた。かれは、簗次正が訪れてきた折に、彦九郎がなにを目的に行動しているのか説明を乞うた。

次正は、声を低めて彦九郎の動きについて打ち明けた。

彦九郎の祖先は上野国新田《こうずけのくににった》の住人新田義貞《よしさだ》の家臣で、時の鎌倉《かまくら》の執権北条《しっけんほうじょう》高時に対し朝廷軍として兵をおこした義貞に従い、武功をあげた。そして、その後も新田氏の後裔《こうえい》に仕え、徳川の天下統一によって朝廷が政治と無関係になったことを憂え、武士を廃し土豪として帰農した。

彦九郎は、祖先が朝廷のため身を捧《ささ》げたことに刺戟《しげき》され、祖先崇拝がそのまま尊皇思想につながった。さらにかれを尊皇のための実際活動にふみきらせたのは、父正教《まさのり》の非業《ひごう》の死であった。

正教の曾祖父《そうそふ》の娘は、新田郡を領している幕府の旗本筒井氏の御用役を勤める蓮沼《はすぬま》家に嫁し、貞正を生んだ。が、貞正は筒井氏に仕えることをきらって家督を弟にゆずり、土豪の高山家をついだ。その行為は、貞正が尊皇の志をもっていたためで、自然に貞正は徳川幕府の旗本である筒井家の監視にさらされることになった。

貞正の子正教——つまり彦九郎の父も祖父の意志をついで神道に親しみ、山崎闇斎《あんさい》が神道の大典とした「日本書紀」を愛読していた。が、その頃《ころ》、山崎闇斎の学説を奉ずる竹内式部《たけのうちしきぶ》らの尊皇思想運動に対して幕府は弾圧を加え、多くの者を処罰した。その余波が正教の身辺にもつたわり、彦九郎が二十三歳の折に正教は筒井家の刺客によって暗殺されたのだ。

この事件は、高山家に大きな波紋を生んだ。

正教の弟で剣持家に養子として入っていた剣持長蔵は、正教の殺害事件によって一層尊皇思想を強く抱くようになり、彦九郎もそれに同調した。が、村役人であった彦九郎の兄専蔵は、幕府の旗本である筒井家の怒りをおそれて、尊皇思想に燃える彦九郎、長蔵と激しく対立するようになった。

彦九郎は祖母りんの愛育を受けていたが、天明六年八月二十四日、りんは八十八歳の老齢で病歿《びょうぼつ》した。

かれは、その死を悲しみ喪に服したが、それは孝道を重んじるかれらしい徹底したものであった。服喪は三年間にも及び、連日妻子とともに墓参をつづけ、さらに六カ月の間無言の行を自らに課した。その行為は、近隣の者たちの賞讃《しょうさん》をうけ、やがて江戸幕府の知るところとなった。

幕府は、その善行を褒賞《ほうしょう》しようとして寛政元年六月彦九郎《ひこくろう》を江戸に招いた。が、江戸に赴いたかれは、意外にも荒々しく捕縛され投獄の憂目《うきめ》にあった。それは、かれの兄専蔵が彦九郎を危険思想の持主として訴え出たからであった。

彦九郎は、きびしい吟味を受けた後、辛うじて釈放された。

この事件はかれに衝撃をあたえた。尊皇思想は、幕府に対する強い反撥になり、実際行動に移そうという意志をかためさせた。また、兄専蔵の裏切り行為を憤《いきど》ったかれは、妻子のいる故郷を捨てて放浪の身にもなったのである。

しかし、兄専蔵の彦九郎に対する憎しみは異常なほどはげしく、故郷に残した妻子をきびしく迫害した。専蔵は、幕府に反感をもつ弟彦九郎を心の底から憎悪《ぞうお》していたのだ。

彦九郎は、良沢の家にやってくると酒を飲んでは泊る。そして、朝廷を軽視する幕府への憤りを口にし、さらに良沢に異国事情をたずねたりした。

良沢は、かれの話に耳を傾け、翻訳を終えたロシア領カムチャツカのことなどを述べて応対していた。

そうした談笑の夜がくり返されているうちに、彦九郎の顔に時折悲しみの表情がよぎるのを良沢は気づいていた。

ある夜、良沢は、

「なにか気がかりなことでもおありか」

と、さりげなくたずねると、彦九郎は、

「はい」

と、言って、眼《め》を閉じた。彦九郎のもとに故郷から便りがあって、それによると、兄専蔵が彦九郎を殺すと公言し、彦九郎に同情する親戚《しんせき》の者たちに横暴のかぎりをつくしているという。

「幼い子供たちが、どのような思いでおるかと思うと哀れでなりませぬ」

と、彦九郎は、憤りをこらえるように言った。

専蔵のこのような行為は、かれの仕える旗本筒井氏の命令にしたがったものであった。筒井氏は、反幕思想をいだいて各地の同志を糾合しようと行動している彦九郎の家庭を破壊させることを企てていたのだ。

良沢は、彦九郎が家庭に不幸をもたらしていることに苦悶していることを知った。十月二十八日、良沢の家に使いの者が一通の手紙を持ってきて去った。それは、彦九郎に同調している親族の政徳から彦九郎にあてた手紙であった。

その夜、彦九郎が訪れてきたので、良沢は手紙を渡した。

書面に眼を走らせた彦九郎の顔がはげしくゆがみ、眼に涙が湧《わ》いた。政徳の手紙によると、二十三日に専蔵が団平という家来を連れて彦九郎の家族の住む家に踏みこみ、金屏風《きんびょうぶ》、金蒔絵《きんまきえ》の重箱、毛氈《もうせん》など目ぼしいものをすべて持ち去り、さらに翌日には食器まで運び出し、彦九郎の妻子をののしり、叔母にも死んでしまえなどと言って狼藉《ろうぜき》をはたらいたという。

「……私一命にも及候ハヽ、御懇情之《ごこんじやうの》程《ほど》奉願上《ねがひあげたてまつり》候」と政徳は生命に危険が及んでいることを訴え、「此《この》段何卒《なにとぞ》簗《やな》氏前野氏へも得《とく》と御咄《はな》し可被下《くださるべく》候」と、簗次正、前野良沢と達《たつ》の助力も乞《こ》うように哀願していた。

彦九郎はその夜一睡もできず、翌朝、手紙を持ってきてくれた香取弥《や》淵《ぶち》を訪れて故郷の様子をたずねた。それによると兄専蔵の家に旗本筒井氏の家来が滞在していることからみて、専蔵が筒井氏の命令によって彦九郎の家族などを迫害していることがあきらかになった。

彦九郎は煩悶《はんもん》したが、帰郷することはできない立場にあった。もしも故郷の新田にもどれば、あらぬ罪名をきせられて捕《とら》えられるにちがいなかった。筒井氏が専蔵を利用して彦九郎の家族に圧迫を加えているのは彦九郎をおびき寄せようとする策略で、その罠《わな》にはまることにもなるのだ。

たまたま簗次正は、家をはなれられぬ事情があって彦九郎のために奔走することができなかった。次正の前妻はすでに死亡し姫路《ひめじ》の荒川氏の娘を後妻としていたが、その妻が重い病いで臥《ふ》していたのだ。

彦九郎は、故郷の妻子の身を気づかいながらも次正の家へしばしば見舞いに訪れた。が、次正の妻の病状は悪化し、危篤《きとく》状態におちいった。かれは次正とともに徹夜で看病したりしたが、十一月二日夜、見舞品の甘露梅《かんろばい》を手に中津藩中屋敷に赴くと、門番から、

「簗殿の夫人が申《さる》ノ刻（午後四時）に亡《な》くなられました」

と、告げられた。

かれは、次正の家に駈《か》けこむと甘露梅を枕の近くに置いて号泣し、その死を嘆き悲しんだ。そして、その夜は妻の死を悲しむ次正を慰めてすごした。

その翌日も翌々日も、彦九郎は終夜次正の家に詰め、五日の出棺には次正の家来たちとともに三田の龍源寺《りゅうげんじ》について行き、墓穴を掘って棺《ひつぎ》をおさめた。そして、次正の弟朝辰《ともたつ》と常夜燈《じょうやとう》の下で一夜をあかした。

朝になってかれは、寺の門を出て次正の家におもむき納棺をしたことを告げ、良沢の家に行って泊った。が、ふとんに入ろうとした時、彦九郎に深い理解をしめす故郷の叔父剣持長蔵から茂八という者が使いとして訪れてきた。

「どうした」

彦九郎が気づかわしげにたずねると、茂八は長蔵の手紙を差し出した。それにも兄専蔵の狼藉ぶりが書かれ、彦九郎の妻子の身辺が危ういことがほのめかされていた。

良沢も達も彦九郎の苦痛を察し、その手紙を暗い表情で見つめた。

「やむを得ませぬ。妻も子供も江戸へ逃げさせる以外に方法はないようです」

彦九郎の眼は、うるんでいた。

翌日、かれは良沢の家を出て茂八に会い、妻子を江戸へ逃げさせるように手配して欲しいという内容を記した長蔵への返書を手渡した。そして、重い足どりで京橋を渡ったとき、前方から引廻《ひきまわ》しの列がやってくるのに出会った。

路《みち》の両側には、人々が顔色を変えてむらがり、列の近づくのを見つめていた。

列の先頭には紙旗を手にした者が歩き、その後から縄《なわ》を打たれた若い男が菰《こも》を一枚かけただけの馬にくくりつけられ、さらにその後方に与力《よりき》が二人馬にまたがってつづいてくる。

彦九郎は、罪状をしるした木札を見上げた。そこには、罪人の中曾根村《なかそねむら》牛松二十一歳が火あぶりの刑に処せられると書かれていた。若い男は薄青色の衣を着せられ、青ざめた顔で落着きなく眼をしばたたかせている。

火あぶりの刑を受ける者は放火した者にかぎられ、杭《くい》に縛りつけられて茅《かや》と薪《たきぎ》で全身をおおわれる。そして、検使の命令で火が点ぜられ、罪人が焼死するとさらに火のついた茅の束で鼻と陰嚢《いんのう》をとどめ焚として焼くのだ。

彦九郎は、身じろぎもせず囚人の姿を見送った。自分の身辺にも幕府の監視の眼が光り、すでに妻子や親族たちは露骨な迫害を受けている。尊皇反幕思想を唱えて活潑《かっぱつ》に行動するかれを幕吏が放置するはずもなく、やがては捕えられ、処刑されるにちがいない。かれは、死にさらされた若い囚人に自らの姿を見たように思った。

また、翌々日、良沢の家に泊って江戸市中を歩き夕方日本橋を渡ると、橋の袂《たもと》に捨札が立っているのをかれは見た。

かれは近寄って夕闇《ゆうやみ》をすかし、文字を眼で追った。それは二日前に引廻されていた若い男のもので、骨《こつ》ヶ原《はら》刑場で火あぶりの刑を受けたことが記されていた。捨札に書かれた罪書には、「葛飾郡《かつしかごほり》二合半領中曾根村無宿牛松二十一歳中曾根村百姓家へ火附《ひつけ》して無宿要助、けん長と馴合《なれあ》ヒ盗みをはからんとし、其《その》後昨年足立《あだち》郡赤井村の寺へ火を附ケ　留守居の泰麟《たいりん》を焼殺し　六十両余盗ミ取リ　また今年足立郡鹿浜《しかはま》村の寺へ火附致ス　以上三度迄《まで》火附けせし科《とが》により浅草に於《おい》て火あぶりに申付けらる」と、書かれていた。

彦九郎は、捨札の下をはなれて歩き出した。

牛松という無宿者は、たしかに火刑に処せられてしかるべき大罪をおかした人間にちがいなかった。が、天明の大飢饉《だいききん》以来、農民は田畑を捨てて江戸に流れこんで無宿者になっている。おそらく牛松という若い男もその一人で、食う物も口にできぬ生活に気持もすさみ、火附けをして金を盗み寺の男を死におとし入れたのだろう。意志の弱い男にちがいないのだろうが、馬上に縛られ身をふるわせていた男がすでにこの世にいないことを思うと哀れになった。

彦九郎はその夜も良沢の家に泊ったが、妻子のことが気がかりで達とともに易者をたずね、故郷の処置をどのようにすべきかを占ってもらった。それによると、「急ぐをよしとす」という卦《け》が出た。

い。

急ぐとは、一刻も早く妻子の処置に手をつけるべきだということになるが、彦九郎の帰郷は危険だった。

「もしおさしつかえなければ、私が貴殿の代りに上野国《こうずけのくに》へ行ってみましょう」

達が、言った。

彦九郎の故郷に於《お》ける最大の理解者である叔父の剣持長蔵のもとに赴き、実情をきくとともに善処してもらうことを頼んでくるという。

彦九郎は達の申出《もうしい》でに感激し、よろしく頼むと懇請した。それを耳にした友人の渡《わた》部《べ》茂雅《しげまさ》も達と同行することを申出た。

彦九郎は、達と茂雅の友情に感謝した。

十一月二十二日、達は出発し、彦九郎も送って行った。寒気が肌《はだ》にしみ、二人は水道橋を渡り富坂、大塚を経て板橋についた。その地で渡部茂雅と落合い、茶屋に入って昼食をとりながら酒をくみ交した。

それから彦九郎は、上州へむかう達たちを戸田まで送った。

「では」

「お願いいたす」

と、かれらは挨拶《あいさつ》を交し、達と茂雅は道を遠ざかっていった。彦九郎も達たちも、互いに姿が見えなくなるまで扇子をふって別れを惜しんだ。

達と茂雅がもどってきたのは、十一月三十日であった。

二人は、二十四日に彦九郎の叔父剣持長蔵を訪れ、二十六日には妻子の住む細谷村に赴いて江戸へ帰ってきたのである。

達は、微笑しながら、

「御安心なされ。御子たちにも会ってきたが変ったこともありません。故郷のことでお話しするようなこともございませぬ」

と言って、彦九郎を喜ばせた。

しかし、実際はかなり手のつけられぬほど事情が紛糾していて達も憂慮したのだが、国事に奔走する彦九郎に心配をかけさせぬためすべてが平穏に解決していると伝えたのだ。

彦九郎もそれを察したようだが、かれはそれ以上たずねることもせず厚く礼を述べた。そして、その夜は、達とともにおそくまで酒をくんで語り合ったが、二人とも意識して彦九郎の妻子のことについてふれることを避けていた。

彦九郎の長女せいは先妻の子で、後妻のさきがその娘を養育し、さらにさと、りよ、義介《ぎすけ》を生んでいた。さきは新田郡藤阿久村《ふじやぐむら》の名主加村太兵衛の娘で教養が高かったが、近隣にも知れたひどい醜女《しこめ》であった。

しかし、彦九郎は、さきを愛し、さきも子供たちを守ってきびしく教育していた。

そして、彦九郎の兄専蔵のむごい仕打にも堪えていたのだ。

翌日、彦九郎が家を出て行くと、良沢は達に、

「彦九郎殿の故郷の模様はどのようだった」

と、たずねた。

「思っていた以上です。殊《こと》に八歳の義介が哀れで……」

達は絶句した。

良沢は、無言で庭をながめていた。

その後、彦九郎は、頼山陽《らいさんよう》の父である頼春水《しゅんすい》や林子平《はやししへい》など学者グループと積極的に接触し、尊皇反幕の思想流布《るふ》につとめていたが、災が妻子に及ぶことを憂《うれ》え、翌寛政二年に妻子を離縁して実家へ帰らせた。すでに、故郷を捨てたかれは、係累《けいるい》を断ち切ることによって心残りなく活動しようと覚悟していたのだ。

かれは、日本の北方領土をうかがうロシアに対しても警戒心をいだいていた。つまり攘夷《じょうい》論を口にするようになり、蝦夷《えぞ》へ旅することも考えはじめていた。

かれは、早くから水戸《みと》藩《はん》の侍講《じこう》長久保《ながくぼ》赤水から地理学を学んでいた。赤水は、地理

学者として国土を夷狄《いてき》におかされることのないよう唱えていた人物で、彦九郎はかれの主張に共感していたのである。

かれが蝦夷への旅立ちを決意したのは、その年の五月二十四日に良沢から北方領土の話をきいた時であった。

良沢は、すでに訳述を終えていた「柬砂葛記《かむさすか》」の草稿を彦九郎にしめし、

「これを読んでみるように」

と、言った。

彦九郎は、良沢の前では常に正坐《せいざ》し言葉遣いも師に対するように丁重だったが、その折も「柬砂葛記」を押しいただくようにして文字を追った。読み終えたかれの顔には、未知の土地に対する興味と大国ロシアに対する恐怖の色が濃くうかんでいた。

「天明五年から六年に佐藤《さとう》玄六郎という人が、クナシリ、エトロフ島を経てウルップ島へも探検に赴いている。もしも、蝦夷、奥蝦夷へ行ってみる気があるなら、玄六郎殿をたずねてみるがよい」

と、良沢は言った。

彦九郎は喜んで、翌日玄六郎を訪ねたが外出していて会うことができなかった。

しかし、かれは蝦夷へ出発する決意を一層かため、二十八日に良沢父子と築次正に

旅立ちのことを告げた。

その夜、良沢は焼酎《しょうちゅう》を出して別れの宴をひらいた。彦九郎の酔いはまわって、ついには裸になって踊り出した。

良沢は笑いながらその姿をながめていたが、彦九郎を哀れにも思った。父は暗殺され、妻子は迫害をうけて離別のやむなきに至った。幕府の圧力は次第に増して、かれ自身もいつ縛をうけるかわからない。しかし、そうした中でも、かれは幕府の権力に抵抗して尊皇攘夷をとなえ、蝦夷にまで旅立とうとしている。そうした動きはかれ自身を亡《ほろ》ぼすことにつながるはずだが、彦九郎には信念を曲げるような気配はみられない。酔い痴《し》れた彦九郎を、良沢は自分の息子のようにいとおしく思った。

六月一日、簗次正に藩から喜ぶべき御沙汰があった。上屋敷に召され、即日御目付《おめつけ》役を仰付《おおせつ》けられたのだ。周囲の者たちはそれを喜び、殊に彦九郎は妻の死を悲しんでいた次正の気持を引き立たせるのに効果があることを喜んでいた。

彦九郎の出立の準備は整い、良沢は帷子《かたびら》をかれに贈った。

六月五日、彦九郎は良沢の家を出発、達らの見送りを受けて蝦夷への旅に出発した。

かれは、再び江戸へもどろうと思っていたのだが、時代の激しい流れの中にまきこまれて、それ以後江戸の地をふむことはなかったのだ。

かれは、木更津《きさらづ》まで舟で赴き、そこから陸路鹿島《かしま》、香取《かとり》を経て六月三十日に水戸に入った。

かれを水戸藩の学者たちに紹介したのは地理学者長久保赤水で、彦九郎の存在はきわめて高く評価されていた。当時の水戸藩には、藤田幽谷《ゆうこく》、立原翠軒《すいけん》、杉山《すぎやま》策、木村謙次らの俊秀がむらがり、徳川光圀《みつくに》公以来朝廷重視の傾向が濃く、その社会的影響力は大きかった。たとえば藤田幽谷は、一年前に松平定信宛《あて》に「正名論」を提出しているが、その中で、

「……天に二日《じつ》なく地に二王なし、皇朝は自ら真天子、則《すなは》ち幕府は王と称すべからず」

と、述べている。つまり幕府は朝廷の下に位置するもので、朝廷を軽視すべきでないと大胆にも唱えたのである。

そうした水戸藩の学者にとって、尊皇攘夷思想をいだき、その思想普及を旅することによって実行している高山彦九郎は偉大な同学の士と考えられていた。そのためかれらは、蝦夷におもむこうとしている彦九郎を心から歓迎した。殊に藤田幽谷はかれの来訪を喜び、議論を交してたちまち意気投合した。

彦九郎の日記にも、

「……藤田熊之助《くまのすけ》一正（幽谷）を尋ねける、早や予が来《きた》るべしとて待ち迎へたり、……よろこひ出《い》で、冷麵《れいめん》に酒を出《い》だす、……一正と大義の談有りける、一正能《よ》く義に通ず、……才子にして道理に達す、奇也《なり》」

と、書きとめているように、藤田幽谷と考え方は完全に合致したのである。

水戸学を背景として藩内に尊皇攘夷思想をひろめた学問的指導者である藤田幽谷とその子の東湖《とうこ》は、彦九郎から大きな影響を受けた。また幽谷の師である立原翠軒をはじめ水戸の学者たちも彦九郎の思想に共鳴し、連日かれの意見に耳をかたむけた。

水戸を出立《しゅったつ》したかれは、福島を経て米沢《よねざわ》に入り、そこでも同藩の藩校興譲館《こうじょうかん》にむらがる学者たちの歓迎を受けた。

彦九郎は、かれらにも尊皇思想を説き深い感銘をあたえた。また家老莅戸太華《のぞきどたいか》の好意も得て、前藩主上杉鷹山《うえすぎようざん》から魚のイワナまで下賜《かし》された。

かれは、名残りを惜しまれながら米沢を発し、秋田、青森を経て九月三日には津軽半島の突端にある宇鉄の浜にたどりついた。

かれは、上宇鉄の善四郎という男の営む宿に入った。海をへだてて蝦夷の陸影を望むことができ、かれは胸を躍らせた。早速善四郎に海峡を渡る船の便をもとめたが、その答はかれを失望させた。

前年五月、蝦夷地のクナシリ島でアイヌの反乱が起き、それは目梨《めなし》（知床《しれとこ》半島）にひろがって支配人、通詞《つうじ》、番人等六十五名が殺害され、物資が掠奪《りゃくだつ》された。この事件を重視した幕府は、関係者の処罰と同時に、蝦夷地を統治しアイヌを虐待《ぎゃくたい》していた松《まつ》前藩《まえ》に対して失政を責める態度を強めた。

そうした中で、松前藩は幕府の処断をおそれ、蝦夷に入る者の人改めをきびしくしたので渡海は至難になっているという。

「十日か二十日お待ちになればもしかしたら船があるかも知れませぬが、それもはかりがたく存じます。それに、早くも寒気がきびしくなり却《かえ》ってお体のためになりませぬ。来年二月から三、四、五月頃《ごろ》になれば出稼《でかせ》ぎで蝦夷に渡る者も多く人改めも緩和しましょうから、その頃に再びおいでになってはいかがでしょうか」

善四郎は、そこで言葉をきると声をひそめて、

「もしも来春松前に渡ることができましても、アイヌの反乱事件のことについては決して口にしたりしませぬように。それが松前藩の耳にでも達したりしますと、むずかしいことになります」

と、言った。

かれは、思案の末、蝦夷へ渡ることを断念して青森にもどった。そして野辺地《のへじ》を経

て南へと向った。

かれの前にくりひろげられたのは、飢饉で荒廃した死の世界であった。ある家に入ったかれは、死に絶えた家族の白骨が散乱しているのを見た。各村々では農民が田畑を捨てていて、無人の家がつづいている。田城という村では、餓死した人間で道がおおわれたため馬の往来が杜絶《とぜつ》し、人々は野草、鶏、犬、牛、馬を食いつくして遂には人間をも食ったという話もきいた。八戸《はちのへ》では、六万人が餓死したともいう。

悲惨な話は、南下するにつれて増した。

金子沢村では、宿の主人が、

「親は子が餓死すればその肉を食おうといたしました。藩では禁制を出しまして人の肉を食う者は捕えて首をはねたのですが、人の肉で命を長らえた者は多いのです」

と、淡々とした口調で言った。

かれは、秋風の中を宿も得られず旅をつづけた。人々の餓え死にすることも放置した幕府に対する怒りが、さらに根深くかれの胸に焼きついていった。

仙台《せんだい》領に入ったかれは、翌年「海国兵談」を著した林子平の家に逗留《とうりゅう》した。そして、ロシアをはじめとした諸外国の日本に対する侵略意図を憂える子平と親しく意見を交し、仙台を後にした。

友人林子平とも、それが最後の対面になった。翌寛政三年十二月三十日、江戸に召喚された子平は、松平定信によって板木《はんぎ》の没収と蟄居《ちっきょ》を命ぜられ、寛政五年六月二十七日に死亡したのである。

すでに街道には雪が舞っていて、かれはその中を黒羽、前橋、高崎《たかさき》を経て、中仙道を京都へと向った。それは、本格的な反幕活動をおこなうための旅であった。

寛政二年十一月、良沢《りょうたく》は藩主奥平昌高《おくだいらまさたか》に隠居を願い出て同月十一日に許しを得、家督を息子の達《たつ》（良庵《りょうあん》）にゆずった。

その年、良沢は、かれの学風を慕っていた紀伊《きい》藩主徳川宗将《むねまさ》の子である唯之《ゆいの》進頼徳《しんよりのり》の依頼で、オランダ人数学者アブラハム・ガラーフの城郭築造法ともいうべき著書を「和蘭《おらんだ》築城法」として訳出し頼徳に提出していた。そして、さらに翌年にかけて、すでに訳した「東砂葛記」を充実させた「東察加志《かむさすかし》」も著した。

かれの学問に対する情熱は、老齢にもかかわらず少しの衰えもみせなかった。と言うよりは、むしろ隠居することによって気分的にも解放され、一層オランダ書の翻訳につとめていた。

しかし、かれの多方面にわたる洋書の翻訳は幕府にとって無気味であった。尊皇攘夷論が一部にきざしはじめていて、それは幕府をおびやかすとも考えられた。

老中松平定信は文治論者であったが、政治家として新しい学問の勃興《ぼっこう》に神経質にもなっていた。そうした中で、良沢の訳業が多方面に革新的な影響をあたえることを警戒する傾向もきざしていた。それに、積極的に尊皇思想をひろめるために旅をつづけている高山彦九郎《ひこくろう》が、良沢の家を半ば定宿《じょうやど》として親しく出入りしていたことにも一層神経を苛立《いらだ》たせていた。

そのため幕府は良沢の訳業を監視していたが、中津藩主奥平昌高とその側近は良沢を極力庇護《ひご》することにつとめていた。昌高は十歳を越えたばかりの藩主であったが、将軍家の縁戚《えんせき》として勢威をほしいままにした前薩摩《さつま》藩主島津重豪《しげひで》の庶子で、幕府はその存在を軽視することはできなかった。それに、昌高は蘭学《らんがく》に異常なほどの関心をしめしていて、良沢を中津藩の誇りとし温く見守っていたのだ。

その頃、高山彦九郎は、京都にあって公卿《くげ》たちと親しく接触し、活潑《かっぱつ》な運動をつづけていた。殊に幕府に最も恐れられていた伏原宣条《ふせはらのぶえだ》をはじめ岩倉具選《とものぶ》らの革新的公卿と通じ、朝廷に政権を復帰させる画策に専念していた。

その間にも、良沢、達、簗《やな》次正と手紙を交し友情を深めていた。

寛政三年正月十五日に達は彦九郎に宛てて、

「去霜月《しもつき》良沢儀隠居願差出候処《ところ》、同月十一日良沢隠居私、願の通被申付《まうしつけられ》候、此《この》段も乍序為御知《ついでながらおしらせのため》申上候、良沢随分無異罷在《まかりあり》候、隠居致格別気分も寛《ゆるやか》ニ相成候故歟《ゆゑか》例年よりは寒気ニも凌能《しのぎよく》覚候事御座候、御安心可被下《くださるべく》候、野子家督後勤方甚《はなはだ》いそかしく、俗用のミ取紛居《とりまぎれをり》候事ニ御座候……御帰府（江戸に帰ること）後珍事共承候事と又七（簗次正）抔《など》毎々咄出《はなしいで》候……」

などと、良沢の隠居したことを報じ、彦九郎の江戸へ帰るのを待ちこがれていることを伝えたりした。

また彦九郎は、公卿の伏原宣条に良沢がゆたかな学識をそなえた学者であることを話し、宣条も感嘆したことを良沢に手紙で伝えた。これに対して良沢は、

「実に本懐の至奉《たてまつり》存候……何事に不寄《よらず》、被仰付《おほせつけられ》次第、他事を差措《さしおき》、老力之及分、相《あひ》勉可申《つとめまうすべく》候……」

と、感謝の手紙を送った。良沢も彦九郎の尊皇思想に共感をいだき、伏原宣条に学問的な助力を惜しまない意志のあることをしめしたのだ。

またこの手紙の中で、彦九郎が節酒していることをひどく喜び、脚の痛みは全快したかと気遣うなど彦九郎に対する切々とした愛情も書きとめた。

達は家督を相続したし、娘峰子は小島春庵に嫁《か》した。良沢は隠居としての安らいだ

日を送っていた。

その年の夏は、暑かった。

かれは、著述に疲れると妻の珉子《びんこ》と縁に出て涼をとった。

七月十日、良沢夫婦に大きな不幸が襲った。家督をゆずったばかりの一人息子である達（良庵）が、病気で急逝《きゅうせい》したのである。

六十九歳の良沢にとって、それは余りにも苛酷《かこく》な打撃であった。達は、良沢夫婦に孝養をつくし友情にもあつい円満な性格の男であった。医学の修得につとめるかたわら和歌をよくした教養人でもあった。良沢は、後事をすべて達に託していただけに、その突然の死はかれを激しく悲しませた。

妻の珉子は、達の体をいつまでもはなさず泣きつづけていた。簗次正ら多くの友人たちも駈《か》けつけ、声をあげて泣いた。

「よき人でありましたのに……。神、仏はないのでございましょうか」

かれらは、口々に嘆き悲しんだ。

良沢がターヘル・アナトミアを翻訳中に長女は死亡し、さらに達を失った現在、かれの子は嫁いだ次女の峰子しかいない。さらに達は結婚していたが子に恵まれず、家督をつぐ者もいなかった。

良沢は、老いの身をふるわせて涙を流していた。

達の遺体は棺《ひつぎ》におさめられ、次正らの手で下谷《したや》池《いけ》の端《はた》の慶安寺に運ばれ埋葬された。戒名は、葆光堂蘭溪《ほうこうどうらんけい》天秀居士《こじ》であった。

この悲報は、簗次正の書簡で京都の高山彦九郎にも伝えられた。江戸で最も親しかった達の死に、彦九郎は身をもだえて泣いた。

良沢にとって急がねばならぬことは、養子を得て家督を相続させることであった。もしもそれが果せなければ絶家になるのだ。

かれは、縁戚の者を養子に入れて良淑《りょうしゅく》と称させ、相続願いを藩に提出して受け入れられた。それによって家名断絶は避けられたが、達を失った悲しみは良沢夫婦の胸に深く刻まれた。殊に妻珉子は急に老いて、ぼんやりと庭に眼を向けていることが多くなった。

さらに良沢夫婦の悩みは、養子の良淑の性格であった。良淑は絶えず不機嫌《ふきげん》そうに顔をしかめていて、突然意味もなく腹を立てては良沢夫婦に暴言を浴びせ、医学の勉強にも背を向けている。かれは、実子の達の死を悲しみ嘆く良沢に嫉妬《しっと》を感じ反撥《はんぱつ》しているようだった。

家の空気は、暗いものになった。

良沢は、良淑の言行をじっと堪えていたが、珉子は精神的に大きな苦痛を受けているようだった。

珉子は身を横たえていることが多くなり、翌寛政四年二月二十日、痩《や》せおとろえて死亡した。息子の達の死に対する深い悲しみが、珉子の生命をうばったにちがいなかった。

七十歳で妻をも失った良沢の身辺は、荒涼としたものになった。

達につづいて妻にも死なれた家には、達の若い未亡人と性格の険しい養子良淑がいるのみで心を通じ合う者はいない。かれは、虚脱したように書見台に向って坐《すわ》りつづけていた。

この年の九月十三日、杉田玄白は六十歳の誕生日を迎えていた。

かれは、楠本雪渓《くすもとせっけい》に画を習っていて、誕生日に丹頂鶴《たんちょうづる》の群を描き上げていた。その絵は百鶴図《ひゃっかくず》と称し、「製二百鶴図一与二児孫一」という賛を絵にしるし還暦を迎えた日に披露《ひろう》した。

良沢とは対照的に、かれは恵まれた境遇に身を置いていた。

養嗣子の伯元は二年前に藩の奥向病用勤務として少壮医家となり、長女扇《せん》は十八歳、次女八曾《やそ》は十二歳の娘に成長していた。また後妻伊与《いよ》の生んだ長男頎《のぶ》は七歳、長女藤《ふじ》は四歳、そして前年には次女そめも生れていた。

これら多くの子供にかこまれていたかれは、それらの子を丹頂鶴になぞらえて六十歳の誕生日を迎えたことを祝ったのだ。

養子の伯元は、養父玄白の還暦を祝う催しを企画し、たまたま前野良沢が七十歳の古稀《こき》を迎えていたので祝宴に招待することになった。

誘いを受けた良沢の感情は、複雑だった。骨ヶ原《こつはら》刑場で腑《ふ》分《わ》けを見た帰途、玄白とターヘル・アナトミアの翻訳を志してからすでに二十一年が経過している。その訳業は「解体新書」として出版されたが、同書に名をとどめることをきらった良沢と代表訳者として出版をすすめた玄白との境遇は、それを分岐点として大きな差を生んでいた。

玄白は江戸随一の蘭方《らんぽう》の流行医として名声も富も得、豊かな才をもつ養子伯元をはじめ多くの子供にも恵まれている。またかれの天真楼塾《じゅく》の門には秀《すぐ》れた門人がむらがり、高弟大槻《おおつき》玄沢は良沢につぐ蘭学者に成長して芝蘭堂《しらんどう》塾を興し、独立している。還暦を迎えたかれは、すべての点で満ち足りた位置に到達していたのである。

それに比べて良沢は、オランダ語研究に没頭し次々と蘭書の翻訳をつづけていたが、それらを出版することを拒んでいたので名声と富には縁がなかった。それに、人嫌《ひとぎら》いな性格のため塾を興すことも門人を得ようともしない。

さらに家庭的には、長女、長男につづいて妻を失い養子良淑と気まずい日々を送っている。ターヘル・アナトミアの真の訳者であるかれは、荒野で寒風にさらされているような立場に身を置いていた。

「解体新書」が出版されてからはほとんど玄白とも顔を合わせたことがなく、玄白の還暦祝いに出向いてゆくことはためらわれたが、妻を喪《うしな》ったかれは、淋《さび》しさもあってその招きに応じた。

十一月二日、杉田玄白の還暦祝いの宴が盛大にひらかれた。

宴席に入った良沢は、迎えに出た玄白と言葉少く挨拶《あいさつ》を交した。「解体新書」が出版されてから二十年近くたったが、良沢は家に閉じこもっていたし、玄白も良沢の住む中津藩中屋敷のある築地《つきじ》鉄砲洲《てっぽうず》附近《ふきん》に往診に赴くことがあっても良沢の家を訪れることはなかった。

良沢の豊かな総髪は白髪と化し、玄白の剃髪《ていはつ》した頭も禿頭《とくとう》になっていた。二人は互いに相手の老いを感慨深げに見つめていた。

二人は床の間を背に並んで坐り、玄白の養子伯元や大槻玄沢をはじめ門下生らが連って席についた。

かれらは、良沢と玄白を眩《まば》ゆいように凝視した。二人はすべての点で対照的だった。

良沢は、肩幅も広く大きな体をしていた。眼光は鋭く、鼻梁《びりょう》の高い顔にはおかしがたい厳しい表情が浮んでいる。その表情には、人との交りも排して蘭学一途に日を過してきた学者としての苦しい生活がにじみ出ていた。正式な席にふさわしい衣服を身につけてはいたが、色はさめ、繊維はすりきれていた。

それに比べて玄白は、脇息《きょうそく》にゆったりもたれているので小柄《こがら》な体が一層小さくみえた。その顔にはおだやかな笑みが漂っていて、いかにも江戸屈指の流行医らしい風格が感じられた。衣服も上質で、新しく仕立てられたらしく気品のある艶《つや》をおびていた。

大槻玄沢が、門下生を代表して玄白の長寿についての賀辞を朗読した。

玄沢は師玄白の還暦を迎えたことを祝い、玄白が良沢に蘭学を学び、その学問をわが国にひろめた努力をたたえた。そして、良沢が古稀を迎えたことにもふれ、二師の教えをついでわれらも努力せねばならぬと誓いの言葉を述べた。それから宴に移り、門人たちは玄白と良沢に長寿の祝いを述べて座はにぎわった。

良沢は杯を重ね、酒の弱い玄白も杯を手にして赤らんだ顔に満足そうな笑みを絶やさなかった。

やがて宴も終りに近づき、良沢は準備された駕籠《かご》で家路に向った。家についたかれを、未亡人になった達の妻が迎え、養子良淑は顔も出さなかった。

かれは、衣服もとりかえず自室に入った。火の気のない部屋の寒気が、かれの体にしみ入った。賀宴のにぎわいが、しきりに思い出された。かれは、孤独に堪えるようにいつまでも坐りつづけていた。

良沢の家の空気は、重苦しく淀《よど》んでいた。養子の良淑は、良沢と食事をすることも避けて行先も告げず外出する。医学の勉強をしている気配もなく、絶えず不機嫌そうに顔をしかめていた。

そうした良沢とは異って、杉田玄白の身辺には慶事が相ついだ。

養子の伯元は外科医であったが、内科医としても認められ、玄白の還暦祝いがあってから一カ月後の寛政四年十二月六日には小浜藩《おばまはん》から七人扶持《ぶち》を与えられ、藩主酒井侯の御屋敷扣其外《ひかえそのほか》御用向相勤の役目を仰《おお》せつけられた。また翌寛政五年には、小浜にもどる藩主に随行して金二百疋《ぴき》を賜った。

さらに六月十五日には、玄白の身にも禄高《ろくだか》の加増が伝えられた。それまでかれは三十五人扶持の身であったが、二百二十石を給せられたのである。それは、十万三千石の小浜藩の藩医としては、恵まれた栄進であった。

その年、養子伯元は三十一歳になり、長女扇は十九歳の娘になっていた。二人の結婚は早くから定まっていたので玄白はかれらの婚儀を発表し、扇は伯元の妻になった。玄白にとって、それは家の安泰を意味するもので喜びもひとしおであった。

玄白は、流行医として寸暇もない多忙な日を送りながらも門人の養成に積極的な努力を傾けつづけていた。かれは、オランダ語からはなれていたが、門人たちのために蘭書を可能なかぎり購入していた。また社会的な行動も活潑で、毎月八日に病論会と称する医家たちの集りをもよおし、主宰していた。会に集る者たちは主として蘭方医であったが、他の流派のものも参加してさかんに医学知識の交換がおこなわれていた。

さらに多才な玄白は、医学的な会合以外に和歌会、俳会、詩会、軍談会、源氏会、絵会、書画会などの趣味の会にも出席し、天性の社交性と統率性でそれらの会でも指導的な役割を果していた。

かれの身辺は、華やかな空気につつまれていた。

良沢の唯一《ゆいいつ》の慰めは、小島春庵のもとに嫁した峰子の家を訪れることであった。峰子は、孤独な身になった父の不運を悲しみ、温く遇した。そして、家に帰るかれを途中まで見送り、かれの姿が消えるまで立ちつくしていた。

峰子以外にかれの身を案じていたのは、簗次正であった。次正は、良沢を不幸にさせているのは養子良淑の存在であることを知っていた。

かれは、良沢に良淑が家督相続者として資格のないことを説き、しきりに廃嫡するようすすめた。良沢は、縁戚《えんせき》の子でもあるのでためらっていたが、藩医として主君に十分な勤めを果せぬ良淑を前野家の当主とすることは先々代昌鹿《まさか》以来の君恩にももとると判断し、思いきって藩に良淑の廃嫡届けを願い出た。そして、それが許可されると同時に仙台の塩釜《しおがま》社の神官藤塚式部知明《ともあき》の三男君敬《きみたか》を養子に迎え入れ、家督相続を願い出た。

その願書は次正らの助言もあって藩主からの許可を得、正式に君敬が家督を相続した。君敬は律義《りちぎ》な性格で医学にも関心をいだき、良沢を安心させた。

かれにも、ようやくささやかな平和が訪れたが、その年（寛政五年）六月下旬、思わぬ悲報がかれのもとに伝えられた。それは、わが子のように愛情をそそいでいた高山彦九郎《ひこくろう》が九州の久留米《くるめ》で自刃《じじん》して果てたという報《しら》せであった。

彦九郎は、寛政二年、蝦夷《えぞ》に渡ることを断念した後、京都に上って革新的な公卿たちと交り、朝廷に政権を恢復《かいふく》するはげしい運動に身を捧《ささ》げていた。

翌寛政三年三月十六日、友人の志水南涯《なんがい》から緑毛《りょくもう》の生えた亀《かめ》をゆずり受けた彦九郎は、「淵鑑類函《えんかんるいかん》」という書に「亀有レ毛者文治之兆、緑毛黄甲皆祥瑞《しやうずい》」と書かれているのに注目し、さらに各所で緑毛亀《りよくもうき》が発見されたことを知って、その亀を反幕運動に利用することを思いついた。

つまり、緑毛亀は文治の世が出現することを暗示したものであり、それは武断政治をとる幕府の崩壊と文治政治を本質とする朝廷の政権復活を意味するものだと唱えたのだ。

この主張は大反響をまき起し、緑毛亀を光格天皇の天覧に供することにも成功し、彦九郎は緑毛亀を描いた絵五百枚をたずさえて九州へと向った。

その九州行は、重大な意味があった。

当時、幕府は大御所《おおごしょ》称名問題と尊号問題という二つの難題をかかえていた。

前者は、将軍家斉《いえなり》が実父の一橋治済《はるなり》に孝養をつくしたいと望んだことから治済を大御所としようとしたことに端を発した。が、大御所は前将軍の隠退後の呼称であるから、老中松平定信は前例がないとして反対の立場をとっていた。

また後者は前者と類似していて、光格天皇が孝心から父の閑院宮典仁《かんいんのみやすけひと》親王に太上《だじょう》天皇の尊号を贈りたいと考え、公卿《くげ》にその可否を問うた。その勅問に公卿たちは衆議表明という形で採決し、四十名の公卿中、賛成三十五名、鷹司輔平《たかつかさすけひら》父子が婉曲《えんきょく》に反対、態度不明三名という結果を得た。それによって朝廷は、寛政元年正月、京都所司代を通して幕府の許可をもとめた。

しかし、老中松平定信は、幕府の学者柴野《しばの》栗山《りつざん》に命じてそのようなことが歴史的に前例があるか否《いな》かを調べさせるとともに、朝廷の権力が増すことをおそれて反対の立場をとった。そして、その年の十一月十二日、関白鷹司に対し、

「御尊号之儀者不容易儀に付今一応御評議被有之候様《これあらせられ》」

と、再考をうながし、ついで翌寛政二年にも反対理由書を公卿たちに送った。

高山彦九郎は、この尊号問題に積極的にとりくんだ。かれは幕府内の大御所称名問題を実現させ、その勢いに乗じて尊号問題も成功にみちびき、それによって朝廷に政権を得させようという悲願をいだいた。

かれは、尊号問題の推進者である革新的公卿伏原宣条《ふせはらのぶえだ》、岩倉具選《とものぶ》、芝山持典《もちのり》、富小路《とみのこうじ》貞直らと結び、また大御所擁立派の松前藩主松前道広の弟蠣崎《かきざき》広年とも提携して、松平定信の意図をくだこうとはげしい秘密活動をくりひろげた。

公卿たちは彦九郎を中心に集結し、九州の雄藩である薩摩藩《さつまはん》を味方に引き入れることを企てた。

薩摩前藩主島津《しまづ》重豪《しげひで》は大御所を望む一橋治済の娘を妻にし、またその間に生れた娘

を将軍家斉に嫁がせていた、いわば将軍の義父でもあった。当然、重豪もその子である現薩摩藩主島津斉宣《なりのぶ》も大御所擁立派であるはずで、大勢力を持つ重豪、斉宣を動かすことができれば両問題も一挙に解決すると予想された。

たまたま彦九郎は、重豪に重用されている薩摩藩校造士館《ぞうしかん》の主宰者である赤崎海門《あかざきかいもん》と親しく、大御所・尊号両問題でたちまち意見が一致した。彦九郎は海門を伏原、岩倉、芝山と会見させ、かれとの間に両問題を成功にみちびくための盟約をむすんだ。

基礎工作はかたまり、計画成就《じょうじゅ》の機運もたかまった。そして、薩摩藩に対する運動が彦九郎に一任され、かれは同志の大きな期待をになって決死の覚悟で九州への旅に発《た》ったのである。かれに託された意図は、朝廷と薩摩藩の連携のもとに幕府を崩壊にみちびくという大理想で、かれも成功をかたく心に期していた。

かれは、久留米を経て熊本《くまもと》に赴き、苦心の末赤崎海門の仲介で薩摩藩に入ることができた。

かれは、早速宣伝活動を展開し、薩摩藩士たちも彦九郎を朝廷からの使者のように丁重に遇した。学者たちはかれの言葉に耳を傾け、かれらの間に大きな反響がまき起った。

しかし、前藩主島津重豪、現藩主斉宣の意志は不明で、寛政四年五月二十五日に彦九郎は薩摩を去り、九州の熊本藩、中津藩、久留米藩、福岡《ふくおか》藩の学者グループと接触して朝廷復権を説いて歩いた。それら四藩の藩主たちは、血縁関係からも大御所問題、尊号問題で彦九郎の運動を支持する立場にあったので、それら各藩の者たちは彦九郎に温い態度で接した。

しかし、かれが九州で活動中に尊号問題は思わぬ方向に進んでいた。丁度かれが薩摩入りを企てて熊本に滞在していた寛政四年一月十八日、朝廷では再び尊号を閑院宮にあたえたいと幕府に伝えたが、幕府は八月二十七日付で重ねて反対の旨《むね》を伝えてきた。

これに対して朝廷は、九月十三日、十一月上旬には尊号を閑院宮にあたえるという強硬な態度を幕府に伝えた。朝廷としては幕府に対して異例の強い反撥《はんぱつ》をしめしたわけで、朝幕間の緊張は最高潮に達した。

これに対して、十月四日、幕府側の回答が朝廷にもたらされたが、それはおだやかな態度を一変した強圧的なものであった。回答には、尊号を宣下することは無用のことであり主謀者の公卿を江戸に出頭させるよう要求していた。

この強硬な態度に朝廷はたちまち動揺し、十一月十三日には光格天皇から京都所司代に対して尊号問題は停止すると伝えた。

これによって尊号問題は一挙に崩れ去ったが、幕府は、朝廷の力を圧伏させる好機会と判断し、翌寛政五年一月二十六日、尊号運動の主な推進者として中山大納言《だいなごん》、正親町公明《おおぎまちきんあき》の両公卿を江戸に出頭させるよう求めた。

両公卿は、その召喚命令にしたがって二月十日に江戸に着き、翌日には早くも松平定信の役宅できびしい訊問《じんもん》にさらされた。そして、同月二十三日には松平和泉守《いずみのかみ》役宅で定信の第二回目の訊問を受け、両公卿は幕府の強い圧力に屈して全面的に過失をみとめた。

これによって定信は、三月七日中山卿《きょう》に閉門百日、正親町卿に逼塞《ひっそく》五十日の罪科を申し渡し、さらに在京の五人の公卿にも処断を下した。

この処置は人心に動揺をあたえ、幕政に対する批判がたかまった。そして、頼春水(頼山陽の父)、薩摩藩赤崎海門、久留米藩樺島石梁《かばしませきりょう》、龍野《たつの》藩俣野玉川《またのぎょくせん》、中津藩倉成龍渚《くらなりりょうしょ》ら高山彦九郎と親しい学者グループは、ひそかに反幕活動をすすめた。

幕府は、このような空気を一掃するために高山彦九郎の本格的な弾圧にふみきった。彦九郎は、九州の諸藩に積極的な働きかけをしながら同志を得ることにつとめている。それに、各藩でもかれを歓迎し、学者たちはかれのもとにむらがり集っている。反幕運動をつづける彦九郎の存在は、幕府にとって大いに警戒を要するものに思われたのだ。

彦九郎は、朝廷惨敗のことも知らず寛政五年四月に豊後《ぶんご》の日田《ひた》に足をふみ入れた。日田には幕府直轄の九州総監ともいうべき郡代が置かれていて、たちまちかれは役所に連行された。そして、訊問を受けた後、追放処分を申し渡された。

その間に郡代役所は、彦九郎の泊った旅宿の主人を捕え、旅人を無断宿泊させたという理由で手鎖《てぐさり》の刑を科した。

彦九郎は、郡代役所の苛酷《かこく》な処置を憤《いきどお》りながらも日田を去って久留米に向った。

その後、かれは尊号問題で朝廷が幕府に屈服したらしい噂《うわさ》を耳にして愕然《がくぜん》とし、久留米から江戸へ向おうとしたが、途中筑前遠賀《ちくぜんおんが》川《がわ》の山麓《さんろく》に至って反転し、再び久留米の町はずれにある松崎にもどり友人である儒医の森嘉膳《かぜん》宅にわらじを脱いだ。そして、翌日、鹿児島にもどる薩摩藩主に随行していた赤崎海門を待ち受け、翌十五日には肥《ひ》後《ご》国境に近いあたりまで海門について歩いた。

かれは、海門から朝廷惨敗の詳細な話をきいて、はげしい失望感に顔色を失った。

そして、海門との別離に、

逢《あ》ふ事も覚束《おぼつか》なみの別れ路はいとゞ名残りの惜しとこそ知れ

と、詠《よ》んだ。すでに彦九郎は、身辺に幕府の追及の手がのび、同志である海門との再会もおぼつかないことをはっきりとさとったのだ。

彦九郎は、京都へ行こうと思ったが途中で捕われの身となると察し、再び森嘉膳の家にもどった。

かれを迎え入れた森嘉膳は、彦九郎の変貌《へんぼう》に驚いた。眼《め》には落着きを失った光がやどり、頰《ほお》はこけ顔に血の気はなく、しきりに歯ぎしりをしている。

嘉膳は、

「病気にでもなられたのですか」

と、不安気に問うた。それに対して彦九郎は、

「暑気あたりになやまされている」

と答えたので、嘉膳は脈をはかって薬をあたえた。

彦九郎は悶々《もんもん》として日をすごし、身じろぎもせずに坐《すわ》りつづけていた。

六月二十六日、嘉膳は、彦九郎が異様なことをしているのに気づいた。彦九郎が克明に書きつづけてきた日記や知人から送られた漢詩、和歌などを水にひたしてもみながら破っているのだ。

嘉膳は、友人の永野十内を急いで呼び、

「なぜそのようなことをなさるのか」

と、声をかけた。

「私は、狂ったのでござる」

彦九郎は答え、しきりに歯ぎしりをする。

「勿体《もったい》ないではござらぬか。日頃《ひごろ》からつとめて書き記した日記を破り捨ててしまうとは誠に惜しい。私にお与え下さらば大切に保管いたします」

嘉膳と十内は、彦九郎の手の動きを制した。

「言われるまでもなく私も破り捨てることは辛い。しかし、これを残すと友人知己に禍《わざわい》がかかるおそれがある。それよりもむしろ破り捨てた方がいい」

彦九郎は、暗い眼をして言った。

「しかし、そのようなことをすれば、貴殿の朝廷に対する忠義が後世に残らなくなるではございませぬか」

十内の言葉に彦九郎は返事もせず沈思していたが、かすかにうなずくと破ることをやめた。

嘉膳と十内は彦九郎の身を案じてその顔を見つめていたが、下女が気をきかして彦九郎に薬をのませ食事も運んできた。

彦九郎は嘉膳たちと食事をとり、ようやく落着きをとりもどしたようだった。十内は安心して家に用事が残っていると言って辞し、嘉膳も彦九郎の部屋から出た。

しかし、嘉膳は不安になってすぐに部屋にもどってみると、意外にも彦九郎はすでに刀を腹に突き立てていて流れる血の中に身を屈していた。

「主人、主人」

彦九郎の口から、低い声がもれた。

嘉膳は驚いて走り寄り、

「なぜこのようなことをなされたのでござる」

と、叫んだ。

彦九郎が嘉膳と十内に話したいことがあると言ったので、嘉膳は急いで十内を呼びにやらせた。そして、二人は彦九郎の行為を嘆きながらも遺書の有無を問うと、懐中から辞世の歌二首を記した紙をとり出した。

彦九郎は、京都と故郷の方向に体を向け深く頭を垂れた。そして、その夜戌《いぬ》ノ刻(午後八時)頃、気力もおとろえて突っ伏した。

ただちに検使が来て、彦九郎に、

「何故《なにゆえ》の自刃か」

と、問うた。

「狂気故に……」

「故国は？」

「上州新田郡細谷村《にったごおりほそやむら》」

弱々しく答えた彦九郎の言葉は、そこで絶えた。

彦九郎は虫の息で生きつづけたが、翌暁《よくぎょう》七ツ（午前四時）に絶命した。かれの遺体は、久留米寺町真言宗遍照院に葬《ほうむ》られた。戒名は諡松陰以白居士《ししょういんいはくこじ》であった。

その死を知った前野良沢《りょうたく》は、簗《やな》次正とともに嘆き悲しんだ。かれは、彦九郎の死によって残された気力が失われるのを感じた。

高山彦九郎の死は、老いた良沢に打撃をあたえた。かれは、放心したように日を過した。

夏がすぎ、秋の気配が深まった。

その頃、かれのもとに江馬《えま》春齢（蘭斎《らんさい》）という医家が訪れてきた。春齢は大垣《おおがき》藩医江馬元澄の養子で蘭学を志し、良沢の教えを乞《こ》うてきたのである。

良沢の前に頭を垂れた春齢は、

「私はすでに四十七歳に達し、老いております。死期も近い身で新たにオランダの学問を志すなど誠に恥しく思いますが、やむにやまれぬ気持で参上いたした次第でございます」

と、言った。

人嫌《ひとぎら》いな良沢は、つつましい春齢の言葉に好感をいだいた。

「学を志すのに年齢のおそい早いはありませぬ。私がオランダ語の研究を志して長崎に遊学したのは丁度貴殿と同じ四十七歳の時でした」

かれは、頬をゆるめた。

春齢はその言葉に安堵《あんど》し、良沢の許しも得てオランダ語の勉強にはげむようになった。

良沢にとって誠実な努力家である江馬春齢は、老いの淋《さび》しさをいやしてくれる存在になった。そして、春齢も師良沢に誠意をもって仕えた。

やがて春齢は故郷の大垣にもどり藩から七十石を授けられる身になったが、絶えず良沢の身を案じて手紙を送ってきていた。

良沢は、家督も養子君敬にゆずったので中津藩中屋敷内にある家を去ろうと決心した。

その家はなつかしい思い出にみちていた。ターヘル・アナトミアを翻訳したのもその家であったし、珉子《びんこ》をはじめ長男の達《たつ》と二人の娘にかこまれて和気あいあいとした日々を過した家でもあった。

しかし、長女の死についで長男達、妻珉子の死にもあい、美しい思い出にあふれた家も今では悲しみのみが残されている家になっていた。

家は、すでに養子君敬の住居になっている。良沢は、家に未練はなく去ることを決意した。

かれは、隠棲《いんせい》の地を根岸に定めた。そこは、上野の山の麓《ふもと》にある閑静な地で、江戸の風流人が好んで隠宅をかまえていた。

かれは金銭の貯《たくわ》えもなかったので家を買い求めることができず、御隠殿坂の近くにある小さな借家を見つけて、そこに移り住んだ。

かれの持物は、蘭書以外にわずかな生活の道具だけであった。そして、自ら米を炊《た》き洗濯《せんたく》をして、夜はひっそりとふとんに身を横たえた。

かれは、依然としてオランダ書の訳読につとめていたが、夜の書見は不可能になっていた。視力がおとろえ文字を判読することができなかったのだ。

そうした生活の中で、かれを慰めてくれたのは根岸の土地の風物であった。

その地は春に鶯《うぐいす》が多いと言われていたが、たしかに気温がゆるむと鶯の初音《はつね》があたり一帯にきこえ、梅の香をかぎながら鶯の声をきいていると、気持がなごんだ。

かれは、時折、一節截《ひとよぎり》をとり出してその音色をたのしんだ。訪れる者もない、静かな日々が過ぎた。

かれは、しばしば家の近くを散策した。家の裏手は新堀村《にいほり》（日暮里《にっぽり》）につづいていて、その地は四季折々の景趣にとみ、江戸の行楽地として知られていた。また丘陵の上にある諏訪台《すわだい》も江戸の美景地と称されているだけに眺望《ちょうぼう》も素晴しかった。遠く日光や筑波《つくば》の山なみが望まれ、台地の下には新堀村、三河島がひろがり、樹木にかこまれた寺院の屋根も美しかった。

さらに秋になると、諏訪台に接した道灌山《どうかんやま》にも足を向けた。そこも眺望にめぐまれ、殊《こと》に虫の名所として知られているだけに虫の美しい音がきかれた。

かれは、根岸に居を定めたことを幸せに思った。深い山奥にいるような静けさがただよい、鳥のさえずりも絶え間ない。細い道で会う人々も礼儀正しく頭を下げ、ひっそりと通り過ぎてゆく。

かれは、この地で死を迎えたいと思った。

根岸に隠棲したことで、人との交りは全く絶えた。

オランダ商館長一行が江戸に来ても、かれは長崎屋に足を向けることもしなかった。また大槻《おおつき》玄沢が正月に蘭方医たちを家塾《かじゅく》の芝蘭堂《しらんどう》に集めてオランダ正月と称される宴をひらき、良沢も招きを受けたが一度出席しただけでそれ以後は応ずることもしなかった。

かれは、築次正や門人の江馬春齢とわずかに書簡を交すだけであった。

かれが遠出をするのは、娘の峰子の嫁ぎ先である小島春庵《しゅんあん》の家に行く時にかぎられていた。春庵の家は神田お玉ヶ池の近くにあって、かなりの距離があった。足腰の衰えた良沢は、杖《つえ》をついて途中休息をとりながら春庵の家まで歩いていった。

峰子には男児が産れていて、良沢はその孫を眼にするのが楽しかった。ただ一人の娘の子が、かれの血をつぐ唯一《ゆいいつ》の存在であったのだ。

峰子は、一人で隠棲生活をする老父の身を案じて、良沢を引きとめては泊るようにすすめた。良沢も娘の懇請に応じて泊ることもあったが、翌日には必ず春庵の家を去った。かれは、他家にとついだ娘に甘える気になれなかったのだ。

良沢の生活は貧しかったが、乏しい金を捻出《ねんしゅつ》しては蘭書の入手をつづけていた。眼はかすんで細字を追うことは困難になっていたが、オランダ語からはなれることはできなかった。

蘭書の購入は、かれの生活を極度に圧迫した。気に入った借家であったが、家賃を支払うことも負担になってきた。

かれは、元藩医として医術にも長じていたが、患者を治療する気持は全くなく、ただひたすらオランダ書の訳読のみに心を傾けていた。日本随一の蘭学者ではあったが、門人をとろうともせぬかれには収入の道が杜絶《とだ》えていたのだ。

ただ養子君敬《きみたか》から送られてくる金銭が生活の資になっていたが、君敬も決して経済的余裕のある身ではないので、その金も辛うじて良沢の侘《わび》しい生活を支える程度のものにすぎなかった。

良沢は、家賃の安い借家に移ることを余儀なくされた。

寛政九年十一月二十二日朝、江戸佐久間《さくま》町から発した火は、薬研堀《やげんぼり》、新大橋に飛火して、強風にあおられ家々を焼きはらった。火は深夜になってようやくやんだが、杉《すぎ》田《た》玄白の家も灰に帰した。

ただちに小浜藩《おばまはん》から貸出《かし》し金が下賜され、翌年には新居が建てられた。かれの名声は不動のものになっていて、その富も莫大なものになっていた。

かれは、藹斎《いさい》と号していて「藹斎日録」という日記を怠らず書きつづけていたが、必ず大晦日《おおみそか》にはその年の収入を計算し記録していた。それによると、収入は年々増加し、寛政八年には五百両を越え、寛政十二年には六百両を大きく突破している。下女が骨身惜しまず働きつづけても一年間に得る収入が一両二分であり当時の流行作家滝《たき》沢馬琴《ざわばきん》の最高年収が四十両足らずであったことからみても、玄白の収入は医家として破格のものであった。

家庭的にも、かれは恵まれていた。寛政六年には養子伯元と長女扇《せん》の間に男子が生れ、さらに寛政十年には長女が出生した。養子伯元が二人の子を得たことは家系の安泰を意味するもので、玄白の喜びは大きかった。

玄白の名声は神格化されるまでにたかまっていた。かれのもとには著名な蘭方医が集り、多くの門人がむらがっていた。

そうしたかれの位置をしめすものとして、「和蘭《おらんだ》医事問答」の出版が養子伯元と門人大槻玄沢の手によって企画された。それは、玄白と建部清庵《たけべせいあん》との間に交された書簡集であった。

杉田玄白が「解体新書」を出版する準備をすすめていた頃、養子伯元の実父である一関藩医建部清庵から医学に関する質問状がもたらされた。それに対して玄白は、返事を送り、その後両者の間で、さかんに書簡が交された。清庵は死去したが、その書簡が医学の重要な問題にふれているので伯元がそれをとりまとめようと企てたのだ。

伯元の兄は、一関藩医として建部家をついでいたので、同家に所蔵されている玄白の返書を取り寄せ、編集した。そして、寛政七年秋に「和蘭医事問答」として出版した。

陸奥《むつ》一関侍医清庵建部先生
若狭《わかさ》小浜侍医鷧斎杉田先生
問答

と記され、編集人として養子伯元、大槻玄沢、玄白の門人有阪其馨《ありさかきけい》と清庵の最初の質問状を玄白のもとにとどけた衣関甫軒《きぬとめほけん》があげられていた。

この書は蘭方医たちの必読すべきものとされ、玄白はオランダ医術の最高の指導者として畏敬《いけい》を一身に集めた。

玄白は、供の者を連れて駕籠《かご》に乗り患家を往診しながらも社会人として積極的な活動もつづけていた。養子伯元、門人大槻玄沢の学は大いに進み、また多くの蘭学者も続々と生れている。それらも例外なく玄白を師と仰ぐ者たちであった。

ターヘル・アナトミアの訳業に努力した同志の中川淳庵《じゅんあん》は、すぐれた才能をもちながらも天明六年六月四十八歳ですでにこの世を去っていた。ただ桂川甫周《かつらがわほしゅう》は健在で、寛政六年に「北槎聞略《ほくさぶんりゃく》」を編纂《へんさん》するなど、さかんに語学的な才能を生かして活躍していた。

玄白は、前野良沢のことを時々思い出すことがあった。良沢が根岸に身をひそめていることは知っていた。息子の達についで、夫人の珉子が病死したという話も耳にしていた。当然、生活は貧しく、ひっそりと生きているにちがいないとも思った。

玄白は長生きしていたが、良沢の長命にも驚きを感じていた。寛政十年に玄白は六十六歳、良沢は七十六歳であった。

ターヘル・アナトミアの翻訳を志してから、すでに二十七年という長い歳月が経過した。そして、「解体新書」の出版とともに良沢との交際は断たれた。かれは、江戸のみならず全国に名を知られた大蘭方医と称されるようになったが、良沢は、一般人には無名の一老人にすぎず、侘しい暮しをしている。その差は、余りにも大きい。

玄白は、良沢に対してひそかにひけ目を感じていた。ターヘル・アナトミアの翻訳は良沢の力によるものであったが、訳者は玄白になった。それによってかれは輝かしい栄光につつまれたが、良沢は貧窮の道をたどっている。

玄白は、良沢がどのようなことを考えているか薄気味悪かった。子も妻も失った良沢が、貧しさに堪えながら生きている姿を想像することは辛《つら》かった。

しかし、それも良沢自身に原因があると思った。「解体新書」の訳者となることを拒んだ良沢は、人の訪れも受け入れようとはせず、門人をとろうともしない。そして、ひたすら蘭書の訳述につとめ、しかも訳書の出版にも応じない。そうした態度が、富にも名声からも突き放されるようになったのだ。

すべては良沢殿の頑《かたくな》な性格によるものだ、と玄白は自らを慰めた。良沢はせまい蘭学研究という世界にとじこもっているが、自分は「解体新書」の出版を踏み台にして多くの学徒を指導し、蘭学の進歩をうながした。いずれが正しいかは別として、自分は医学のために大きな貢献を果したのだと思った。

事実、玄白は年を追うとともにその考え方も円熟し、関心も広く多岐にわたっていた。

対外的には、北辺問題がかれの関心をひいていた。ロシアは千島をうかがう気配が濃厚で、幕府は近藤重蔵《こんどうじゅうぞう》らを派遣して探検させ、寛政十年にはエトロフ島に「大日本恵土呂府《えとろふ》」の領土標識を建てさせ蝦夷《えぞ》・千島方面への守備をかためていた。

外国の事情にうとい幕府は、蘭学を学ぶ者から知識を得ようとし、玄白もロシアの動きに注目して国のために力をつくさねばならぬと身辺の者に説いていた。

また、政治、経済に対する鋭い発言もしばしばで、かれの洞察力《どうさつりょく》は多くの者たちに強い影響力をあたえていた。かれは医家であるだけではなく、すぐれた文明批評家でもあった。

そうした玄白とは対照的に、良沢は孤然として生きた。

かれは、家賃の安い借家へ転居せざるを得なくなっていたが、根岸をはなれる気持にはなれなかった。

かれが長い間住んでいた築地《つきじ》鉄砲洲《てっぽうず》は、潮風の匂《にお》いがして風もまともに吹きつけたが、根岸はおだやかな静寂にみちている。樹木の香が家をつつみ、四季折々の花の匂いが漂い流れてくる。強い風が吹くこともあったが上野の山のかげにあるため風も防がれ、樹葉のざわめきがむしろ幽谷《ゆうこく》に身を置いているような風趣を感じさせた。

かれは、根岸の里を歩きまわってようやく小さな借家を探し出した。家賃も格安で、その日のうちに人を頼んでわずかな家財を運び入れた。

しかし、その家は余りにも小さく寝起きするだけの空間しかなかった。家もかなりいたんでいて、屋根は所々はがれて雨もりもする。それでもかれは、静かな環境に安らぎを感じていた。

かれは、附近《ふきん》の農家から米や野菜を分けてもらっては自炊して暮した。

夜になると、かれは焼酎《しょうちゅう》を茶碗《ちゃわん》にみたして飲んだ。かれの贅沢《ぜいたく》といえば、毎夜口にふくむ茶碗一杯の焼酎のみであった。

大垣に去った唯一の門人ともいえる江馬《えま》春齢から、正月の祝いとして白銀二両が贈られてきた。

良沢は、春齢の好意が嬉《うれ》しかった。貧しい生活をつづけるかれには、その金がひとしお貴いものに思われた。

かれは、正月二十日に春齢へ手紙を書き、

「……白銀二両御恵贈被レ下《くだされ》、御懇情忝《かたじけなき》次第奉レ存《ぞんじたてまつり》候」と、深い謝意をしめした。

かれは手紙の末尾にオランダ語の署名をすることが多くなっていたが、その折も前野 良沢 M. Liotack と署名し、また他の手紙には名の〝熹《よみす》〟を Jomis と書いたりした。

元号があらたまり、享和《きょうわ》二年、良沢は八十歳になった。

その年の冬は、老いの身に堪えがたいものに感じられた。借家の壁は破れ、戸にもすき間があいていて冷気が容赦なく入りこんでくる。かれは背を丸め、火鉢《ひばち》にかがみこんで寒さをしのいだ。

かれの体は衰えた。眼《め》もかすみ、オランダの文字を判読することもできなくなった。また聴力も失われ、鳥のさえずりを耳にすることもなくなった。

足腰も急速に衰えをみせ、土間におりると杖にすがりつく。かれは、そんな体になっても竈《かまど》に薪《たきぎ》をさしこんで貧しい食事を作っていたが、意地をはって娘の峰子への手紙には、「無二異儀一《いぎなく》、加年仕《つかまつり》候」と無事に新年を迎えたことをつたえたりしていた。

一月下旬、良沢の借家は雪に埋れた。前日の午後ちらつきはじめた雪が夜に入って激しくなり、夜明け近くまで降りつづいた。朝の陽光が雪に反射し、家の中は明るかった。かれは、食事をとると再びふとんにもぐりこんだ。

しばらくすると、人の声がきこえたように思えた。かれは、耳をそばだてた。再び人の声がきこえた。それは娘の峰子の声であった。

かれは身を起すと土間におり、杖にすがって戸をあけた。

雪の中に、供の者を連れた峰子が立っていた。

「よく来たな」

良沢は、峰子を招き入れた。

土間に入った峰子は、立ちすくんで家の内部を見まわした。それは、家というよりも小舎《こや》に近かった。壁土は剝《はが》れ落ち、障子は破れている。冷気がただよい、火の気と言えば竈の中に残った薪の燃えがらだけであった。

供の者が、気をきかして火をおこし湯を沸かしはじめた。

峰子は、良沢の姿を見つめた。秋に会った時とは別人のように、かれは老いていた。乱れた総髪は白く枯れていて、顔には深い皺《しわ》がきざまれている。土間から部屋に這《は》い上るのも、大儀そうであった。

峰子の眼に、涙が湧《わ》いた。小さな部屋の隅《すみ》に蘭書《らんしょ》が積まれ、書見台に蘭書が置かれている。老いた良沢が依然としてオランダ語に親しんでいることに、峰子は嗚咽《おえつ》がつき上げてくるのを感じた。

「ひどい雪だな。しかし、根岸の雪景色はいい」

良沢は、障子の破れ目から外をのぞいた。

「父上、今日はお迎えに参りました」

峰子が、言った。

良沢は、峰子に顔を向けた。

「春庵殿が父上を家にお迎えいたしたいと申し、私がお迎えに参上いたしました。今日はとりあえず父上をお連れし、荷物は雪が消えた頃《ころ》にでも運ばせます」

峰子は、良沢に白湯《さゆ》をすすめながら言った。

「春庵殿が私を引取るというのか。それはありがたいが、娘の婚家に世話になるのは心苦しい。一人住いも気楽でいいものだ。そっとしておいて欲しい。春庵殿には、お気持だけはお受けしたと伝えるように……」

良沢のくぼんだ眼にも、光るものがにじみ出た。

「父上、私は幼い頃から父上のお言葉通りに従って参りました。しかし、一度ぐらいは私の言うことに従っていただきとうございます。私も人の妻であり子の母でもございます。一人前の女になっております。父上の言うままに従うわけには参りませぬ」

峰子の語気は、強かった。

良沢は、ふと十年前に死別した妻の珉子《びんこ》のことを思い出した。珉子は明るい性格であったが、気性は強かった。良沢に反撥《はんぱつ》することはあっても機智《きち》にとんだ言葉で物柔かに自説を主張するので、いつの間にか良沢はそれに従ってしまう。

峰子の言葉も珉子と同じ調子で、顔つきまで酷似してみえた。

かれは、頰《ほお》をゆるめた。

「よろしゅうございますね、父上」

峰子が、念を押すように言った。

良沢の微笑はさらに深まり、かすかにうなずいた。

峰子が小まめに動いて、良沢の身仕度をととのえた。その間に供の者が家主の家に走って、荷物を翌日引取ることを伝えてきた。

戸外には、雪の上に二丁の駕籠《かご》が待っていた。かれは、供の者に助けられて駕籠に身を入れた。

駕籠が、ゆっくりと動き出した。

良沢は、人足の雪をふむ足音を耳にしながら、静かに眼を閉じていた。

その年の九月、良沢は、大槻《おおつき》玄沢の懇請で迎えの駕籠に乗って玄白との合同賀宴に出席した。玄白が七十歳、良沢が八十歳の長寿を祝う会であった。

席上大槻玄沢が、「鷧斎（玄白）先生七十寿贅言《ぜいげん》」という祝辞を述べ、玄白と良沢の長寿と蘭学隆盛を祝った。

良沢は、疲労をおぼえて早目に宴席をはなれ峰子と孫の待つ小島春庵《しゅんあん》の家に帰っていった。

良沢にとって長寿を祝う会はそれだけであったが、玄白の周辺はにぎやかであった。友人知己をはじめ門下生や患家の祝いがつづき、小浜藩からも祝いの品々がとどけられた。

まず藩主酒井侯から羽織が下賜されたのにつづいて、若殿からも小袖《こそで》が贈られた。それに対して玄白は、藩の重臣らを招いて宴を開き、さらに友人知己らと盛宴を張ったりした。

かれの門下には蘭方医の大家が続々と輩出し、玄白の塾は日本の蘭学の中心になっていた。養子伯元は内科、大槻玄沢は蘭学研究者であると同時に外科の大家であり、また門下生の宇田川玄真は、解剖学の指導的医家になっていた。

玄白は、それら門下生の存在に満足し、著述をすすめるとともに会合や患者の往診にと精力的に動きまわっていた。

良沢の引きとられた小島春庵の家は神田お玉ヶ池の近くで、玄白の家からは十丁ほどの近さであったが、多忙な玄白は、その近くを通っても駕籠をとめるようなことはしなかった。

享和三年が、明けた。

良沢の老いは、さらに深まった。歩行も困難になって、ほとんど坐《すわ》ったままであった。

かれの視力は一層衰え、読書は全く不可能になっていたが、かれは峰子に命じて書見台の上にオランダの書籍を常に開かせていた。

かれの眼は、すでにオランダ文字の輪郭すらとらえることはできなかったが、かれは、終日蘭書に眼を向けつづけていた。横にならんだ文字と向い合っているだけでも、気持が安らいだのだ。

その年の夏はハシカが大流行し、棺《ひつぎ》の列が江戸の橋々を渡る日がつづいた。暑熱ははげしく、良沢は暑さに喘《あえ》いだ。

秋風が立ちはじめた頃、かれは身を横たえるようになった。そのうちに食事も自分ではとれなくなり、厠《かわや》に立つこともできなくなった。

鋭かったかれの眼光も弱々しいものになり、口を半開きにして天井をぼんやりと見上げていた。

空気の冷えが増し、落葉がしきりになった。

十月十七日朝、良沢は昏睡《こんすい》状態におちいった。そして、その日の午後、かれの呼吸は停止した。

かれの遺体は棺におさめられ、菩提寺《ぼだいじ》の慶安寺に葬《ほうむ》られた。通夜《つや》にも葬儀にも焼香客はほとんどなかった。戒名は、楽山堂蘭化天風居士《こじ》で、妻珉子、息子達と長女の戒名の並べられた小さな墓碑に、かれの戒名もきざまれた。

かれの死は、その日のうちに杉田《すぎた》玄白にもつたえられた。が、玄白は近所の患家と駿河台《するがだい》の患家に往診におもむき、良沢の息をひきとった小島春庵の家へは足を向けなかった。

翌十八日には霧が湧いたが、それもはれて好天になった。

朝食をすましたかれは、新居の広い部屋でゆったりと脇息《きょうそく》にもたれて茶をのんでいた。三十二年前、良沢に協力してターヘル・アナトミアの翻訳に取りくんだ頃のことが思い出された。

おそらく今日は葬儀のはずだ、と、かれは胸の中でつぶやいた。焼香に行かねばならぬ、とも思った。ターヘル・アナトミアの翻訳は良沢の力で果されたもので、「解体新書」も良沢の存在なしには生れなかった。そして、さらに自分の現在の境遇も良沢がもたらしてくれたものとも思えた。

かれの胸には、良沢の死を悲しむ感情は湧いてこなかった。むしろ負い目をいだきつづけてきた良沢がこの世を去ったことに、安堵《あんど》の気持が強かった。

かれは、葬儀に出向くことが億劫《おっくう》になった。その日は本所に往診することが予定され、夜も知人の別荘でひらかれる酒宴に招かれている。かれは、茶を味わいながら良沢の葬儀に赴く気持が失せたのを意識していた。

玄白は、良沢の死んだ当日の日記に「十七日雨雲近所・駿河台病用」という文字の下に、「前野良沢死」という五文字を記したのみであった。かれの脳裡《のうり》からは良沢の存在が消え、往診に会合にと連日駕籠で動きまわった。そして、その年の暮れには、

明日ありと
　思へハ嬉し大晦日《おほみそか》

という句を作り、例年のようにその年の収入を計算し、「当年総収納高合金五百七十三両也　被下金十両如《ごとし》レ例」と、日記に句とともに書きとめた。

かれの念頭には良沢の死を悼《いた》む気持はなく、家族や門人とともに新年を祝った。そして正月二日には、「かくれなき大果報者　出迎へハ福の神〳〵甲子の年」と、身の幸運を日記に記した。

かれの栄華は、つづいた。

その年、後妻の長男甫仙《ほせん》（預）が十九歳で独立し眼科専門の医家として藩の許可を得、五十石、三人扶持《ぶち》を賜《たまわ》る身になった。が、ただその年は不景気で治療費の集りが悪く、玄白はそれを嘆いて、年末の日記に、「当年総収納四百二十八両一分二朱、病客不財収納減　世上窮困可嘆」と書き記した。

かれの金銭に対する関心は強く、寛政七年末には、「……富は智多きに似て貧は魯《ろ》

に似る。人間万事銭神に因《よ》る」という詩を作ったが、金銭の力を信じていた合理主義的な人物でもあった。

翌文化二年、玄白の身に一大慶事が寄せられた。

六月二十二日の夕刻、藩邸に召されて明日江戸城へ出頭するように命じられ、翌二十三日朝、藩の御留守居役池上太兵衛とともに登城した。玄白が招き入れられた江戸城躑躅《つつじ》の間には老中、若年寄が列座し、老中青山下野守忠裕《しもつけのかみただやす》から、「多年家業出精《しゅつせい》に付、御序《ついで》を以御目見《おめみえ》可レ被二仰付《おほせつけらるべし》一」という上意が伝えられた。

この御達しは、玄白をはじめ藩主酒井侯、天真楼塾生らを喜ばせた。将軍の拝謁《はいえつ》を受けることは藩医として異例であり、蘭方医としては初めてのことであった。

七月二十八日、玄白は御留守居役梅田大八とともに登城し、第十一代将軍家斉《いえなり》に拝謁を許され、薬を献上した。そして、翌二十九日には酒井侯から御近習頭《ごきんじゅがしら》格を仰《おお》せつけられ、さらに五十石加増の御沙汰《ごさた》があった。玄白の栄誉は天真楼塾のそれでもあって、塾内は沸きに沸いた。

玄白は、翌々文化四年、隠居し家督を伯元にゆずって画・詩、和歌、俳句等の述作に日を送り、その間にも診療につとめていた。

かれの著述は「形影夜話《けいえいやわ》」「玉味噌《たまみそ》」「野叟《やそう》独語」「犬解嘲《かいとう》」「蘭学事始《ことはじめ》」等数多く、

医学、政治、外交、社会、道徳等多岐にわたっていた。

……文化十四年、玄白は八十五歳の老齢に達した。病弱で結婚まで逡巡《しゅんじゅん》したかれにとっては、夢想もできぬ長寿であった。

四月十七日は、美しく晴れた日であった。その日、かれは不帰の客となった。

杉田伯元、大槻玄沢をはじめ多くの門下生がつめかけていてその死が処々方々につたえられ、蘭方医家らが続々と集ってきた。

通夜につぐ葬儀には江戸市中のみならず遠方からも多くの医家や患家の者たちが参集し、小浜藩《おばまはん》の重臣らも姿を見せ、おびただしい香煙が邸の内外にみちた。それは大蘭方医家である杉田玄白の死にふさわしいものであった。

戒名は九幸院仁誉義貞玄白居士で、柩《ひつぎ》は長い葬列とともに芝の栄閑院《えいかんいん》に運ばれた。

あとがき

六年ほど前、編集者の岩本常雄氏から、医史学会会長の小川鼎三《ていぞう》順天堂大学教授が某銀行で「解体新書」についての講演をするが、行ってみぬかと誘われた。丁度仕事も一段落した時であったので、岩本氏とともに会場に赴いた。

私は、小川教授の話をきいているうちに、いつの間にか熱中してメモをとりはじめていた。「解体新書」について或《あ》る程度の知識はもっていたが、これほど劇的で、その訳業が劃期《かっき》的な意義をもつものであることは知らなかった。殊《こと》に前野良沢《まえのりょうたく》と杉田玄《すぎたげん》白《ぱく》の人間としての対比が興味深く、二百年前に生きた二人の生き方が、現代に生きる人間の二典型にも思え、講演の終った時、私は良沢を主人公にした「解体新書」の訳業とその背景を書いてみることに心をきめていた。

それから四年間、私は執筆の準備をすすめ、岩本氏の編集する「クレアタ」という医学雑誌に連載した「日本医家伝」に前野良沢を採り上げて短篇《たんぺん》にまとめたが、それは予備運動ともいうべきもので、「月刊エコノミスト」に、「冬の鷹《たか》」と題し、一年七カ月にわたる連載小説を書きはじめたのである。

杉田玄白は、晩年に至ってターヘル・アナトミアの翻訳書である「解体新書」の翻訳過程を「蘭学事始《らんがくことはじめ》」として書きとめた。この書は、他に「和蘭《おらんだ》事始」「蘭東事始」とも題されたが、福沢諭吉の文章によると、幕末に開成所頭取神田《かんだ》孝平《こうへい》が府下本郷を散策中、聖堂裏の露店に古びた写本の「蘭学事始」がおかれているのを発見したという。そして、神田からそれを借り受けて読んだ諭吉は深く感動し、明治二年に出版して世に紹介したのである。

この一書によって、日本最初の本格的なオランダ語医書の翻訳経過があきらかにされたのだが、それはあくまでも玄白の側から見た訳業であり、前野良沢を主人公として「冬の鷹」を書き進めようとしていた私には、重要資料ではあっても参考にする程度の意味しかなかった。

幸い、良沢に関してはすぐれた研究書が出版されていた。それは、岩崎克己氏の「前野蘭化」(蘭化は良沢の号)で、良沢研究はこの著書に集大成され、その後の研究はわずかな補綴《ほてつ》にすぎないと言っても過言ではない。

私は、岩崎氏に会って原資料の閲覧を乞《こ》いたいと思い、自宅に電話をしてみたが、氏は、

「戦災で資料を失ってしまったので、お眼《め》にかかってみてもお見せできるものはない」

と、言った。

私は失望したが、岩崎氏の「前野蘭化」を主軸に出来得るかぎり資料を集めて良沢像を描いてみたいと思った。

良沢の訳業を助けた杉田玄白については、片桐《かたぎり》一男著「杉田玄白」(吉川弘文館《よしかわこうぶんかん》)を参考にしたが、片桐氏と会って良沢についての教示も得た。

執筆に最も時間を費したのは、ターヘル・アナトミアを良沢らがどのように翻訳したかであった。私にはオランダ語の知識がないので、蘭英辞書を唯一《ゆいいつ》のたよりに慶応大学教授大鳥蘭三郎氏所蔵の原著を複写させていただきターヘル・アナトミアに取り組んだ。

良沢が訳したであろうように私も訳を進めたのだが、蘭英辞書のような辞書も持たなかった良沢らが、ともかくも翻訳を成しとげたことに、私は驚嘆した。玄白が「蘭学事始」の中で、

「誠に艪舵《ろかじ》なき船の大海に乗り出《い》だせしが如《ごと》く、茫洋《ぼうよう》として寄るべきかたなく、ただあきれにあきれて居たるまでなり。」

と書いているが、全くその通りであったろうし、私もかれらの意志の強靱《きょうじん》さと頭脳の良さに、ただあきれにあきれた。

この翻訳過程について一般に定説化された有名なエピソードが、研究者たちによって訂正されていることも知った。

私が小学校に通っていた頃《ころ》の教科書には「解体新書」の翻訳事業のことがのっていて、その中の一つの挿話《そうわ》に感動したことを記憶している。それは、鼻の部分を訳す時の苦心についてであった。

ターヘル・アナトミアの中で「鼻は、フルヘッヘンドしたもの也《なり》」という文章の、フルヘッヘンドという単語の意味がかれらにはわからない。それを良沢が長崎から持ち帰ってきていた仏蘭辞書の中のフルヘッヘンドの訳註《やくちゅう》に、「庭を掃除すれば落葉や土などが集ってフルヘッヘンドする」という一文を見つけて、訳出の糸口を見出《みいだ》す。

良沢たちは、どういう意味か思案したが、玄白が、

「落葉や土を集めれば、堆《うずたか》くなる。つまり鼻は顔の中で隆起したものだという意味だ」

と叫んで、一同大いに喜んだというのである。

これは、なにも教科書の作製者が創作した話ではなく、杉田玄白が「蘭学事始」に

左のように書き記してあることを参考に紹介したものなのである。

「また或る日、鼻のところにて、フルヘッヘンドせしものなりとあるに至りしに、この語わからず。これは如何《いか》なることにてあるべきと考へ合《あはせ》しに、如何《いかん》ともせんやうなし。……漸《やうや》く長崎《ながさき》より良沢求め帰りし簡略なる一小冊ありしを見合せたるに、フルヘッヘンドの釈註に、……庭を掃除すれば、その塵土《ぢんど》聚《あつ》まりフルヘッヘンドすといふやうに読み出だせり。これは如何なる意義なるべしと、また例の如くこじつけ考え合ふに、弁《わきま》へかねたり。時に、翁《をう》(玄白)思ふに、……掃除して塵土聚まればこれも堆くなるなり。鼻は面中に在りて堆起《たいき》せるものなれば、フルヘッヘンドは堆(ウヅタカシ)といふことなるべし。然《しか》ればこの語は堆と訳しては如何といひければ、各々《おのおの》これを聞きて、甚《はなは》だ尤《もっと》もなり、堆と釈さば正当すべしと決定せり。その時の嬉《うれ》しさは、何にたとへんかたもなく、連城の玉をも得し心地せり。」

この一文は、興味深い挿話として疑う者もなく教科書にも採用されたのだが、岩崎克己氏をはじめ「解体新書」研究家によって、それが根拠のないものであることが指摘されている。その理由は簡単で、原書ターヘル・アナトミアの「鼻」の部分にフルヘッヘンド(verheffende)という単語がなく、事実私も原書にその単語を見出すことができなかった。

このことについて小川鼎三氏は、「蘭学事始」を書いた時の玄白がすでに八十三歳の老齢で、四十余年も前のことでもあるので記憶ちがいをしたのだろうと述べているが、私は、この誤りに玄白の人間像をかい間見る思いがする。

良沢は、ターヘル・アナトミアの翻訳を出発点にオランダ語研究への道を進んでいったが、玄白は「解体新書」の出版と同時にほとんどオランダ語からは遠ざかった。八十三歳の老齢ではあっても、重要な著書である「蘭学事始」を書くにあたって、もしもオランダ語の知識を持ちつづけていたとしたら、当然ターヘル・アナトミアをひるがえして鼻の部分の文章を読んで記憶をたしかめたはずである。

それを誤ったままにしておいたのは、玄白が「解体新書」出版後にオランダ語研究から完全にはなれてしまった証拠と考えるのが自然だろう。そして、この一事からみても学究肌《はだ》の良沢と流行医の道をたどった玄白との生き方が鮮やかに浮き彫りされているように思うのだ。

良沢は、ターヘル・アナトミアの翻訳後、人との交際を断ったが、そのかれが寛政三奇人の一人と称された高山彦九郎《たかやまひこくろう》と親しく接した事実は興味深い。

彦九郎の綿密な日記を読むと、ひんぱんに良沢の家に行っては酒を飲み、食事をし、泊っている。良沢の息子の達《たつ》（良庵《りょうあん》）は、彦九郎の郷里である上州（群馬県《ぐんま》）に残されたかれの妻子が、幕府側の迫害を受けて窮地におちいっているのを見かねて、わざわざ実情をしらべに上州まで出掛けていったほどである。

なぜ良沢が彦九郎を親しく受け入れるようになったのか。彦九郎日記からはそのことについて探り出せる記述は見出せないが、仲立ちをしたのは中津《なかつ》藩士《はんし》簗《やな》次正（又七）という人物であることは彦九郎日記からも確実に推測できる。

高山彦九郎、簗次正、前野良沢の三者がどのように結ばれたのか。その事情を知りたいと思った私は、まず彦九郎と次正の関係をしらべるために、高山彦九郎の研究家である前橋市立図書館長萩原《はぎわら》進氏を群馬県前橋市に訪れた。

萩原氏は、次正の仕える中津藩主奥平侯の先祖が、彦九郎の郷里である上野国《こうずけのくに》の出であることに特殊な親近感をいだき接近したのではないかという意見を述べた。調査してみると、たしかに奥平侯の先祖は赤松氏として上野国奥平郷を領し、それによって奥平氏と改めたことがあきらかになった。彦九郎が殊のほか郷土意識の強い人物であっただけに、萩原氏の解釈はたしかに理にかなっていると思えた。

彦九郎日記によると、安永九年六月二十二日、富士登山の帰途神奈川宿《かながわしゅく》で簗次正と同宿して意気投合、それから次正との交友がはじまったと記されている。食あたりした彦九郎を次正が道中なにくれと介抱したことによって二人は接近したのだが、かれらの会話中に萩原氏の指摘通り奥平侯の先祖の領有地一件もあって親交の重要な要素となったことを確証づけている。

さらに私は、簗次正と前野良沢の関係の調査にかかった。次正も良沢も中津藩に仕え、しかも築地《つきじ》鉄砲洲《てっぽうず》にあった中津藩の江戸中屋敷内に住居をもっていた。当然、同藩邸の者として交流はあるはずだが、良沢は交際ぎらいで、同藩の者に対しても会うことすら避けていた節がある。が、全く未知の高山彦九郎を紹介し、その上しばしば宿泊させた次正とは、かなりの親しいつき合いをしていたことが彦九郎日記からも十分にうかがえる。

その結びつきを知るために、私は大分《おおいた》県中津市に赴いた。中津は、城下町らしい静かな町で、まず中津市立小幡《おばた》記念図書館で簗次正の資料その他を閲覧した。その中に高山彦九郎と次正の親交を結んだきっかけが左のように書かれていた。

「(次正) 江戸在勤中高山彦九郎と一日相会して国事を論ず。互にゆずらず。彦九郎言葉に窮し、怒って刀をとり、立ちて打たんと擬す。『君よく我を斬《き》るべし』と次正笑う。彦九郎怒って次正を斬る。体をはずし彦九郎の腕をつかみ笑う。彦九郎感じ入って次正に剣を学ぶ」

一読して、作り話の感が深い。次正は剣をよくし、彦九郎もそれに敬意を感じていたことはあったにちがいない。しかし、次正と対した彦九郎が言葉に窮したからと言って刀をふるうような人物には到底思えぬ。やはり、彦九郎日記に明記してある通り神奈川宿で同宿したことが最初の出会いであり、その後の親交を深めた発端と解釈すべきである。

図書館の久保《くぼ》一正氏が紹介してくれた郷土史家嶋通夫《しまみちお》氏と、簗次正の後裔《こうえい》である簗一人氏宅に赴いた。

簗家には、多くの資料が残されていた。彦九郎の次正にあてて詠《よ》んだ和歌や、林子平《はやししへい》から次正宛《あて》の手紙もある。その資料の中に、私は「次正が和歌をよくし、一節截《ひとよぎり》の宗勲《そうくん》流を前野良沢より習い名手となる」という一節を見出した。

私は、中津に来た甲斐《かい》があったと思った。

良沢は、幼い頃父と死別、母も他家に去って孤児同然となり淀《よど》侯の医師であった伯父宮田全沢《ぜんたく》に養われた。全沢は良沢にさまざまな教えを垂れたが、その中の一つが「蘭学事始」に、

「人といふ者は、世に廃《すた》れんと思ふ芸能は習ひ置きて末々までも絶えざるやうにし、当時人のすてはてゝせぬことになりしをばこれをなして、世のために後にもその事の残るやうにすべし」

と紹介されているが、良沢もその教えにしたがって人のかえりみなくなった一節截という尺八の原型ともいうべき管楽器の習熟につとめた。

つまり一節截は良沢の若い頃から愛してきた楽器で、教授を乞う次正とたちまち交りを結んだにちがいない。趣味は人を結びつけるというが、一節截が良沢と次正をかたく結びつけたのだろう。

簗家には、幸いにも次正愛用の一節截が残されていた。それは、尺八よりも短く細い。優雅な管楽器で、玉うたはという銘が記されていた。

私は、この旅で、良沢、次正、彦九郎がいかにして結ばれたかを知った。

高山彦九郎は、寛政五年六月二十七日久留米《くるめ》在住の友人森嘉膳《もりかぜん》宅で自刃《じじん》したが、彦九郎の克明に記した尨大《ぼうだい》な旅日記は、幕府の押収《おうしゅう》をおそれた嘉膳によって秘蔵され、さらに信州の矢島家に保存されて現存し、彦九郎歿後《ぼつご》百五十年を経て公開された。その発刊を指導されたのは東京学芸大学名誉教授千々和実《ちぢわみのる》氏で、私も氏から多くの指示を受け、前野良沢から彦九郎宛の書簡や良沢の子である達から彦九郎に送られた手紙を閲読させていただいた。むろんこれらの書簡は矢島家所蔵のものの写しであるが、この書簡の中で良沢の隠居した日付を知ることができたことは幸いだった。それは、良沢の息子達（良庵）から高山彦九郎にあてたもので、

「……去霜月良沢儀隠居願差出候処《ところ》、同月十一日良沢隠居私、願の通被申付《まうしつけられ》候、此段も乍序《ついでながら》為御知申上候、良沢随分無異罷在《まかりあり》候、隠居致格別気分も寛《ゆるやか》ニ相成候故歟《ゆゑか》例年よりは寒気ニも凌能《しのぎよく》覚候事御座候、御安心可被下《くださるべく》候、野子家督後勤方甚《はなはだ》いそかしく、俗用のミ取紛《とりまぎれをり》居候事ニ御座候……」

日付は寛政三年正月十五日になっているので、その前年の十一月十一日に良沢の隠居願いが許され、達が家督をついだことが立証されている。良沢の隠居した年が不明とされていただけに、この書簡は私を喜ばせた。

また良沢から彦九郎宛の書簡に、カムチャツカ関係の翻訳について「カムシカツト、カムサツカ之《の》地図幷《ならびに》風土人物等の翻訳、正月十三日迄《まで》ニ卒業仕《つかまつり》候」という一文もみえて、寛政三年一月にその翻訳が成ったこともうかがい知ることができた。

良沢の晩年を知る資料はほとんどなく、私を困惑させた。かれは、息子の死についで妻の死にもあう。養子を迎え入れたが、家督相続者としては不適で、さらに他の男を養子にし、自らは根岸御隠殿坂の近くに隠居する。

江戸時代の古地図をしらべてみると、驚いたことに私が終戦後まで住んでいた東京の日暮里《にっぽり》町の家の近くであることを知った。御隠殿坂は、日暮里と鶯谷《うぐいすだに》の両駅のほぼ中央にあって、山手線をはじめとした列車などの線路で分断されているが、坂の一部は残っている。少年時代、私は雪が降るとスキーをかついで御隠殿坂に行き、踏切り番のいる小屋まで滑ったものだ。その坂の下あたりに良沢がひっそりと住んでいたことを思うと、私の気持もたかぶった。

かれが根岸でどのような生活をしたか残念ながら資料はなかったが、その時代の執筆に入ろうとした頃、文部省教科書調査官片桐一男氏から「江馬蘭斎《えまらんさい》に宛てた前野良沢と杉田玄白の書翰《しょかん》」という新発見の書簡にもとづく研究ノート（古文書研究第六号抜刷）が送られてきて、その生活の一端を知ることができた。

江馬蘭斎は、良沢晩年のただ一人の門人ともいうべき人物で、根岸に侘住《わびずま》いする良沢から蘭斎あての手紙に、

「……私儀無二異議一加年仕候、随而為二御祝典一白銀二両御恵贈被レ下《くだされ》、御懇情　忝《かたじけなき》次第　奉レ存《ぞんじたてまつり》　候」

とあって、蘭斎から年頭の祝儀《しゅうぎ》に白銀二両をおくってもらったことが述べられ、それにつづいて、

「私今以採毫《さいごう》不レ任二心底一《しんていにまかせず》御憐察《ごれんさつ》可レ被レ下《くださるべく》候」

と、その生活の侘しさがにじみ出ている。そして、その末尾に、前野良沢の名の下に M. Liotack という署名がみえることも哀《かな》しい。

さらに別便で、

「私儀、当月七日、根岸之内、別ニ一処へ転宅仕候、是亦《これまた》借家ニ而《て》候故、内造作《うちぞうさく》旁《かたがた》甚《はなはだ》紛冗《ふんじょう》罷《まかり》在《あり》候」

としたためていることからみて、根岸では借家住いをし、しかも少くとも二度転居したことが明らかにされている。

この片桐氏の新資料提供によって、晩年の良沢像が、私の胸の中でふくれ上った。しかも、その地が私の生れ育った家の近くである偶然も手伝って、老いた良沢の生活に筆を染めることができた。

良沢も玄白も同時代人として生き、同じように長寿を全《まっと》うしたが、その生き方は対照的であり、死の形も対照的である。そして、その両典型は、時代が移っても私をふくめた人間たちの中に確実に生きている。

執筆を終えた翌日、私は、良沢の墓のある慶安寺に赴いた。良沢の歿した頃、同寺は下谷池ノ端七軒町にあったが、大正三年に現在の東京都杉並区梅里一ノ四ノ二四に移され、墓もその境内に立っている。

寺には、一人の婦人が私を待っていてくれた。それは、良沢の祖父前野東庵から十一代目にあたる前野正久氏の夫人であった。正久氏は北海道大学農学部教授で後に森永乳業株式会社中央研究所長をつとめ、昭和三十九年に病歿している。

私は、前野夫人に案内されて良沢の墓の前に立った。侘しい墓標を想像していたが、墓石の形がのびやかで風格がある。粗いその肌の色にも気品があり、新緑の中で凛《りん》として立っていた。

碑面には、三つの戒名が並んで刻まれていた。右側に良沢の子の達の葆光堂蘭渓《ほうこうどうらんけい》天秀居士《こじ》、中央に妻の珉子《びんこ》の静寿院蘭室妙桂《みょうけい》大姉、左側に良沢の楽山堂蘭化天風居士という戒名がそれぞれ見える。さらに墓石の側面に、良沢がターヘル・アナトミア翻訳中に病死した長女の報春院現成妙身信女という戒名もある。つまり、他家に嫁《か》した次女峰子を除く家族すべてがその墓石の下に埋葬されているのだ。

孤児同然の淋《さび》しい生い立ちであった良沢が死後も家族と共にあることに、私は安らぎを感じた。

(昭和四十九年晩春)

解説

上田三四二

『解体新書』の出版はわが国の医学史上画期的な出来事であった。そして、それはまたこの困難な翻訳をなしとげた杉田玄白《すぎたげんぱく》、前野良沢《まえのりょうたく》二人の先覚者の名を、不朽のものにした。

玄白には、晩年になって当時を回顧した『蘭学事始《らんがくことはじめ》』（『蘭東事始』）の著書があって広く読まれており、私のとおい思い出にも、それは戦前のことであるが、中学の国語の教科書に出ていた記憶がかえってくる。菊池寛《きくちひろし》が同じ題をもつ短編小説を書き、玄白と良沢の、翻訳の仕事をとおしてかもされる心理上の葛藤《かっとう》を取上げたことも知られている。

『冬の鷹』はこの『解体新書』を中心に、そして終始杉田玄白との対比をとおして、前野良沢の生涯《しょうがい》に光を当てたものである。吉村氏は、良沢の狷介《けんかい》なまでに一途《いちず》な学究としての生き方に、つよく心を惹《ひ》かれている。

に借りる。

『解体新書』について、いまその大要をうかがうために、説明を「日本歴史大辞典」

――日本最初の西洋医学書（解剖書）の翻訳書。美濃《みの》判、本文四巻、「解体図」一巻。杉田玄白を訳著者とし、一七七四（安永三）年刊行された。なお「解体図」は秋田藩小田野直武の精細な模写によった。原書はドイツ人クルムス Johan Adam Kulmus の著わした解剖図譜 Anatomische Tabellen をライデンの外科医ヘラルデュス・ディクテン Gerardus Dicten が蘭訳して Ontleedkundige Tafelen と題し、一七三四（享保《きょうほう》一九）年に出版したもので、本訳書はこれを逐語的に漢文に全訳したものである。当時、この原書が「ターヘル・アナトミア」と訛称《かしょう》されたため、この言葉は日本歴史のうえで忘れることのできない名称となった。一七七一（明和八）年、この原書を携えて江戸小塚原《こつかはら》の死刑囚の腑分《ふわけ》を見学した前野良沢・杉田玄白らが西洋医学の進歩に感嘆し、自己の無力を恥じ、これより、良沢を指導者とし、中川淳庵《じゅんあん》・桂川甫周《かつらがわほしゅう》・嶺《みね》春泰《しゅんたい》・烏山松円《からすやましょうえん》・桐山正哲《きりやましょうてつ》を協力者とし、ついに訳業を完成し、日本科学文化史上に金字塔を建てた粒々辛苦は、玄白の「蘭学事始」によってひろく世に知られている。なお、この書に良沢の名がみえないのは、彼が「苟《いやしく》も真理を推し活法を抽《ぬ》かずして猥《みだ》りに聞達《ぶんたつ》の餌《え》と為《な》す所あらば神明之《これ》をたおせ」との太宰府《だざいふ》天満宮《てんまんぐう》への誓いにより署名を固辞したものと伝えられる。のち玄白の門人大槻玄沢《おおつきげんたく》は、本書を校訂増補して一八二六（文政九）年「重訂解体新書」一四巻として刊行した。

『解体新書』のこの快挙が吉村昭《あきら》をとらえるのは、吉村氏の中に、未知のもの、困難なものに立向う人間の姿に人一倍感動する、パイオニア精神ともいうべきものがあるからだ。始めての試みにいどむ苦闘物語には、すでに巨大戦艦の建造を描く『戦艦武蔵《むさし》』や前例のない難工事を取上げた『高熱隧道《ずいどう》』などがあって吉村氏の作家精神の向う一つの方向を明らかにしているが、『冬の鷹』もまた対象はちがっても、同じ前人未到の領域の開拓物語であることにおいては変るところがない。心臓移植をテーマにした『神々の沈黙』も、本来ならばこの系列につながるべき作品であったが、外科医たちの功名心が人道無視のスキャンダルにまで落込むことによって作者の筆勢をかえ、讃美《さんび》が告発に終ったにがい作品として思い返される。医学の分野という点では共通していても、『解体新書』の翻訳にかかわる『冬の鷹』には、もちろんそのような不幸のかげはない。

しかし二人の立役者、杉田玄白と前野良沢をみる吉村氏の眼には、あきらかに冷暖の差が認められる。すこし誇張していえば、作者は杉田玄白の中に円滑な処世者流、抜け目のない功名者流をみて、彼を宥《ゆる》していない。

玄白がいなければ、『解体新書』はあのような華々しいかたちに、またあのように時宜を得たかたちに、刊行されることはなかったであろう。完全主義者の良沢には、玄白の時流を察してそれに先んじようとする心の逸《はや》りは苦々しいかぎりであったにちがいない。が、玄白は巧みに盟約者一同の舵《かじ》をとり、ことに語学力において並ぶもののない良沢を守り立てながら、その訳出に積極的、能率的に協力し、出版の準備から出版にともなういろいろな折衝にいたるまで、それらを一手に引受ける。訳業の盟主は良沢だが、実務は玄白が取り仕切ったのである。

そして、『解体新書』の訳者としての名声を得た玄白のその後は、「江戸随一の蘭方の流行医」として終始する。社交性に富み、統率力にめぐまれた彼の経営する天真楼塾《じゅく》には、大槻玄沢をはじめとする蘭学の秀才があつまり、育っていった。

玄白の還暦の賀宴に、久しぶりに顔を合せた良沢と玄白を、吉村氏は次のように描いている。

「二人は床の間を背に並んで坐り、玄白の養子伯元や大槻玄沢をはじめ門下生らが連って席についた。

かれらは、良沢と玄白を眩《まばゆ》いように凝視した。二人はすべての点で対照的だった。良沢は、肩幅も広く大きな体をしていた。眼光は鋭く、鼻梁《びりょう》の高い顔にはおかしがたい厳しい表情が浮んでいる。その表情には、人との交りも排して蘭学一途に日を過してきた学者としての苦しい生活がにじみ出ていた。正式な席にふさわしい衣服を身につけてはいたが、色はさめ、繊維はすりきれていた。

それに比べて玄白は、脇息《きょうそく》にゆったりもたれているので小柄《こがら》な体が一層小さくみえた。その顔にはおだやかな笑みが漂っていて、いかにも江戸屈指の流行医らしい風格が感じられた。衣服も上質で、新しく仕立てられたらしく気品のある艶《つや》をおびていた」

『冬の鷹』のなかで作者は、このように流行医の玄白とは何から何まで対蹠《たいせき》的な学究の人良沢の上につよい視線を注いで、その人間像を浮び上がらせる。良沢は社交性に欠け、頑固《がんこ》で偏狭で独善的だが、それは彼のふかくみずからを恃《たの》む心の裏側にほかならない。この勤勉で一途な人物は、中年から志を立てて学んだみずからの蘭学が、当時の水準をはるかに抽《ぬき》んでたものではあっても、望み得べき理想に如何《いか》にとおいものであるかを身をもって痛感している。彼は玄白のようにすぐにその半端《はんぱ》な成果を世に問うたり、実用化したりする気にはとうていなれない。彼は学問のすすむにつれてますます孤独になり、そしてまた貧しくなる。良沢は、彼の語学力によって成った『解体新書』を踏台に盛名をほしいままにしている十年若輩の玄白の生き方を他人事《ひとごと》と観じて、みずからは尊敬されてもてはやされることのない貧しい一学究としての道を歩きつづけ、晩年は家督を養子にゆずって身ひとつを借家に置き、最後は娘婿《むすめむこ》の小島春庵《しゅんあん》の家に引取られてそこで八十一歳の生涯を終える。その、『解体新書』をはじめとするいくつかの先駆的な訳著書を世に送り出した人の、烈《はげ》しく、厳しく、かつ寂しかった生き方を、作者は感動をもって――ということは小説家としての興味をもってということにほかならないが、追究しているのである。

この小説には副人物として、平賀源内《ひらがげんない》と高山彦九郎《たかやまひこくろう》が登場する。源内が蘭学にも通じた当時のもっとも進歩的な知識人であってみればその登場は当然だとしても、彦九郎のそれはやや意外の感を与えるかもしれない。しかし、この前野良沢の縁をもって登場する彦九郎の熱狂と直情と狷介《けんかい》は、方向こそちがえ彼がまさしく良沢の側に属する人間であることを証しており、その登場によって小説は幅を拡《ひろ》げている。源内についても、彼の浮薄さと名誉欲は、これを均衡のとれた常識人玄白の場合と同一平面に並べて論じることはもちろん不可能だとしても、ともに時の人として派手な存在であった点において共通するものを持つといっても間違いではない。源内の登場もまた小説の幅を拡げるのに役立っているだろう。そしてこの源内や彦九郎の行動の背景に、田沼意次《たぬまおきつぐ》とそれにつづく松平定信《まつだいらさだのぶ》の幕府を置くことによって、政治には直接無関係な『解体新書』の時代の空気が感得される。吉村氏が、そういう歴史小説の持つべき条件を、二人の副人物の行跡を通して果していることにも、注意を向けておきたい。

(昭和五十一年八月、歌人)

この作品は昭和四十九年七月毎日新聞社より刊行された。

表記について

新潮文庫の文字表記については、原文を尊重するという見地に立ち、次のように方針を定めました。

一、旧仮名づかいで書かれた口語文の作品は、新仮名づかいに改める。
二、文語文の作品は旧仮名づかいのままとする。
三、旧字体で書かれているものは、原則として新字体に改める。
四、難読と思われる語には振仮名をつける。

冬《ふゆ》の鷹《たか》

新潮文庫　よ－5－5

昭和五十一年十一月二十日　発　行
平成二十四年九月二十五日　四十刷改版
令和　七　年十　月二十五日　四十七刷

著　者　吉《よし》村《むら》　昭《あきら》

発行者　佐藤隆信

発行所　株式会社　新潮社

郵便番号　一六二－八七一一
東京都新宿区矢来町七一
電話　編集部(〇三)三二六六－五四四〇
　　　読者係(〇三)三二六六－五一一一
https://www.shinchosha.co.jp

価格はカバーに表示してあります。

乱丁・落丁本は、ご面倒ですが小社読者係宛ご送付ください。送料小社負担にてお取替えいたします。

印刷・大日本印刷株式会社　製本・加藤製本株式会社

ISBN978-4-10-111705-8　C0193